소년 동주

소년 동주

정도상 장편소설

차례

프롤로그 6

제1장
은진중학 시절

1. 입학 18 | 2. 축구 26 | 3. 호외 33 | 4. 슬픔 40 | 5. 감자 48 | 6. 웅변 58 | 7. 계몽 68 | 8. 갈등 75 | 9. 고뇌 89 | 10. 모색 99 | 11. 습작 104 | 12. 양계 111 | 13. 질투 119 | 14. 비밀 125 | 15. 남경 131 | 16. 방황 140 | 17. 열차 148

제2장
평양 숭실중학 시절

1. 평양 160 | 2. 유급 167 | 3. 모자 177 | 4. 훈련 182 | 5. 편집 190 | 6. 지용 200 | 7. 시련 213 | 8. 김구 221 | 9. 동시 231 | 10. 동토 238 | 11. 이별 245

제3장

다시 북간도로

1. 밀정 265 | 2. 백석 273 | 3. 귀환 283 | 4. 투고 289 | 5. 노트 299 | 6. 고뇌 309 | 7. 배회 316 | 8. 비애 324 | 9. 수학여행 331 | 10. 번뇌 339 | 11. 야행 348 | 12. 기원 361 | 13. 경성 365

에필로그 371
작가의 말 381
참고 문헌 385

프롤로그

나는 별에 산다.

시인은 별에서 내려와 별로 돌아가는 존재다. 내가 사는 별은 오리온자리의 삼형제별 중 가운데 별인 알닐람이다. 이 별은 지구로부터 약 이천 광년 떨어져 있는 청색 초거성이다. 일찍이 소학교 시절에 나는 알닐람에서 왔다는 것을 어렴풋이 느꼈다. 그 느낌은 틀리지 않았고 대학을 졸업하지 못하고 스물일곱 살에 이 별로 돌아왔다. 나는 알닐람에서 육체에서 벗어나 영혼으로 살고 있다.

나는 80년 전에 후쿠오카형무소에서 생체 실험을 당하면서 육체의 굴레에서 벗어났다. 내가 알닐람에서 살기 시작한 지 이십여 일 뒤에 송몽규가 깨진 안경을 쓰고 올라왔다. 몽규는 왼쪽 별인 알니탁으로 갔다. 그리고 49년 후인 1994년 1월에 문익환이 올라와 오른쪽 별 민타카에서 살기 시작했다. 우리 셋은 은진중학 3학년 이후에 다시 만나 삼형제별에서 지내고 있다.

몽규와 나는 한집에서 태어났고, 한집에서 생을 마쳤다.

1917년 가을 어느 날, 고모가 우리 집으로 와서 몽규를 낳았다. 그로부터 석 달 후 어머니가 나를 낳았다. 후쿠오카형무소에서 내가 먼저 생애를 마쳤고 오래지 않아 몽규가 뒤를 따랐다. 기묘한 운명으로 몽규와 나는 이어져 있다.

죽음 이후로 나는 자유다. 지구의 곳곳을 시로 여행하는 자유를 누렸다. 누군가 내 시를 읽어 주면 나는 그에게로 가서 시가 되었다. 이것이야말로 진정한 자유 아니겠는가. 나의 여행은 시에 의존한다. 내 시를 읽는 곳, 내 시를 시집으로 만드는 곳, 내 시를 평론하는 사람들의 책상으로, 내 시를 음미하는 여러 마음으로 여행하기도 한다.

오늘 밤에도 별이 바람에 스치운다.

지구 어딘가에서 내 시를 읽는 어떤 마음이 전해졌다.

그냥 읽는 게 아니라 단어마다 담긴 시의 진심을 느끼고자 하는 마음이다. 이 마음에 이끌려 종종 지구별로 내려가곤 했다. 이번에도 그러하다. 이천 광년의 공간적 거리는 내게 문제가 되지 않는다. 육체가 없으니 공간도 필요 없다. 영혼은 시간 속에 살기 때문이다. 또한 시의 공간은 한 개의 점에 불과하기도 하다.

시를 읽는 주인공은 열여덟 살의 여학생이다. 스터디 카페의 좁은 책상에서 참고서에 나온 문제를 풀다가, 문제는 안 풀고 시만 읽고 있다. 명찰을 보니 '정새봄'이다.

'시인의 청소년 시절은 어땠을까?'

나는 새봄의 마음을 읽는다. 그 시절의 나는 5년제 중학교에 다녔다. 은진중학, 숭실중학, 광명중학까지 세 군데의 학교에 다녀야만 했다.

보아하니, 새봄은 학업 성적이 썩 좋은 학생은 아닌 듯했다. 문제는 안 보고 지문으로 나온 내 시만 읽고 있는 것을 보면 단박에 알 수 있다. 오래지 않아 새봄이 꾸벅꾸벅 졸더니 그대로 책상에 엎어져 자기 시작했다. 나는 새봄의 꿈으로 들어간다.

꿈속에서 새봄은 AI로 '윤동주 시인의 청소년 시절'을 검색한다. AI가 검색해 주는 내용은 누구나 아는 것 정도에 불과하다. 그 시절의 나에 대해서 AI가 알 리가 없다. 아무리 AI가 대세라고 해도, 중학교 시절의 나에 대해서는 피상적으로만 알려 줄 것이다. 내가 그 시절을 추억하지 않았으니 당연한 일이다.

"안녕."

나는 새봄에게 손을 흔들며 인사했다.

"누, 누구세요?"

새봄이 당황하며 되묻는다.

"나는 오리온성운 허리띠의 가운데 별 알닐람에서 왔어."

"알닐람? 발음이 되게 어려워요."

"그러게, 아랍 사람들이 이름을 지어서 그런가 봐. 알닐람은 청색 초거성으로 밤하늘에서 29번째로 밝은 별이고, 나는 그 별에서 살아."

"근데 아저씬 누군데, 별에서 산다는 거예요? 어린 왕자 흉내 내는 건가?" 새봄이 고개를 갸웃거린다.

"나? 윤동주."

"윤동주? 어? 되게 유명한 시인 이름인데, 그 이름을 함부로 쓰다니 조금 기분 나빠요."

새봄의 말에 나는 웃기만 할 뿐이다. 새봄이 내 얼굴을 자세히 보더니 고개를 갸웃거린다. 그러더니 손가락으로 나를 가리키며 펄쩍 뛴다.

"혹시 그 윤동주? 진짜 시인 윤동주?"

나는 대답 대신 고개를 끄덕인다.

"와, 개꿀 개꿀!"

새봄이 환호성을 지르며 폴짝폴짝 뛴다. 개꿀? 무슨 뜻일까? 도무지 알 수 없는 감탄사 앞에서 나는 당황스럽다.

"윤동주 아저씨, 정말 궁금한 게 많은데……."

"뭐가 그리 궁금해?"

"아저씨의 중고딩 시절."

중고딩 시절? 나는 대충 감을 잡았다. 나는 새봄에게 시간 여행을 제안한다. 새봄은 박수를 치며 또 개꿀, 개이득을 외친다. 나는 새봄의 손을 잡는다. 시간의 블랙홀 속으로 함께 떠나기 위해서다.

제1장
은진중학 시절

"근데 잠깐만요."

"왜?"

"약간 불공평한 것 같아요. 나는 아저씨랑 같이 다니기 싫은데, 시인님은 아저씨잖아요."

이건 또 뭔가? 달라도 너무 다르다. 도무지 알 수 없는 친구로구나. 나더러 아저씨라니, 살짝 기분이 상하려고 한다.

"그래서 뭐 어쩌자고?"

"으음, 나랑 친구 해요!"

새봄이 반짝반짝 웃으며 말한다. 의문의 일 패다.

"왜 그래야 하지?"

"그냥요, 그냥."

새봄은 내가 그 시절에 갖지 못한 그 무엇을 가진 듯하다. 뭐랄까, 나는 생각이 많아 크게 웃어 본 적이 별로 없었다. 그런데 이 친구는 완전히 다르다. 그 다름이 마음에 든다.

"좋아."

나는 새봄의 나이 또래로 영혼을 낮추기로 한다.

시간 여행은 물리적으로 공간을 무시한다. 과거의 시간 속으로 여행하여 과거의 공간으로 간다고 해도, 그 공간에 개입할 수 없다. 다만 여행만 할 뿐이다. 과거 속 사람들의 행동이나 공간에 어떠한 변화도 줄 수 없다. 어제의 공간으로 돌아가 어제의 행위에 변화를 준다면 오늘은 존재할 수 없기 때문이다.

"어디로 가?" 새봄이 묻는다.

새봄의 눈동자는 명동소학교 시절의 내 마음처럼 맑다. 소학교를 졸업한 이후에 맑은 눈을 만나면 어린 시절이 떠오르곤 했다. 명동촌에서 살았던 그 시절이 지구에서 보낸 가장 행복했던 시간이었다. 명동소학교 5학년 때 몽규와 함께 오랑캐령을 넘어 대랍자로 만세를 부르러 가던 날도 떠오른다.

"용정. 은진중학 시절로." 나는 웃으며 대답한다.

"와! 정말 궁금하다. 책에서만 보던 북간도 용정?"

"밤하늘을 바라보며 별을 헤던 곳이 바로 용정이었어."

"용정의 별은 달랐구나."

"그럼 달랐지. 북간도의 별 밭이 펼쳐진 곳인데."

새봄과 나는 순식간에 용정의 하늘에 다다른다. 오랜만에 용정이 오니, 감회가 남다르다. 대개 많은 이들이 연희전문 시절의 나를 찾는데, 새봄 덕분에 중학 시절로 온 것이다.

"저기 언덕처럼 보이는 곳에 은진이 있었어."

"와, 눈 깜짝할 사이에 왔네. 개꿀."

"지금은 헐리고 없지만. 5학년을 두 번이나 다니고 나서야 소학교 졸업장을 받고 은진중학의 교복을 입을 수 있었지. 일제가 만주국을 건국한 지 꼭 한 달이 지난 4월이었어."

"만주국? 그런 나라도 있었어?" 새봄이 갸웃거리며 당당하게 묻는다.

나는 약간 어이가 없어 웃었다. 만주국을 모르다니? 학교에서 역사를 가르치지 않나? 이런 생각이 든다. 자세히는 몰라도 나라 이름 정도는 알아야 하지 않나 싶다. 새봄의 콧대를 눌러 줄 절호의 기회다.

"만주국도 몰라? 역사 공부를 하는 거야, 마는 거야?"

"모르면 AI한테 물어보면 되지, 뭘 그래?"

아, 실패다. 새봄의 콧대는 여전하다. 나와 새봄은 옛 용정의 풍경 속으로 들어간다. 오래오래 내 젊음이 머물던 곳, 언제나 어머니가 나를 위해 기도하던 곳, 북간도 용정. 나는 감회에 젖어 용정에 대해 말하기 시작한다.

"용두레는 낮은 곳의 물을 높은 곳으로 퍼 올리는 도구인데 함경도 사람들은 '용드레'라고 불렀어. 용두레는 통나무를 배 모양으로 길쭉하게 파낸 건데, 몸통에 작은 구멍을 뚫어 나뭇가지를 끼우고 끈을 연결했어. 우물 주변으로 굵고 긴 작대기 세 개를 삼각형으로 세우고 그 끝에 끈을 맸지. 그러고는 몸통을 개울이나 얕은 우물에 넣고 물을 담은 뒤 부드럽게 밀어 밭이나 논에 물을 댔지.

먹고살기 위해 두만강을 건너온 사람들은 용두레 우물 곁에 등짐을 풀었어. 서쪽으로 야트막한 산이 있고 근처에는 해란강이 흘렀지. 조선 사람들은 여기에 마을을 만들기 시작했어.

청나라가 망하기 직전의 혼돈 속에서 작은 마을이 큰 마을로, 큰 마을이 도시로 발전했지. 용정에 큰 시장이 생겼고 중화민국의 온갖 관공서가 들어섰어. 그리고 캐나다에서 온 선교사들이 도시의 동쪽 야트막한 언덕에 자리 잡았지. 교회와 학교가 들어섰고, 일본이 자국민을 보호한다는 명목으로 영사관을 설치했어.

도시의 성장과 함께 기생집이며 노름판이 생겼고 가난한 사람들이 모여 사는 빈민가도 형성되었지. 조선 독립군도 왔고 일본의 순사와 사무라이도 왔어. 폭력배와 마약쟁이와 다양한 국적의 밀정도 스며들었고.

용정은 조선인, 중국인, 일본인, 캐나다인, 러시아인, 미국인이 함께 사는 국제도시였어. 이 도시에는 치외 법권 지대가 있었는데 '영국 덕이'라고 불린 곳이야.

영국 덕이는 선교회 본부, 은진중학교, 명신여학교, 제창병원 등이 있는 독립된 지대였어. 조선 학생과 조선 사람은 영국 덕이를 자유롭게 드나들었지만, 일본 관리나 중국 경찰이며 일본 헌병은 출입을 철저하게 통제했어. 그렇기에 큰 부상을 입은 독립군도 제창병원에서 치료받을 수 있었고 일본에 쫓기는 독립투사도 잠시 몸을 숨겼어. 영국 덕이는 예수를 믿지 않는 조선 사람에게도 열려 있는 일종의 소도였지.

용정에서 유명한 학교로는 은진중학교, 동흥중학교, 대

성중학교, 광명중학교가 있었지. 동흥중학교는 천도교가, 대성중학교는 유교회가 설립했고, 광명중학교는 일본인이 세웠어. 은진과 동흥과 대성은 조선 학생들이 주류였어. 광명은 일본인과 부유층 조선인 자제들이 주로 다녔고 일제 중심의 교육으로 유명했지. 한마디로 친일파를 키우는 학교였지.

1932년 당시, 용정 인구는 일만 오천 명 정도였고, 학생은 육천 명에 조금 못 미쳤어. 인구의 39퍼센트가 학생이었지. 용정의 주택은 삼천 호가 조금 넘었다더라. 웬만한 집이면 모두 학생들한테 하숙이나 자취로 방을 내주었지."

"용정은 그런 곳이었구나." 새봄이 용정을 바라본다.

1. 입학

 교복 왼쪽 가슴에 하얀 명찰을 놓았다. 학교에서 받은 명찰에는 '윤동주'라는 이름이 뚜렷했다. 지금까지 본명을 사용한 적이 없어 '윤동주'라는 글자가 몹시 낯설었다. 태어나서 소학교를 졸업할 때까지 아명인 '해환'으로 살았으니까. 교복에 명찰을 달기 위해 반짇고리를 꺼냈다. 어머니의 손때가 묻은 오래된 반짇고리다. 바늘에 흰 실을 꿰어 명찰을 달기 시작했다. 동주가 명찰을 다는 동안 몽규는 벽에 등을 기대고 앉아 코를 벌름거리며 뭔가 생각에 빠져 있었다.

 은진중학까지 오는 데 많은 시간이 걸렸다. 명동소학교에서 졸업장을 받고, 대랍자 현립소학교에서 또 졸업장을 받고서야 비로소 중학교에 진학할 수 있다니……. 나라 잃은 설움을 톡톡히 겪었다.

"너도 명찰 달아야지."

 명찰이 반듯하게 달렸는지 살피며 몽규한테 물었다.

"나는 못해. 네가 해."

"왜 못해?"

"나는 바늘을 잡아 본 적이 없잖아."

몽규가 교복과 명찰을 앞으로 밀었다. 몽규 녀석은 뻔뻔하다. 이런 일에는 젬병이라며 시치미를 잡아뗐다. 동주는 발로 몽규의 교복을 밀어 버렸다.

"동생아, 달아 주라. 응!"

몽규가 다가와 간지럼을 태웠다. 동주는 몽규의 손길을 피하다가 하는 수 없이 항복하고 바늘을 잡았다.

"너도 이제 '한범'이란 아명하고는 작별이구나."

동주는 약간 아쉽다는 투로 말하며 바늘에 실을 꿰었다.

"아명과 작별하고 본명을 쓴다고 해서 뭐 달라지겠어. 사람이 같은데. 옷 갈아입는 것이랑 비슷하지 뭐."

몽규의 말을 들으며 동주는 녀석이 조금은 얄밉다고 생각했다. 잘난 척이 너무 심했다. 소학교 시절부터 함께 문학을 꿈꾸어 왔지만 몽규는 산문적이었고 동주는 운문적이었다. 그 차이가 생각과 행동의 차이도 만들어 냈다.

해환은 본명 '윤동주'로, 한범은 본명 '송몽규'로 은진중학교에 입학했다. 해성소학교를 졸업한 문익환도 은진 교정에서 다시 만났다. 세 동무는 뛸 듯이 기뻤다. 비로소 명동의 삼총사가 다시 모인 것이었다.

소학교 다닐 때도 가끔 와 봤지만, 막상 교복을 입고 은진중학교를 바라보니 가슴이 벅찼다. 나라 잃은 설움을 고스란히 받으며 우여곡절 끝에 소학교를 칠 년이나 다닌 뒤에야 비로소 입학한 중학교였으니.

무엇보다 동주의 마음에 든 것은 학과목이었다. 성경과 도덕을 필두로 어학으로는 '한글', '일어', '영어', '중국어', '한문'이 있었고, 예체능으로는 '음악', '체조', 과학으로는 '물리', '화학', '지리', '동물', '식물', '지질', 수학으로 '대수', '기하'가 있었다. 역사로는 '조선사', '동양사', '서양사' 과목이 편성되어 있었다. 동주는 '대수'와 '기하'를 좋아했고, 몽규는 역사 과목을 좋아했다.

동주는 영국 덕이 한가운데 솟은 은진중학의 서구식 벽돌 건물을 가만히 바라보았다. 은진중학에는 6학년을 두 번이나 다닌 학생들이 참 많았다. 동급생이지만 나이도 제각각이었다.

붉은 벽돌 건물 앞의 아름드리나무는 벌거벗은 나목으로 봄바람에 가지를 흔들었다. 삼월의 눈 속에 매화가 피었다가 졌고, 간간이 진달래가 눈에 띄었다. 진달래는 무리 지어 흐드러지게 피는 꽃이 아니다. 아직 겨울의 끝자리가 남아 있는 숲의 스산한 바람 속에 잎새도 없이 연분홍으로 피어오르는 꽃이 진달래였다.

"나 보기가 역겨워 가실 때에는……."

동주는 김소월의 시를 조용히 읊조렸다. 너무나 유명하고 쉬운 가락이라 저절로 입가에 맴도는 시였다.
　"아버지가 그러시는데, 진달래에는 다른 의미가 담겨 있다더라." 몽규가 간섭하고 훅 들어왔다.
　그 바람에 시를 읊조리는 흥이 바가지 깨지듯 깨져 버렸다. 동주는 몽규를 노려보았다. 몽규는 동주의 눈길을 무시하고 씨익 웃었다.
　"아버지가 그러시는데, 독립군에게 겨울 숲은 지독한 공포였대. 잎새를 모두 떨군 나무들이 숲의 가장 깊은 속살까지 앙상하게 드러내면 독립군은 숨을 곳이 없었다고 하더라. 영하 삼십 도가 넘는 북간도의 추위와 폭설이 겨울 숲에 닥치면, 독립군은 물을 떠난 물고기처럼 목숨이 까닥까닥했대.
　그렇게 목숨이 간당간당할 때쯤 지독한 공포와 고립이 끝났음을 알리는 깃발처럼 숲의 여기저기에 진달래가 피어났다더라. 진달래는 북국의 혹독한 추위에도 굴하지 않고, 모든 생명이 동면한 겨울 숲에서 여리지만 작고 단단한 꽃잎을 어머니의 편지처럼 피워 올렸대. 진달래가 봄의 전령으로 왔다 간 뒤에야 독립군은 비로소 한겨울을 이겨 냈다는 안도감을 느끼고 동상으로 떨어져 나간 발가락을 차 버리고 다시 총을 잡았대."

몽규의 말을 듣고 동주는 속으로 생각했다. 이 녀석은 대체 모르는 것이 무엇일까? 겨우 진달래꽃 하나로 사람 기를 꺾는 몽규 요 녀석. 은진중학에서는 반드시 너를 이겨 주리라. 동주는 속으로 결심했다.

"동주야, 저기 교장 선생님 지나가신다."

몽규가 익환과 동주보다 먼저 운동장을 가로질러 본관으로 걸어가는 김약연 선생님께 달려갔다. 김약연 선생님은 명동소학교 교장이었다가 쫓겨난 뒤에 평양신학교에 갔다가 은진중학의 선생님으로 돌아왔다. 김약연 선생님을 명동소학교에서 쫓아내는 패에 몽규도 함께했었다. 하지만 김약연 선생님은 한 번도 몽규 탓을 하지 않았다.

"선생님, 안녕하세요!"

몽규가 허리를 반으로 접어 인사했다.

"어이, 몽규구나. 동주와 익환이도 왔구나. 여기서 보니 더 반갑구나."

김약연 선생님은 몽규에 이어 동주와 익환의 어깨를 두드려 주었다. 평양에서 돌아온 김약연 선생님은 명동교회를 젊은 전도사에게 맡기고 용정으로 나왔다. 더는 명동촌을 지킬 힘이 남아 있질 않은 탓이었다. 김약연 선생님은 은진에서 한문과 성경 과목을 맡아 가르쳤다.

"아버지 돌아오신다는 소식 들었지?"

김약연 선생님이 익환에게 물었다.

"예, 들었습니다."

"축하한다, 축하해. 문재린 목사가 돌아오면 큰 힘이 될 게야."

"감사합니다."

"내게 감사할 게 뭐 있나? 익환 군은 열다섯이고 자네 둘은 열여섯이지?"

김약연 선생님이 물었다.

"예."

동주와 몽규가 동시에 대답했다. 그들의 대답에 김약연 선생님이 환하게 웃었다.

"동주 군과 익환 군의 아버지는 열네 살에 장가를 갔네. 자네들은 이미 열여섯이 되지 않았는가? 이미 어른이 되었으니, 공부와 신앙에 책임을 다하기를 바라네. 그럼, 한문 시간에 보세. 예습도 미리 해 오고."

돌아서는 김약연 선생님의 등에 대고 세 동무는 우렁찬 인사를 보냈다.

"예습? 교재도 없이?"

동주가 고개를 갸웃하며 물었다.

"뭐 『맹자』를 읽어 오라는 거겠지. 우리 교장 선생님께서는 맹자 박사님이시잖아. 여덟 살에 맹자를 떼고 결혼까지 하셨다니, 정말 대단하지."

몽규가 말했다. 몽규에게 김약연 선생님은 언제나 교장 선생님이었다.

"그런데 여덟 살에 결혼은 좀 너무한 거 아니야? 모르는 사람이 들으면 거짓말이라고 하겠어." 몽규가 말했다.

"그렇긴 하지만 뭐 사실이니까. 꼬마 신랑, 꼬마 신부가 소꿉장난하듯 살았겠지. 그런데 익환아, 문재린 목사님이 돌아오신다고?"

동주가 익환에게 물었다.

"아버지께서 고난 주일 수요일에 영국의 에든버러에서 출발하셨다고 전보를 보내오셨어."

아버지의 소식을 전하는 익환의 얼굴이 봄꽃처럼 환하게 피었다. 익환에게는 모처럼 좋은 소식이었다.

"와! 익환이 좋겠다. 아버지가 얼마 만에 오시는 거야?"

"28년 8월에 가셨으니……. 서너 달 모자란 4년 만이네."

"얼마나 보고 싶었으면, 날짜를 세고 있었네."

익환을 사이에 두고 동주와 몽규는 마치 자기 일처럼 함께 좋아했다. 익환은 아버지가 온다는 소식에 크게 한시름 놓았다. 아버지가 오시면, 할머니와 어머니의 기나긴 고생도 끝날 것만 같았다.

"영국에서 오려면 배만 두 달 넘게 타야 한다던데."

몽규가 말했다. 익환은 말없이 고개를 끄덕였다. 동주는 오랜만에 드는 희소식에 기분이 좋아졌다. 지극한 슬픔 뒤에 기쁨이 오고, 기쁨 뒤에 슬픔이 오는 이 어려운 섭리를 아직 다는 깨닫지 못했지만 짜개바지 동무의 아버지가 귀향하신다니 진심으로 축하하는 마음이었다.

2. 축구

　명동에서와 달리 용정의 집은 작고 좁았다. '용정가 제2구 1동 36호'의 스무 평 남짓의 초가집이 새로운 집이었다. 할아버지와 할머니, 아버지와 어머니, 동주와 두 동생 그리고 몽규가 함께 살았다. 제일 작은 방에서 동주와 몽규, 일주가 복닥거리며 지냈다. 집이 너무 좁아 대식구가 살기 어려워지자 곧 집을 옮기기로 하였다.

"나, 축구부에 들었는데 너는?"

　중학 생활을 시작한 지 한 달쯤 되었을 무렵에 동주는 축구부에 가입했다. 동주는 달리기를 잘했고 공도 잘 다루었다.

"나는 독서회."

"내 예상이 하나도 틀리지 않구만."

　동주의 예상대로 몽규는 독서회에 들어가 활동했다. 그 바람에 몽규는 늦게 귀가하는 날이 많았다. 동주는 몽규한테 뭐 하고 돌아다니느냐고 굳이 묻지 않았다. 몽규는 소학교 시절부터 지하 서클에 몸담았고 명동촌 청년들의 모임에도 나가곤 했다. 늦게 돌아왔으면서도 밥을 굶고 다녔는지 몽규의 배에서 꼬르륵거리는 소리가 천둥처럼 울리곤 했다.

그래도 몽규는 꾹 참고 책을 보거나 일찍 잠을 청했다. 차마 외숙모한테 밥을 차려 달라고 할 수 없었기 때문이었다. 그럴 때면 몰래 부엌으로 가서 가마치*라도 있으면 가져와 몽규한테 먹였다.

한문 시간이었다. 김약연 선생님이 교실로 들어오자마자 출석을 불렀다. 김약연 선생님은 이름이 불린 학생의 얼굴을 인자한 눈길로 가만히 바라보았다. 이어 칠판에다 빠른 손놀림으로 한자를 적었다.

"『맹자(孟子)』, 「이루장구(離婁章句)」에 나오는 말씀이다."

동주는 이미 알고 있는 한자라 칠판을 보지도 않고 필기했다. 몽규도 칠판을 보지도 않고 빠르게 적었고, 외할아버지에게 『대학(大學)』까지 배운 익환도 필기를 마치고 펜을 놓았다.

"송몽규 군, 무슨 뜻인가?"

"예!" 우렁찬 대답과 함께 몽규가 자리에서 일어났다. 몽규는 헛기침부터 먼저 했다. 동주는 오른손 검지에 묻은

---

* 눌은밥.

잉크를 물끄러미 바라보았다.

"다른 사람을 사랑으로 대하는데도 친해지지 않으면 자기한테 인(仁)이 없지 않았는가 반성하고, 다른 사람과 함께하려고 하는데 잘되지 않으면 자기한테 지혜가 모자라지 않았는지 반성하고, 다른 사람에게 예절을 다했는데도 공감이 없으면 자기한테 다른 사람에 대한 공경하는 마음이 없지 않았는가 반성한다. 자신의 행동에 알맞은 결과가 따라오지 않으면 그것은 모두 자신에게서 찾아야 한다. 이런 뜻입니다."

"으음, 좋은 해석이구나. 그런데 왜 '치(治)'를 '다스리다'로 하지 않고 '함께하는' 것으로 했지?"

"사람을 어찌 다스리겠습니까? '치'라는 문자는 왕조의 낡은 유물입니다. 그래서 저는 '공(共)'으로 바꿔 보았습니다. 공맹 학문의 핵심은 '대동(大同)'에 있기 때문입니다."

몽규의 대답을 들으며 동주는 얼른 김약연 선생님의 얼굴을 봤다. 아니나 다를까 눈썹이 위로 올라가는 게 보였다. 지난 몇 년 사이에 김약연 선생님과 명동촌의 어른들은 '공'이란 글자만 들어도 고개를 외로 꼬았다. 동주는 불안했다.

"'치'를 '공'으로……. 너무 과하지 않느냐? 애초에 맹자

께서 이 글자를 쓴 연유가 있을 터인데."

김약연 선생님이 몽규한테 다시 질문했다. 동주는 김약연 선생님이 화를 내지 않고 차분하게 되묻는 걸 보고 긴장되었던 마음을 슬며시 내려놓았다. 몽규가 혼나는 것도 선생님이 화를 내는 것도 싫었다.

"죄송합니다. '치'에 대한 해석이 이 글의 본뜻이 아닌데, 제 생각이 짧았습니다."

몽규가 자신의 얼른 의견을 굽히고 허리를 숙였다. 동주도 같은 생각이었다. 이 글의 핵심은 '치'의 해석에 있는 게 아니었다.

"송몽규 군, 자리에 앉게. 공부하는 태도가 참으로 훌륭하네. 이 글의 참뜻은 남 탓을 하지 말고 내 탓을 먼저 하라는 가르침에 있네. 열여섯 살이면 모두 어른이네. 이 중에는 이미 결혼한 학생도 있고 약관*을 넘긴 학생들도 있네. 남 탓을 하는 사람은 아무리 나이가 많아도 어른일 수가 없네. 소인과 군자는……. 남 탓을 하면 소인이고 내 탓을 하면 군자라고 할 수 있지."

수업이 끝났다. 익환은 서둘러 가방을 쌌다. 동주는 익

---

* 스무 살을 뜻함.

환의 모습을 보고 빙그레 웃었다. 아주 먼 데서 아버지가 돌아오는 날이니……. 오후 늦게 원산에서 오는 열차가 용정역에 도착하는데, 그 열차를 타고 문재린 목사님이 돌아온다고 용정 시내에 소문이 짜하게 퍼졌다. 문재린 목사님이 돌아온다는 소식에 옛 명동촌 사람들은 너나없이 좋아했다.

문재린 목사님은 두어 달 뒤에 용정중앙교회 목사로 재직하게 되었고, 2학기부터는 은진에서 성경을 가르쳤다. 익환네는 교회 사택으로 이사했고, 동주네 집도 영국 덕이 근처 일본 영사관이 내려다보이는 곳으로 옮겨 갔다.

동주는 일요일이면 교회 주일 학교에서 익환과 함께 어린이들과 지냈다. 몽규는 교회에 다니지 않았다. 일요일이면 몽규도 많이 바쁜 듯 보였다. 동주는 어린이들과 함께 지내며 그들의 맑은 영혼을 가슴속에 받아들였다. 특히 윤석중의 동요를 좋아해서 자주 들었고 노랫말을 연구했다.

'어떻게 반달을 햇님이 쓰다 버린 쪽박으로 봤을까? 어떻게 그걸 할머니가 물 길러 갈 때 치마끈에 달랑달랑 채워 주는 상상을 했을까? 윤석중은 정말 대단해.'

동주는 「낮에 나온 반달」은 물론이고 「산바람 강바람」, 「달 따러 가자」, 「퐁당퐁당」, 「우산 셋이 나란히」, 「도리도리 짝짜꿍」의 노랫말을 세밀하게 분석하곤 했다.

"동요가 그렇게 좋아?"

몽규의 핀잔 섞인 질문이었다. 동주는 몽규와 논리적으로 붙으면 이길 자신이 없었다. 몽규는 세상이, 조선이 이토록 비참한데 현실과 동떨어진 동요나 지어내며 예술가입네 하는 자세를 무척 싫어했다.

"응, 좋아."

동주는 논리 이전에 정서적으로 동요가 너무 좋았다. 몽규는 일요일에 만나는 용정 시내의 가난한 사람들과 그 아이들을 생각했다. 아이들의 굶주림에 지친 눈빛 어디에도 동요의 세계는 존재하지 않았다. 그 현실을 몽규는 보았다. 몽규는 동주가 교회의 어린이들이 보여 주는 순수함만 보고 있는 게 불만이었다. 하지만 속으로만 생각했다.

동주는 수업이 끝나고 운동장에 나가 공을 차는 시간을 좋아했다. 공을 차며 땀을 뻘뻘 흘리는 순간만큼은 어떤 잡생각도 머리에 들어오지 않았다. 육체의 순수함만 남았다. 머리 꼭대기에서 이마를 타고 내려와 눈을 찌르고, 턱을 타고 뚝뚝 떨어져 가슴에서 구르는 엄청난 땀을 사랑했다.

땀을 뻘뻘 흘리며 공을 따라 달리는 그 순간의 순수한

육체는 잠시나마 복잡하면서도 비참한 현실에서 동주를 멀리 옮겨 주었다. 동주는 치고 달리기에 뛰어난 편이었다. 드리블하는 솜씨도 꽤 괜찮아서 주로 공격수로 뛰었다. 미들에서 상대방 수비수의 뒤쪽 공간으로 공을 찔러 준 뒤 최고 속도로 달려가 공을 잡아 골문을 향해 몰고 갔다. 동주의 달리기를 상대 수비수들은 좀체 따라잡지 못했다. 동주는 상대 골키퍼의 몸놀림을 주시하다가 슛을 때렸다.

"골인!" 신이 난 동주는 두 손을 번쩍 들었다.

 골을 넣는 날에는 그렇게 행복할 수가 없다. 동주는 축구부 유니폼의 등번호도 집에 가져가서 재봉질로 붙이기도 했다. 그의 바느질 솜씨는 나날이 늘어서 교복도 스스로 수선했다.

 칼로 실밥을 뜯어내고 교복을 해체한 뒤에 몸에 맞게 재단하고 재봉틀로 가져갔다. 노루발 아래 옷감을 놓고 발판을 밟으면 재봉틀이 돌아갔다. 오른손으로 옷감을 잡아당기며 노루발 아래를 통과시키면 깔끔하게 바느질이 완성되었다.

"바느질 솜씨가 나를 이기겠다." 어머니가 감탄했다.

3. 호외

 4월 마지막 주의 토요일 오후, 학교에서 축구 경기를 마치고 동주는 축구부원 몇과 함께 해란강으로 나갔다. 햇살은 따끔할 정도로 눈이 부셨다. 해란강은 용정 시내를 가로질러 비암산 아래의 드넓은 평야를 도도하게 흘렀다. 징검다리 열댓 개 정도의 강폭이었다.

 강가에 도착하니 여기저기서 빨래하는 아낙과 처녀가 눈에 띄었다. 강가에는 자갈돌이 많아 빨래를 널기에 좋았다. 동주는 동무들과 함께 조금 깊은 곳으로 들어가 몸을 씻고 나와 유니폼을 빨아 적당히 달궈진 자갈 위에 널었다. 다른 동무들은 호떡을 걸고 납작한 돌을 주워 물수제비뜨기를 했다.

 동주는 자갈 위에 앉아 강변의 풍경을 가만히 바라보았다. 윤석중의 동요처럼 강가에서 부는 바람은 시원했고 좋았고 고마웠다. 잠시 뒤, 강 건너편에 처녀 두엇이 나타나더니 소쿠리에 담아 온 나물을 씻기 시작했다. 동주의 입가에 미소가 빙그레 피어올랐다.

 "퐁당퐁당 돌을 던지자, 누나 몰래 돌을 던지자……." 동주는 윤석중의 동요를 나직하게 불렀다.

"건너편에 앉아서 나물을 씻는, 우리 누나 손등을 간질여 주어라."

노래의 여운이 동주를 휘감았다.

밤하늘에 빛나는 별처럼, 강가에서 부는 바람처럼, 초가지붕에 쏟아지는 햇살 같은, 갓난아기의 맑은 눈동자 같은 시를 쓰고 싶었다. 아직은 많이 부족했다. 동주는 자갈 위에 널어놓은 유니폼을 만져 보았다. 꽉 짜서 널었더니 그새 꾸덕꾸덕 말라 있었다.

"동주야, 호떡 먹으러 가자."

물수제비뜨기를 하던 축구부 동무들이 몸을 흠뻑 적신 물방울을 털어 내며 말했다. 물방울에 햇살이 비치자 물방울 하나하나가 은색으로 영롱하게 빛났다. 보석보다 아름다운 물방울이었다. 아까 운동장에서 한참 공을 찰 때 보았던 땀방울이 자연스레 떠올랐다. 그 한 방울의 땀이 바로 보석이라는 생각이 들었다.

동무들과 용정 시내를 걸어가는데 일본군이 도로를 가득 메운 채 행군하는 게 보였다. 일본군을 보니 호떡 먹을 생각이 싹 사라지고 말았다. 만주국 경찰이 의심에 찬 눈초리로 동주 일행을 쏘아보았다.

일본 영사관의 형사들이나 만주국 경찰의 눈에 은진중

학교 학생들은 누구나 불령선인*이었다. 만주국이 건국된 이후에도 영국 덕이에 있는 은진중학교나 명신여학교에서는 여전히 조선의 독립군가나 애국가를 불렀다. 김약연, 문재린, 명희조 같은 선생님들은 조선 민족의 얼을 착실히 가르치고 있었다.

일본은 하루빨리 치외 법권 지역인 영국 덕이를 소멸시키고 싶었다. 하지만 일본은 영국과 동맹을 맺고 있었기에 잠시 자제하고 있을 뿐이었다. 그들은 언제든지 군대를 들여보내 영국 덕이를 짓밟을 힘이 있었다.

집에서 보면 아래쪽으로 일본 총영사관이 보였고, 가까운 곳에 신사(神社)가 있다. 돌기둥으로 된 신사 정문에는 만주국의 오색기와 일본의 태양기가 늘 게양되어 바람에 휘날렸다. 그럴 때마다 동주는 어떤 모순을 느꼈다. 은진중학교는 집에서 이백 미터 정도의 거리에 불과했다. 축구 하듯이 뛰어가면 일 분도 안 되어 교문을 통과하곤 했다.

용정 시내 거리의 좌판에서 축구부 선배가 호떡을 사 주었다. 호떡은 무척 쫄깃했다. 선배들은 공격에 뛰어난 소

---

* 일제 강점기에 쓰던 '불온하고 불량한 조선 사람'이라는 말로, 일본 제국주의자들이 자기네 말을 따르지 않는 한국 사람을 이르던 말.

질을 보이는 동주를 귀여워했다. 어느 선배가 호떡 하나를 더 사 주면서 이번에 바지를 샀는데 나팔바지로 고쳐 줄 수 있느냐고 물었다. 동주는 흔쾌히 그러겠다고 했다. 선배는 잠시 기다리라고 하더니 집으로 뛰어가 기성복 바지를 가지고 왔다. 동주는 바지를 받아 집으로 왔다.

"어디 갔다가 이리 늦어?"

몽규가 반겨 주며 물었다. 토요일에도 밤늦게까지 집에 들어오지 않는 몽규가 오늘따라 방에서 책을 읽고 있었다.

"응. 축구 끝나고 해란강에서 씻고, 선배들한테 호떡 얻어먹고 오는 길이야."

동주가 바지를 방바닥에 툭 던지며 말했다.

"샀어? 너 요새 옷에다 너무 멋을 내더라?"

"내 꺼 아니야. 축구부 선배 거. 좀 고쳐 달래."

"너 바느질 솜씨가 축구부까지 소문났냐?"

몽규가 힐난하듯이 말했다.

"그거야 축구복에 등번호 달아 줄 때부터 소문이 났지."

동주는 몽규의 말에 가시가 들어 있다는 걸 알면서도 그걸 애써 무시했다. 소학교 시절부터 몽규의 말에는 가시가 많았다.

"오늘 동아일보가 호외를 냈더라. 읽어 봤어?"

몽규가 물었다.

"호외? 몰랐어."

동주는 동아일보가 호외를 낸 줄도 모르고 나름 바쁘게 하루를 보냈다. 몽규는 주머니에서 호외를 꺼내 동주한테 내밀었다. 동주가 얼른 눈으로 읽었다.

"……."

가슴이 아팠다. 조선 청년이 상해의 홍구 공원에서 일본군 사령관을 향해 폭탄을 던졌다는 호외였다.

일본은 상해는 물론이고 만주까지 집어삼켰다. 만주국은 '만철'이라고 불리는 남만주철도주식회사와 관동군이 운영했다. 역설적이게도 만주국에서 가장 가난한 사람은 만주인들이었다. 만주국에서 대다수 조선 사람은 하급 관리로 등용되는 특권을 누렸다. 중학교를 졸업하고 만철에 입사하는 청년들도 많았다. 만철은 일본의 대기업이었으며 동시에 정보기관이기도 했다.

그렇게 엄혹한 상황에서 기세등등한 일본군을 향해 폭탄을 던지다니……. 하지만 그 청년은 곧 사형대의 이슬로 사라질 터였다. 꿈을 펼쳐 보지도 못하고 사라질 청년의 목숨이 안타까워 동주의 가슴은 미어질 듯 아팠다.

"모두가 싸울 수는 없지만, 누군가 한 사람이라도 이렇게 꾸준히 싸워야지. 그게 정신이니까."

몽규가 나직하게 말했다. 몽규의 말이 너무나도 옳아서 동주는 딱히 대꾸할 말이 없었다. 그래서 약간은 기분이 상했다. 몽규는 아마도 그 '한 사람'이 될 마음으로 지금을 견디고 있다고 동주는 생각했다. 물론 동주는 몽규한테 직접 묻진 않았다. 몽규의 대답이 너무 두려웠기 때문이었다.

"명희조 선생님이 그러시는데, 김구 주석의 지시로 윤봉길이라는 청년이 왜놈들의 전승 기념식장에 가서 폭탄을 던졌다고 하더라. 목숨과 맞바꾼 조선 청년의 기개며 정신이라고 생각해."

몽규는 호외를 도로 주머니에 넣었다. 몽규는 북간도를 쩌렁쩌렁 울리던 독립군이 거의 사라져 버린 현실에 대해 무척 안타까운 마음을 드러냈다. 동주는 듣기만 했다. 명희조 선생님은 어디에서 그런 정보를 들었을까 하는 궁금증이 일었지만 묻지 않았다.

"예전에 북간도의 십자가 아래로 독립군과 지사들이 모였다면, 요즘은 십자가만 남은 셈이야. 지금 십자가 아래에 있는 사람들은 현실에서의 고통을 외면하고 죽음 이후의 구원에만 몰두하고 있어. 나는 그게 좀 싫더라."

몽규가 말했다. 동주는 약간의 저항감을 느꼈다. 몽규의 말은 일부는 맞지만 일부는 틀렸다. 북간도에 교회마저 없었다면 조선 사람들은 정말로 의지할 데가 없는 셈이었다. 교회라도 있어서 그나마 일본과 싸울 최소한의 힘이라도 얻는 게 아닌가, 라고 말하고 싶은 걸 동주는 꾹 눌러 참았다.

4. 슬픔

9월에 2학기가 시작되었다.

만주국 전체에서 모집한 자위대가 작은 마을에서부터 큰 도시에 이르기까지 조직되었다. 만주국 자위대에는 일본인들만 자원한 게 아니라 조선인들도 자원했다. 대다수 조선인은 만주까지 집어삼키고 또 하나의 제국을 만들어낸 일본에 대항하여 독립 투쟁을 하는 것은 이제 무의미한 일이라고 생각했다. 그들은 적극적으로 일본에 협력했다.

북간도에도 연길과 화룡은 물론이고 용정에도 자위대가 만들어졌다. 자위대는 밤마다 마을이며 도시를 마적단으로부터 지킨답시고 골목골목을 누비며 다니며 독립투사를 골라내 고발했고 처벌했다. 용정의 조선인 상인들은 자위대를 환영했지만, 학생들은 증오에 가까운 눈빛을 보냈다. 몽규는 자위대를 관동군 똘마니라며 노골적으로 비아냥거렸다.

추석을 며칠 앞둔 토요일 오후, 학교를 마친 뒤 동주는 운동장에서 공을 찼고 몽규는 명희조 선생님과 함께 교실에서 비밀 모임을 가졌다. 교실 유리창으로 보니, 동주가 공을 몰고 상대편 진영으로 드리블해 나가다가 심한 태클에 걸려 넘어졌다. 몽규는 슬며시 웃었다. 한 바퀴 몸을 굴려 일어난 동주는 아무 일도 없다는 듯 골문을 향해 달려갔다. 프리 킥이 날아오자 빡빡머리 동주가 머리로 받았으나 공은 골대를 한참이나 빗나갔다.

"오늘은 화연리 유정촌 사람들의 명복을 먼저 빌고 시작하자. 소식을 들어 아는 사람은 알겠지만, 지난 수요일에 일제 놈들에게 많은 사람이 희생되었다. 자, 묵념!"

명희조 선생님이 슬픔으로 굳은 얼굴로 조용히 말했다. 몽규를 비롯한 모임의 회원들이 모두 묵념을 올렸다. 묵념을 올리는 동안 몽규의 뇌리에는 수많은 장면이 스쳐 지나갔다. 일본군의 대검이 어린아이의 가슴에 꽂히는 상상을 하니 저도 모르게 이마가 찡그려졌다. 명희조 선생님이 헛기침을 두어 번 했다.

"지난 9월 7일 수요일, 중기관총과 경기관총, 대포로 중무장한 일본군과 만주국 자위단 칠십여 명이 화연리 유정촌을 포위했다. 유정촌은 겨우 아홉 집밖에 안 되는 작은 마을인데, 놈들은 마을을 포위하고 집집마다 불을 지르고 밖으로 뛰쳐나오는 사람들을 향해 닥치는 대로 총질을 해댔고, 두 살배기부터 칠순 노인네를 가리지 않고 살해했어. 유정촌은 피바다로 변했고, 집은 모두 불탔고, 마당이며 골목에는 피가 흥건하게 흘렀다고……. 서로 총을 마주 쏘는 전투 상태도 아닌데 말이야. 민간인을 상대로 이렇게까지 하는 것은 도시에 사는 사람들을 향한 일종의 경고겠지. 끔찍한 학살로 연출한 경고. 경고장을 받은 사람들은 두려움에 순해질 수밖에 없을 테고. 작년 시월부터 시작된 저놈들의 학살이 해란강을 따라 계속되고 있으니, 참으로 걱정이다."

명희조 선생님의 말에 학생들은 침묵으로 대답했다. 이 순간, 책상을 치고 분노한다고 해서 화가 풀리는 것도 아니었다. 일본군과 일부 조선인으로 이루어진 만주국 자위대는 항일 유격대와 독립군, 중국 공산당 동만 지부의 세력이 있다고 의심되는 한적한 촌락만을 골라 학살 놀음을 하는 중이었다.

골인!

운동장에서 함성이 들렸다. 유리창으로 보니 골을 넣고 주먹을 흔들며 환하게 웃는 동주의 얼굴이 보였다. 세상이 문득 흐리게 보였다. 몽규는 안경을 벗어 옷자락으로 닦았다. 안경은 잘 닦이지 않았고 자국이 많이 남았다.

"유인물이라도 만들어서 용정 시내에 뿌려야 하는 거 아닙니까?"

선배 중 누군가가 말했다.

"당연히 해야지. 그냥 지나갈 수는 없지. 우리가 아니더라도 누군가는 반드시 해야만 하는 일이야. 하지만 우리 모임에서는 하지 않는 것으로 하지. 공식적으로 하지 않는 거야. 선생님도 부담이고 우리 모임도 부담이니. 특고[*] 형사들이 우리를 주목하고 있다는 사실을 명심 또 명심. 학교 안에서도 누가 특고와 연결되어 있는지 알 수 없어. 우리 은진중학에서는 그럴 사람이 없지만, 그래도."

모임을 이끌어 가는 고참 선배가 말했다. 몽규는 불만이었다. 하자는 것인지 하지 말자는 것인지, 의도가 불분명했다.

"유인물 제작과 배포를 공식적으로 안 하는 거죠?"

몽규 맞은편에 앉은 2학년 선배가 물었다. 그는 가까운 훈춘 출신의 형님이었다. 아버지가 교회의 집사였지만 은진의 종교 교육에 대해 노골적으로 반감을 드러내는 선배였다.

"그렇다."

"공식적으로 알았습니다."

---

[*] 1911년에 일제가 정치 운동이나 사상 운동을 단속하기 위하여 둔 경찰.

몽규는 그제야 그들의 선문답 같은 말이 무슨 뜻인지 눈치챘다. 명희조 선생님은 세계 철학의 흐름을 알아야 한다는 말과 함께 일본에서 나온 철학 개론부터 읽어 보자고 제안했다. 모두 좋다고 대답하고 모임을 끝냈다. 모임을 끝내고 나오니 운동장이 텅 비어 있다. 훈춘 출신의 선배가 몽규를 따로 불렀다. 두 사람은 운동장 벤치에 앉아 어둠이 내릴 때까지 이야기를 나누었다.

"교지 편집부에 안 들어올래?"

동주가 몽규한테 물었다. 명동소학교 시절부터 몽규와 동주는 잡지를 편찬했고, 벽신문도 만들었다. 잡지라고 해야 철필로 긁고 등사로 밀어 찍어 낸 조잡한 것이었다. 하지만 동급생들과 함께 원고를 쓰고 편집한 소중한 잡지였다. 벽신문을 만들 때는 모두 소년 기자가 되어 명동촌 곳곳을 누비기도 했다.

"좀 바빠."

몽규는 바쁘다는 말로 편집부 활동을 거절했다. 중학교에 들어와 비밀이 점점 많아지고 있는 몽규였다. 그렇다고 몽규 스스로 말하지 않는데 굳이 물어볼 필요는 없었다. 비밀은 모르는 게 나았다. 동주는 그 비밀을 존중했다.

"너랑 같이하면 참 좋을 텐데. 할 수 없지, 뭐."

동주는 교지 편집부에 막내로 들어갔다. 축구부가 육체 활동이라면 편집부는 문학 활동이었다. 동주는 어떤 경우에도 문학을 놓고 싶지 않았다. 한글 글씨가 가장 단정해서 동주가 주로 철필을 긁었다. 철필만 긁는 게 아니라 등사도 해야만 했다. 동주의 손에는 등사 잉크가 마를 날이 없었다. 어느 날 밤, 마당에서 별을 보고 있는데 몽규가 대문을 열고 들어왔다.

"이제 오냐?"

"응."

"저녁은 먹었고?"

"동주야, 저녁 대신에 부탁이 하나 있는데."

"네가 웬일이냐? 나한테 부탁도 하고."

동주가 환하게 웃으며 말했다.

"편집실 열쇠 좀 빌려줘라, 일요일 낮에."

"편집실 열쇠? 그건 뭐 하게?"

"아무것도 묻지 말고."

　몽규의 말에 동주는 고개를 끄덕였다. 묻지 말라고 하니 묻지 않는 게 좋다.

"열쇠가 나한테 없는데……."

"훔치든지 빌리든지, 그건 네가 알아서 하고."

몽규의 말에 동주는 잠시 고민했다. 같은 학교에 같은 반에다 한방에서 먹고 자는 사촌이자 동무였지만, 몽규는 자꾸만 위험한 길을 향해 가는 것 같았다. 그 위험한 길에 대해 몽규는 동주한테 절대 말하지 않았다. 동주 또한 어렴풋이 위험을 감지할 뿐이었다. 그 위험은 동주를 향한 위험이기도 했다. 주변 사람을 위험과 상처에 빠트리기 때문에 비밀은 위험했다. 비밀의 파편이 언제 심장을 향해 날아올지 모르기 때문이다.

"알았어. 반공일에 갖다줄게."

동주는 편집부원 아무한테도 말하지 않고 편집실 열쇠를 챙겨 반공일 저녁에 몽규한테 전했다. 이틀이 지난 월요일 오전에 용정이 발칵 뒤집혔다. 화연리 유정촌 학살 사건을 소상하게 알리는 내용의 유인물이 용정 시내 곳곳에 뿌려졌다. 사복을 입은 일제 특고 형사들이 용정의 여러 중학 주변의 식당이며 문방구, 골목마다 쫙 깔려 감시의 눈초리를 빛냈다.

용정 시내에 있는 여러 중학의 학생들 몇몇이 체포되어 일본 영사관 지하 감옥으로 끌려갔다는 소문이 돌았다. 은진중학 학생들도 두엇 끌려갔지만, 몽규는 태연한 얼굴로 학교를 다녔다. 끌려간 학생 중에는 독서회의 멤버인 훈춘 출신도 있다고 했다.

  동주는 마음이 조마조마했다. 몽규한테 편집실 열쇠를 빌려준 것이 언제 발각될지 몽규가 언제 체포될지 몰랐기 때문이었다. 훈춘 출신 선배는 영사관 지하 감옥에서 모진 고문을 당하고, 반병신이 되어 재판을 받았다. 징역 3년을 받고 대련에 있는 여순 감옥으로 이송되었다는 소문이 용정에 파다했다. 그 소식을 듣고 온 밤에 몽규는 이불을 덮어쓰고 통곡했다.

5. 감자

 멀리 시베리아에서 냉기를 가득 실은 찬 바람이 불어왔다. 시월부터 북간도는 혹한의 겨울로 서서히 접어들었다. 지난가을부터 핏물이 그칠 새 없이 섞여 흐르던 해란강에 서서히 살얼음이 끼기 시작했다. 나무들은 잎새를 떨구고 앙상한 가지만 흔들었으며, 나무에 둥지를 틀고 어린 새끼를 길러 내던 새들은 남쪽으로 날아갔다.

 그즈음 몽규는 날마다 가위에 눌렸다. 심리적으로 아무 문제도 없는데, 귀신들이 창문을 열고 들어오거나 학교 벽을 타고 올라오는 가위에 시달렸다. 어떤 날은 잠을 자기가 두려워 밤을 꼬박 새워 책을 읽기도 했다. 그런 날이면 수업 시간에 정신없이 졸기도 했고 잠에 빠져들어 몇 번이나 걸려서 혼이 났다. 그 증세는 훈춘 출신의 선배가 체포된 이후부터 시작되었다. 그 선배는 끝내 몽규의 이름을 불지 않았다.

 동주는 가늘게 코를 골았고, 동생 일주는 잠꼬대를 하며 칭얼거렸다. 그 옆에서 몽규는 잠들지 못하고 뒤척이다 이불을 차고 벌떡 일어났다. 앉은뱅이책상으로 가서 책을 펼쳤다. 중요한 책은 모두 학교에 두고 다녔기에 교과서를 펼쳤다. 교과서는 역시나 재미없었다. 세상에서 제일 재미없는 책을 고르라면, 주저하지 않고 교과서라고 말할 수 있을 터였다. 눈알이 빠질 정도로 교과서를 다 읽고 난 뒤에야 다시 잠자리에 누웠다. 곧 잠이 들었다.

여기는 어딜까?

숲속의 오솔길을 몽규 혼자 걷고 있었다. 청산리로 가는 길인 듯도 싶고 아닌 듯도 같았다. 해란강 근처에 있는 어느 한적한 마을 뒷산처럼 느껴지기도 했다. 한참을 헤매고 다니는데 자꾸만 숲으로 들어가는 느낌이었다. 어서 길을 찾아 숲에서 나가야 하는데 도무지 길이 보이질 않았다.

그러다 문득 밭이 나타났다. 밭에서는 감자 썩는 악취가 심하게 풍겨 나왔다. 썩은 감자가 몽규의 발에 물렁물렁 밟혔다. 썩은 감자의 수렁에서 헤어 나오질 못하고 두 발이 점점 잠기기 시작했다. 감자의 뿌리가 몽규의 발을 잡아끄는 것만 같았다.

헉!

그때 썩은 감자 수렁 가운데서 흰옷을 입은 노파 하나가 쑤욱 올라왔다. 노파의 손에는 핏물이 뚝뚝 떨어지는 낫이 들려 있다. 달아나야 하는데, 달아나야 하는데, 두 다리는 점점 수렁으로 빠져들고 몸은 말을 듣지 않았다.

'동주야 살려 줘, 동주야! 동주야!'

아무리 고함을 질러도 말이 입 밖으로 나가질 않았다. 노파는 점점 가까이 다가왔다. 몽규는 몸부림쳤다. 노파가 몽규를 향해 낫을 휘둘렀다.

아악!

몽규가 몸부림을 치며 비명을 질렀다. 깜짝 놀라 잠에서 깬 동주는 몽규의 몸을 마구 흔들었고 따귀를 세차게 때렸다.

커억!

긴 숨을 토하듯 내쉬며 몽규가 잠에서 깼다. 동주가 전등을 켰다. 몽규의 몸은 땀으로 흥건하게 젖어 있었다.

"또, 가위눌렸어?"

동주가 수건을 가져와 몽규한테 주었다. 몽규는 수건을 받아 땀에 젖은 머리카락부터 닦기 시작했다.

"아, 정말······."

몽규는 말을 잇지 못했다. 밤마다 귀신들이 찾아오니 정말 미칠 지경이었다.

"어제는 어떤 젊은 여자가 죽어서 축 늘어진 아기를 안고 쫓아왔다며? 오늘은 누구야?"

동주가 물었다.

"오늘은 어떤 할머니였어. 시퍼런 낫을 들고 쫓아오더라고."

수건을 방바닥에 던지며 몽규가 말했다.

"물 좀 마셔."

동주가 자리끼*를 가져와 몽규한테 내밀었다. 몽규는 자리끼를 벌컥벌컥 들이켰다. 빈 사발을 받아 동주가 앉은뱅이책상 위에 쾅 놓았다.

"나라를 잃으면 여자와 어린아이가 제일로 고통받는 것 같아. 국권을 남의 나라에 넘긴 것도 남자, 전쟁을 일으킨 것도 남자인데……. 어째서 여자와 어린아이가 이런 지옥을 겪느냐고! 차라리 죽는 편이 나았을 텐데. 전쟁은…… 여자와 애들한테 가장 끔찍한 지옥이야. 이곳 북간도에서는 특히나 더. 일본 군인이나 사무라이 낭인들한테 강간당하고, 강간 때문에 임신한 아이를 낳아서 길러야 하고. 왜놈 자식 낳았다고 손가락질당하고, 남편이나 아들은 모조리 죽고. 여자가 제일 불쌍해."

몽규가 차분하게 말했다. 동주는 고개만 끄덕였다.

"원혼의 명복을 비는 굿이라도 해야 하나?"

---

* 밤에 자다가 마시기 위하여 잠자리의 머리맡에 준비하여 두는 물.

굿이라는 몽규의 말에 동주는 선뜻 동의하지 않았다. 물론 교회에서는 참변을 당한 사람들의 명복을 대놓고 빌어 줄 수가 없었다. 예배 시간에도 밀정*이 수두룩하기 때문이었다. 그렇다고 미신의 일종인 굿은 아니라고 동주는 생각했다.

"너는 굿이 싫지?"

몽규의 질문에 동주는 대답하지 않았다. 침묵이 바로 대답이었기 때문이었다.

"명희조 선생님이 그러시는데, 굿은 우리 민족의 전통문화 중 하나라고 하더라. 맺힌 한을 풀어 주는 한풀이의 성격이 있대. 그만 자자."

몽규가 일어나서 전등불을 껐다. 벌써 새벽이 왔는지 창문이 희뿌윰했다. 멀리서 닭이 울었다.

학교에서 몽규는 명희조 선생님께 꿈 이야기를 했다. 명희조 선생님은 몽규의 꿈 이야기를 듣고 돌아서며 말했다.

"네 이름에 꿈이 들어 있어서 그런가 보다."

몽규는 돌아서는 명희조 선생님의 뒷모습을 보며, 내 이름엔 별도 있는데, 라며 중얼거렸다. '몽규'는 글자 그대로

---

* 남몰래 사정을 살피는 사람. 스파이.

'꿈'과 '별'이었다. 꿈을 이루기 위해 노력하다가 별이 되라는 건지, 별이 되기 위해 꿈을 노력하라는 건지, 별 자체가 꿈이라는 건지 모르겠지만 아무튼 이런 이름을 지어 준 아버지께 감사할 일이었다. 몽규는 익환을 만나 가위눌렸던 이야기를 했다.

"너를 위해 기도할게. 너무 강박 관념에 시달리지 마. 너는 무엇에 빠지면 거기에 너무 몰입하는 경향이 있어. 한 발 뒤로 물러날 수도 있어야지. 앞으로 나가기만 한다고 목적지에 빠르게 도착하는 것도 아니잖아. 때로는 곡선이 직선보다 빠르기도 해. 새벽 기도 시간에 너를 위해 기도할게."

"고마워, 익환아."

복도에서 익환과 이야기를 나누고 있는데 명희조 선생님이 지나가다가 종례 끝나면 교무실로 오라고 했다. 종례가 끝나고 교무실에 가니 성경 과목을 가르치는 문재린 목사님이 가방을 챙기고 있었다. 몽규는 문재린 목사님께 가서 정중하게 절을 했다. 문재린 목사님이 왜 눈이 빨갛게 충혈되어 있냐고 물었다. 불면증에 시달린다고 대답하자 잠이 안 올 땐 성경을 읽으라고 조언했다.

몽규는 그러겠다고 대답하고 명희조 선생님의 자리로

갔다. 몽규는 명희조 선생님께 고민을 털어놓았다. 명희조 선생님이 손가락으로 책상을 톡톡 치다가 빙그레 웃었다.

"내 생각엔 아무래도 네가 강박에 시달리는 것 같구나."

익환도 강박 관념에 시달리고 있다고 하더니, 명희조 선생님도 같은 말을 하는 게 신기했다. 본인의 눈에는 안 보이지만 다른 사람의 눈에는 그게 보이나 싶었다. 몽규는 썩은 감자밭 이야기도 마저 했다.

"운동장으로 가자."

명희조 선생님이 먼저 교무실에서 나가고 몽규가 두어 발짝 뒤에서 따랐다. 운동장에는 찬 바람이 불었고 앙상한 나무들이 가지를 흔들며 삭풍에 춤을 추었다. 명희조 선생님이 먼 곳을 바라보았다.

"산에 사는 독립군에게 겨울 숲은 곧 지옥이지. 나무들이 낙엽을 모두 떨구면 숲이 훤하게 보여. 숨을 데가 없어지는 게지. 또 풍성했던 열매나 나물도 더는 찾아볼 수가 없지. 걱정이구나. 또 이 겨울을 어찌 지낼지? 왜놈들은 점점 강해지고 있는데……."

몽규가 생각하기에도 일본은 점점 강해지는 중이었다. 괴뢰국인 만주국까지 만들어 허수아비 황제까지 내세울 정도가 되었다. 행정적으로나 법적으로 몽규는 조선인이지만 일본인 아닌 일본인이었고 만주인 아닌 만주국인이었다. 개인의 정체성을 흔드는 이 상황을 만든 것은 바로 일본이었다.

"그렇다면 우리는 이 싸움을 포기해야 하나요?"

착잡한 마음으로 몽규가 물었다.

"그 썩은 감자밭이 있는 한 싸움을 포기해선 안 돼."

몽규로서는 이해할 수 없는 명희조 선생님의 말이었다.

"……."

몽규는 왜냐고 묻지 않았다.

"썩은 감자밭은 독립군의 식량 창고야. 일본군이 볼 때는 산짐승도 먹을 수 없을 정도로 썩고 얼어 버린 감자지만 독립군한테는 소중한 식량이야. 독립군들은 그걸 캐다가 전분을 내려서 언 감자떡이나 언 감자국수를 만들어 먹어. 조선인 농민들은 자기 밭 중의 하나를 그렇게 썩혀서 남겨 놓아. 독립군을 위해서 일부러 그렇게 하지. 독립군이 누구냐? 바로 그들의 남편이고 자식이잖아. 그래서…… 적군이 아무리 강해도 썩은 감자밭을 남겨 두는 한, 싸움을 포기할 수 없는 거지. 나는 내 가슴에 나만의 썩은 감자밭을 만들어 두었어……."

명희조 선생님의 말에 몽규의 콧등이 시큰하게 울렸다.

썩은 감자나 언 감자를 남겨 둬서 일본군을 속이고 독립군을 먹이겠다는 그 마음. 그 마음을 자신도 기억하겠다고 다짐했다.

"썩은 감자밭은 고혈마를 견디고 버티고, 그 악마한테 꺾이지 않겠다는 마음이지."

"고혈마……가 무엇입니까?"

몽규가 명희조 선생님에게 물었다.

"기름과 피를 짜내서 먹는 마귀란 뜻이지. 겨울의 용정 거리에 나가면 굶주려 얼어 죽은 사람들이 가끔 눈에 띌 거야. 함박눈을 맞은 것처럼 보이지만 가까이 가서 보면, 보리알처럼 굵은 이들이 옷 밖으로 나와서 꿈틀거리고 있지. 그 사람들의 기름과 피를 누가 짜내서 먹어 버렸을까? 그 빈익빈 부익부를 양산하는 존재……."

몽규는 명희조 선생님의 입에서 나온 고혈마라는 말을 마음에 되새겼다.

"외국 작가 안데르센의 동화 중에 『인어 공주』가 있는데, 읽어 봤어?"

명희조 선생님이 느닷없이 화제를 바꾸어 질문을 던졌다. 몽규는 선생님이 왜 이런 질문을 하는지 가닥을 잡지 못해 얼른 대답하지 못하고 머뭇거렸다. 운동장에는 이제 땅거미가 몰려오기 시작했다. 기숙사 쪽에서 하모니카 소리가 구슬프게 들려왔다. 두고 온 고향에 대한 향수가 하모니카 음색에 담겨 밤공기를 흔들었다.

"소학교 때, 잡지에서 읽었습니다."

"인어 공주가 몇 살 때 처음으로 바다 밖 세상을 보는가?"

"열여섯 생일날이었습니다."

"이팔청춘이지. 이제 자네도 다른 세상을 볼 때가 되었네. 인어 공주가 열여섯 생일에 바다 밖 세상을 볼 수 있는 선물을 받은 것처럼. 춘향이도 열여섯에 이몽룡을 만났고. 동서양 모두 열여섯은 그런 나이지. 자기 생에 책임을 지기 시작하는 나이."

몽규는 명희조 선생님이 무슨 말을 하는지 알아들었다. 앞으로는 조금 더 단단한 마음으로 살아야 한다고 주먹을 쥐었다.

몽규는 그 마음으로 겨울을 보내고 동주와 함께 열일곱 번째 봄을 맞이했다. 대한민국 임시 정부가 수립된 지 십오 년이 되었고, 둘은 중학 2학년으로 올라갔다.

6. 웅변

4월에 동생 광주가 태어났다.

아기 울음소리와 함께 기다리고 기다리던 소포가 왔다. 경성에 있는 출판사에 주문했던 책이다. 동주는 기쁜 마음으로 윤석중 동시 제1집인 『잃어버린 댕기』를 손에 들고 냄새를 맡았다. 잉크 냄새가 남아 있는 새 책의 향기가 코를 자극했다. 동주는 훅 숨을 들이쉬었다. 아버지의 인쇄소에서 풍기는 석유 비슷한 기름 냄새가 가슴 깊이 밀려들었다.

"좋으냐?"

몽규가 물었다.

"응, 좋다."

동주는 시집을 펼쳐 읽기 시작했다. 영혼의 허기가 가시는 기분이었다. 몽규는 동주의 그 모습을 가만히 쳐다보았다. 등사 잉크가 파랗게 물이 들어 있는 동주의 손가락을 보니 왠지 모를 슬픔이 느껴졌다.

몽규는 동주의 내면에서 어린아이와 같은 맑은 영혼의 자아를 느끼곤 했다. 하지만 동주를 둘러싸고 있는 세계는 칠흑의 캄캄한 어둠이다. 어둠 세계에서 흡혈의 잔인한 짐승이 언제 튀어나올지 몰랐다. 더구나 그 짐승은 어린아이의 맑은 숨결과 살결을 더 좋아했다. 동주는 일부러 짐승의 세계를 밀어내고 자꾸만 어린아이의 심성만을 바라보려 하고 있다. 몽규는 그게 안타까웠다. 유아적 영혼에 얽매이지도 말고 동시에 낡은 윤리에도 사로잡히지 말아야 하는데……. 문학의 바다에는 얼마나 많은 풍랑이 있는가.

동주는 윤석중의 『잃어버린 댕기』에 푹 빠졌다. 날마다 읽고 또 읽었다. 동시라면 짧은 시를 상상했는데 예상을 깨고 이야기 시들이 많았다. 「잃어버린 댕기」나 「옥수수 하모니카」를 비롯한 이야기 시들은 모두 유쾌한 반전으로 시의 전개가 이뤄져 있어 재미가 쏠쏠했다.

"몽규야, 이거 좀 읽어 봐. 「빈대떡 한 조각」하고 「짝제기 신발」. 정말 재미있어."

동주가 시집을 내밀었다. 몽규가 시시한 걸 왜 읽으라고 그래, 라는 표정으로 시집을 받았다. 동주를 기분 나쁘게 하고 싶진 않았다. 몽규는 동시를 읽기 시작했다. 처음엔 반쯤 누워 읽다가 어느새 자세를 반듯하게 취했다. 몽규는 시집에 완전히 집중했다.

"그냥 동시가 아닌데……." 몽규가 말했.

"작년에 나온 동요집과는 차원이 완전히 달라졌어."

"시에 등장하는 인물들도 하나같이 재미나고."

몽규는 윤석중의 동시를 읽는 동주를 속으로 살짝 비웃은 게 겸연쩍었다. 동시집이라고 해서 거들떠보지도 않았는데 『잃어버린 댕기』는 배울 점이 많았다. 몽규는 하나의 완결된 이야기가 담긴 윤석중의 동시에 감탄하면서 앞으로 써 보고 싶은 글에 대해 생각했다.

며칠 뒤, 오랜만에 함께 학교에서 집으로 돌아오며 몽규가 입을 열었다. 그동안 몽규는 동주 몰래 윤석중의 동시집을 여러 번 읽었다. 그리고 나름대로 평가를 마친 뒤였다.

"윤석중은 동시에서 세상 모르는 철부지 같은 어린이의 자아를 내세우고 있지만, 조선 어린이가 처한 진짜 현실은 철저히 외면하고 있는 것 같아. 표현과 기법은 좋은데 세계관에는 동의하지 못하겠어."

"……."

몽규의 말에 동주는 침묵했다. 몽규의 말이 일부 맞을 수는 있지만 동의할 수 없는 부분도 많다고 동주는 생각했다. 동시에서조차 현실을 있는 그대로 표현하면, 너무 팍팍하지 않을까.

"언어의 유희는 문학이 될 수 없다고 나는 생각해. 나는 문학의 귀족으로 우아하게 살고 싶지 않아. 모윤숙은 문학의 귀족으로 살고 싶은 여류지만, 강경애는 문학 그 자체지. 모윤숙은 언어의 요술사에 불과하지만, 강경애는 진정한 문학인이지."

동주는 몽규의 말을 곰곰이 되씹으며 천천히 걸음을 옮겼다. 모윤숙과 강경애의 비유에서 동주는 약간의 충격을 받았다. 그 말이 오래오래 뇌리에 남았다.

"웅변대회 나간다며?"

집에 거의 다 왔을 때 몽규가 느닷없이 화제를 바꿨다.

"나가기 싫은데…… 선생님이 자꾸만 나가라고 하시네. 웅변에는 몽규 네가 더 어울리지 않을까? 네가 나보다 목소리나 제스처도 좋은데."

동주가 볼멘소리를 냈다.

"이미 웅변가로 뽑혀 놓고. 열심히 해야지."

몽규가 빙그레 웃으며 말했다.

"약 올리지 마. 원고도 써야 하고, 성가셔 죽겠구만."

"약 올리다니? 응원하는 거야. 위대한 웅변가의 탄생을 지켜보마."

"원고는 '땀 한 방울'이란 제목으로 간신히 썼는데……. 연습을 어떻게 하지?"

"땀 한 방울보다 폭탄 한 개가 더 낫지 않아?"

몽규가 이죽거렸다. 동주는 화가 났지만 내색하지 않았다. 다만 얼굴이 딱딱하게 굳었다. 몽규는 도무지 우회라고는 모르는 사람이었다. 직설적이면서도 논리적이고, 천재적이면서 행동파인 사람이 바로 몽규였다. 동주는 몽규의 직설 화법에 상처받았으나 상처를 속으로 삭였다. 몽규의 말은 옳았다. 다만 재수가 조금 없을 뿐이었다. 몽규는 동주의 굳은 얼굴을 보고 속으로 놀랐다.

"일단 저녁 먹고 마당에서 연습하자. 내가 봐 줄게."

몽규는 사과의 의미로 얼른 상황을 수습했다.

"좋아."

저녁을 먹고 잠시 쉬었다가 마당으로 나왔다. 몽규가 웅변은 조회대 위에 올라가서 하니, 좀 높은 곳에 서서 연습하는 게 필요하다고 말했다. 뭐가 좋을까 두리번거리는데 절구통이 눈에 띄었다. 가운데가 텅 비어서 위에 올라서서 중심을 잡기가 어려워 보였다.

"귤 궤짝을 놓고 올라가면 어떨까?"

몽규가 마당 구석에 있는 귤 궤짝을 가리키며 말했다.

"그거 좋겠다."

동주는 귤 궤짝을 가져다 절구통 위에 올려놓았다. 손으로 흔들어 보니 안정적인 느낌이 들었다. 동주는 귤 궤짝 위로 올라가서 헛기침을 몇 번 하고 웅변을 시작했다. 나름대로 목청을 한껏 높여 열변을 토해 냈다.

"그게 뭐냐? 가갸거겨 막 뗀 애가 책 읽는 것도 아니고. 낭독하는 것만도 못해."

몽규가 지적했다.

"나도 알고 있어. 웅변을 해 봤어야지."

동주는 목소리를 조금 높여 다시 연습했다. 몽규가 동주의 웅변을 듣고 도리도리를 했다.

"야, 웅변은 듣는 사람의 피를 끓게 해야 하는데, 피가 끓기는커녕 도로 식겠다."

몽규의 잔인한 평가에 동주는 귤 궤짝에서 내려왔다. 동주는 몽규의 지적대로 말투를 고치기가 어려웠다. 그게 말처럼 쉬운 게 아니었다. 조선 팔도에서 제일 부드러운 함경도 회령 사투리로 외쳐 본들 웅변이 될 까닭이 없었다.

게다가 제스처는 영 엉망이었다. 제스처를 취하려 했으나 어색하기만 해서 동주는 자주 멈칫거렸다. 저녁마다 연습했지만 웅변 솜씨는 어눌했고 마냥 제자리걸음이었다. 동생들은 그게 재미있다고 박수를 치며 좋아라 했다.

"야, 웅변은 포기하고 그냥 차분하게 뜻만 전달하는 방식으로 가자."

몽규는 동주의 웅변을 포기했다. 동주의 성격상 웅변과는 맞지 않았다. 내면에는 들끓는 용암이 있지만, 그것을 밖으로 내보내지 않는 성격이었다. 앞에서 이끌지 않지만, 기어이 맨 마지막까지 남아 있는 사람이 동주였다. 비록 그 길이 지나친 시련의 길일지라도 동주는 그 길에서 이탈하지 않을 것이다. 그것이 동주의 미덕이라고 몽규는 생각했다.

은진중학교 전교생이 모인 가운데 웅변대회가 시작되었다. 높은 조회대에 올라 저마다 사자후*를 토해 냈다. 제스처도 좋았다. 대부분 민족의식을 일깨우는 직접적이고 관념적인 내용의 말들이 운동장을 가득 채웠다.

수줍은 표정으로 동주가 조회대에 올라왔다. 동주는 땀 한 방울이 어떻게 점점 커지는지 또박또박 차분하게 이야기했다. 격정적인 제스처도 없었고 목청껏 외치는 열변도 없었다. 그냥 동주다운 웅변을 하고 내려갔다.

"저 정도면 꼴찌는 면하겠네."

---

* '사자의 우렁찬 울부짖음'이란 뜻으로, 크게 부르짖어 열변을 토하는 연설을 이르는 말.

익환이 몽규를 보며 말했다.

"그러게 왜 웅변대회에 나갔는지 모르겠어. 연습은 참 많이 했는데, 체질상 웅변가는 아니야. 생긴 것도 그렇고 딱 시인이야 시인."

몽규의 말에 익환이 고개를 끄덕였다.

"참가에 의의가 있는 거지." 몽규가 덧붙였다.

"동주가 웅변이라니, 좀 웃기기도 하고." 익환이 몽규를 보며 웃으며 말했다.

발표가 모두 끝나고 잠시 뒤에 심사 결과가 발표되었다. 장려상, 삼등, 이등까지 발표되었는데도 동주의 이름은 불리지 않았다.

"꼴찌로구만." 몽규가 말했다.

"좋은 내용이었어. 귀에도 쏙쏙 들어오고. 공허한 말잔치가 아니어서 오히려 좋더라."

익환이 몽규의 말을 받았다. 몽규는 익환의 말에 고개를 끄덕였다. 비록 웅변은 아니었지만 차분하게 대중을 설득하는 힘은 있었다.

"대망의 일등은 2학년 윤동주 군입니다."

몽규와 익환은 동시에 서로의 얼굴을 바라보았다. 이건 완전히 의외의 심사 결과였다. 와, 하는 함성과 함께 박수

소리가 운동장을 가득 메웠다. 몽규와 익환은 미친 듯이 손뼉을 쳤다. 동주는 상을 받으면서도 쑥스러워 미칠 지경이었다. 사자후를 토해 내지도 않았고, 제스처도 작았는데 상을 받다니, 부끄러워서 쥐구멍에라도 들어가고 싶었다.

"한턱 내야지."

몽규가 어디선가 대충 꺾어 온 꽃다발을 내밀면서 말했다.

"뭐 먹고 싶냐?"

"날도 더운데 냉면 어때?"

몽규보다 먼저 익환이 앞으로 나섰다. 회령 사람들은 나이가 많으나 적으나 냉면을 아주 좋아했다. 동주의 입안에 군침이 돌았다. 삼총사는 용정 시내로 내려와 냉면집으로 들어갔다. 냉면집은 조선 사람들로 매우 붐볐다. 간신히 자리를 잡고 앉아 물냉면을 주문했다.

동주와 몽규는 중학교 2학년을 문학에 대한 열망으로 채웠다. 몽규는 조선사와 동양사를 가르치는 명희조 선생님과 독서 모임에 열정적으로 참여했다. 동주는 윤석중의 동시를 거의 외울 정도로 분석하면서 앞으로 어떤 시를 쓸 것인가에 대해 사색했다. 동주와 몽규는 서로 경쟁이라도 하듯 책을 읽었다.

동주는 문학에 심취해 있으면서 축구부 활동에도 열심이었다. 동아일보에 연재되는 이광수의 「흙」도 꼬박꼬박 읽었고 연재가 끝나고 출간되자 단행본으로도 읽었다. 동년배 동무들은 주인공 허숭에 대해 열광했다. 몽규는 소설을 다 읽고 난 뒤에 별다른 말을 하지 않았다.

동주는 여전히 일요일마다 용정중앙교회에 나가 익환과 함께 주일 학교 교사로 봉사했다. 익환과 함께 병아리 같은 아이들에게 성경 이야기를 들려주며 신앙생활을 착실히 이어 나갔다.

일본 밀정과 특고들은 감시의 눈초리를 게을리하지 않았고, 관동군과 만주군이 자주 용정 시내를 행진했다. 허리에 일본도를 차고 게다짝을 질질 끄는 사무라이 낭인들이 어깨를 잔뜩 올리고 용정 거리를 거닐었다. 몽규는 용정의 좁고 기다란 골목과 가난한 조선인들이 몰려 사는 동네를 자주 찾았다.

7. 계몽

 동주는 중학교에 입학하면서부터 머리를 짧게 깎았다. 만주국의 억압 통치가 점점 심해지는 1934년, 동주는 중학 3학년이 되었다. 동무들은 저마다 머리통이 굵어져 앞으로 어떤 삶을 살아야 하는지에 대해 진지하게 고민하는 시간이 많아졌다. 몽규는 가끔 한숨만 길게 내쉴 뿐 미래에 대해 어떤 말도 하지 않았다. 동주는 시인의 길을 가겠다고 정해 둔 상태였다.

 아버지의 사업은 실패의 연속이었다. 인쇄소는 망했고 포목점을 열었으나 그마저도 시원찮았다. 아버지는 화를 내는 일도 많아졌다. 교회에는 아예 발길을 끊었다. 다행히 할아버지는 명동촌을 오가며 농사를 계속 지었다. 할아버지가 농사로 벌어들인 돈 때문에 그나마 집안을 유지할 수 있었다. 할아버지는 아버지의 사업 실패에 대해 화를 낸 적이 없었다. 조용히 아버지의 뒤를 밀어줄 뿐이었다.

 몽규는 시력이 떨어지는 바람에 안경을 썼다. 어두침침한 곳에서 책을 많이 읽은 탓이었다. 그래도 맑고 큰 눈망울에 반듯한 이마, 바르게 갖춰 입은 교복, 의지가 느껴지는 입술의 청년으로 성장했다. 몽규는 머리숱이 많아 늘

단정하게 이발하고 다녔다.

몽규는 명희조 선생님이 조직한 비밀 서클에 가입했다. 은진중학교 학생들은 물론이고 다른 학교 학생들도 비밀리에 모이는 지하 조직이었다. 몽규는 점점 말이 없어졌다. 과묵해진 그의 사색 속에 무엇이 들어 있는지 동주는 물어보지 않았다.

명희조 선생님은 은진중학교의 가장 인기 있는 교사였다. 동경제국대학을 졸업했으니 만주철도나 동양척식회사에 들어갈 수도 있었고, 조선총독부의 높은 관리나 만주국의 고관이 될 수도 있었다. 하지만 그는 은진중학교로 와서 가난한 교사가 되었다.

그는 학생들 사이에서 기인으로 유명했다. 옷감이 약해서 양복바지를 해 입으면 오래지 않아 무릎 부근이 해어져 못 입는 경우가 많았다. 선생님은 그게 싫어 양복바지를 앞뒤 구별 없이 만들어 돌려서 입었다. 심지어 짚신을 신고 다니기도 했다.

동경에서 제국대학을 다닐 때는 일본 사람들한테 한 푼도 주지 않겠다며 전차를 타지 않고 걸어 다녔다고 했다. 용정에서 고향인 평양을 다녀올 때도 열차를 타지 않고 자전거로 그 먼 길을 다녀왔다. 선생님은 보통 사람의 생각으로는 상상조차 할 수 없을 정도로 괴팍하였으나 철두철미한 애국자였다.

"자, 동아일보에 연재되었고 작년에 출간된 이광수의 『흙』을 감동적으로 읽은 사람?"

명희조 선생님이 질문을 던졌다. 여기저기서 손을 들었다. 동주도 그들 중 하나였다. 하지만 몽규는 손을 들지 않았다. 몽규도 동주가 빌려 온 『흙』을 읽었다. 몽규가 소설을 다 읽고 시큰둥하기에 동주도 잠시 고민했었다. 몽규가 시큰둥하게 반응했다면 필시 못마땅한 구석이 있는 게 틀림없었다. 하지만 학생들은 브나로드 운동*에 열광했다.

동아일보사가 광고까지 내며 학생들한테 민중 속으로 들어가자고 추진한 운동이 바로 '브나로드'였다. 특히 편집장이었던 이광수의 역할이 컸다. 그의 주도로 브나로드 운동이 전개되었다. 이광수는 신문 지면에다 주의 사항까지 꼼꼼히 발표했다.

"글과 셈 이외에는 아무것도 이 운동에 혼합하지 말 것.

　지방 지국의 알선을 받아 당국의 허가를 받은 후에 할

---

* 1870년대 러시아에서 청년 귀족과 학생들이 농민을 대상으로 사회 개혁을 이루고자 일으킨 계몽 운동. '민중 속으로'라는 뜻으로 우리나라에서도 1930년대에 크게 성행했다.

것."

 몽규는 이광수의 주의 사항을 읽고 혀를 끌끌 찼다. 동주는 여러 번 곱씹어 읽어 보았다. 무언가 맥이 빠진, 순응적인 느낌이 들었다.

"허숭처럼 살고 싶습니다."
"이상촌 운동에 생애를 바치겠습니다."

 학생들은 흥분하여 감상담을 말했지만, 대부분 허숭처럼 살고 싶다는 것과 이상촌 운동에 감명을 받았다는 내용이었다. 명희조 선생님은 학생들의 감상을 조용히 듣고 난 뒤에 고개를 들었다. 선생님의 눈빛이 반짝 빛났다.

"여기 명동촌에서 온 학생 있나?"

 동주와 몽규, 익환이 손을 들었다.

"그래, 너희 삼총사가 명동촌 출신이구나."

 명희조 선생님은 세 동무를 보고 고개를 끄덕였다. 학생들은 모두 기인이자 독설가인 명희조 선생님의 입을 바라보았다. 이광수의 소설과 주인공 허숭에 대해 선생님은 과연 어떤 평가를 할지 동주도 궁금했다.

"명동촌은 조선 사람들이 두만강을 건너와 건설한 이상촌이었다. 명동학교와 명동교회는 너무 유명해서 따로 말하지 않아도 잘 알 것이다. 간도의 대통령이라 불렸던 김약연 선생님은 지금 명동촌을 떠나 여기 은진에서 여러분을 가르치고 있다. 문재린 목사님은 명동교회가 아닌 용정 중앙교회에서 시무하고 계신다. 여기 있는 학우 중에서 지금 명동촌에 살고 있는 사람은 아무도 없다. 왜 그럴까?"

명희조 선생님이 질문을 던졌다. 그 질문에 동주의 가슴은 답답하기만 했다. 몽규는 책상만 물끄러미 바라보았고 익환은 명희조 선생님을 가만히 응시했다. 교실에는 침묵이 흘렀다.

"명동촌에는 명동학교도 있었지만, 마을마다 야학도 있었다. 내가 알기로 명동촌에는 무려 아홉 개의 야학이 운영된 때도 있었다. 콩 농사를 잘 지어 구라파에 수출할 때는 부자 아닌 사람들이 없을 지경이었다. 예전의 명동촌에는 허숭이 참으로 많았다. 그런데 왜, 이상촌이었던 명동촌은 오늘날 저렇게 피폐해졌는가?"

다른 학생들은 어떨지 몰라도 적어도 명동촌의 삼총사에게는 늦가을 서릿발 같은 질문이었다. 사실 동주는 명동촌을 생각하면 명치끝이 저렸다.

태어나서 소학교를 졸업할 때까지 동주에게 명동촌은 완벽한 고향이었다. 나무 한 그루, 풀잎 하나, 골목길, 교회의 십자가, 뒷마당의 깊은 우물, 다정한 동무들과 가족과 친지들. 그들은 이제 명동촌에 있지 않았다.

"명동촌이 처음 만들어질 때만 하더라도 수많은 허숭이, 아니 허숭보다 훨씬 뛰어난 분들이 명동촌을 이상촌으로 만들었다. 처음엔 아주 잘나갔지. 북간도에서 명동촌을 모르는 사람이 없었으니까. 농민들의 생활 환경도 좋았고, 농사도 잘되어 부자가 된 건 물론이었고. 그러나 그들에게는 나라가 없었지. 그래서 처음에는 중화민국의 간섭을 받았고, 일본 영사관의 감시 아래 살다가 지금은 만주국의 지배하에 놓이게 되었어. 이상촌은 망가졌고 명동촌 사람들은 뿔뿔이 흩어졌어. 지금 조선은 어떤가? 조선은 조선인가? 상해에 임시 정부가 있으니 대한민국인가? 아니지, 아니고말고. 조선은 철저하게 일본국이다. 너희들의 교과서를 보아라. 조선말 교과서인가? 한번 봐라! 교과서에 어떤 말이 있는지. 조선말이냐?"

동주는 새삼스레 교과서를 쳐다보았다. 어느 한 페이지에도 조선말은 단 한 글자도 보이지 않았다.

"일본말 교과서가 아니냐? 이것이 지금 우리가 처한 현실이다. 우리 은진의 학생들은 대부분 조선 학생이다. 그런데 왜! 조선말 교과서로 공부하지 않는 것이냐? 나라를 빼앗긴 노예 신세를 망각하지 말아라. 너희들은 조선이나 대한민국 국민이 아니라 만주국 국민이다. 슬프지만 이것을 인정해야 한다. 한때 북간도에 가득했었던 독립군은 모두 어디로 갔느냐? 이상촌 운동이 낭만적이고 멋있어 보이지만, 그것은 허상에 불과하다. 허숭이 참된 지도자라면 이상촌 운동을 어느 정도 하다가 독립운동을 해야만 했다. 독립운동을 하지 않는 허숭은 끝내 이상촌도 만들지 못하고 노예 중의 지식인으로 살고 말 것이다. 이상촌 운동을 하고 싶으면 빼앗긴 나라를 먼저 찾아야 한다. 이게 이광수의 소설에 대한 나의 감상이다."

수업이 끝났다. 몇 년 뒤, 일제의 경찰에게 체포되어 서대문형무소에서 처형당할 명희조 선생님의 표정은 비장했다. 쉬는 시간인데도 누구도 웃고 떠들지 않았다. 동주는 쓸쓸함과 슬픔을 안고 교실 창문을 통해 가만히 하늘을 바라보았다. 흰 구름이 둥둥 떠 가는 하늘은 아스라이 맑았고 높았고 슬펐다.

8. 갈등

 2학기가 되자 교실이 술렁거렸다. 갑자기 술렁인 게 아니라 예견된 일이었다. 수업이 끝나면 동무들은 삼삼오오 모여 앞으로 어떻게 할 것인지 이야기를 나누었다. 동주는 은진을 졸업하면 경성으로 가서 문학을 공부하고 싶었다. 그런데 어쩐지 몽규는 여기에 대해 아무 말도 하지 않고 그저 학교만 다녔고, 용정의 빈민촌을 들락거렸다. 몽규는 문학에 대해서도 입을 꾹 다물었다.

 은진은 5년제가 아니라 4년제 중학교였다. 4년제 중학교를 졸업하면 학력 인정을 받지 못해서 전문학교나 대학 진학이 사실상 불가능했다. 상급 학교로 진학하고자 하면 전문학교 입학 검정 시험에 합격하든가, 3학년을 마치고 곧장 편입하여 4학년부터 일본이 인정하는 5년제 학력 인정 중학교를 다녀야만 했다.

 "나는 평양의 숭실중학에 편입하려고 시험을 준비하고 있어. 동주 너는?"

 익환의 말에 동주는 깜짝 놀랐다. 용정에 있는 5년제 광명중학교로 편입해도 되는데 굳이 평양의 숭실중학교로 편입하려는 이유가 궁금했다. 광명중학교 편입에는 시험도 필요치 않았다. 그때까지 동주는 평양에 대해서는 생각해 본 적이 없었다.

"왜 평양의 숭실이야?"

동주가 물었다.

"응, 뭐랄까? 평양은 조선 기독교의 예루살렘 같은 곳이라고 생각해서. 김약연 선생님도 평양신학교에서 공부하셨고, 학린 삼촌도 평양에서 숭실전문을 다니셨고……."

익환이 말끝을 흐렸다. 일찍 돌아가신 학린 삼촌 때문이라고 생각했다. 학린 삼촌은 명동촌 꼬마들 모두의 삼촌이었다. 함께 개구리를 잡으러 다니기도 했던. 명동촌의 천재였고 광주 학생 운동으로 일 년여 동안 옥살이까지 했던 그는, 그만 폐병으로 일찍 떠나고 말았다. 동주는 평양에 가고자 하는 익환의 뜻을 충분히 헤아렸다.

"용정에는 광명중학이 있는데, 거기는 너도 알다시피 친일파들의 소굴이잖아. 신앙도 지키고 공부도 제대로 할 겸 숭실로 가려는 거야. 아버지도 허락하셨어."

동주는 평양으로 유학을 떠나겠다는 익환이 부럽고 부러웠다.

'나도 평양으로 가야겠어.'

익환처럼 평양으로 가겠다는 느닷없는 결심이 동주의

마음을 단단히 붙잡았다. 용정이 아닌 다른 세상, 만주국이 아닌 조선으로 가서 공부하고 싶은 마음이 활활 타올랐다.

"숭실중학 편입은 경쟁도 치열하고 시험도 어렵기로 소문이 났던데?"

동주가 걱정하며 물었다. 익환은 빙그레 웃었다.

"은진에서 하는 것만큼만 하면 충분히 합격하지 않을까? 나는 자신 있어."

익환의 말에 동주는 고개를 끄덕였다. 몽규와 익환은 은진에서도 일등을 수시로 하는 동무들이었다. 물론 동주도 성적으로 그들에게 결코 지지 않았다.

그러나 동주의 평양행은 무엇보다도 아버지의 허락이 중요했다. 아버지는 요즘 신경이 매우 날카로운 상태였다. 인쇄소를 말아먹고 포목점을 차렸는데 잘되질 않았다. 포목점을 접고 다시 닭을 키우기 시작했다. 그런데 양계도 쉽지 않은 듯했다. 아버지의 몸에서는 닭똥 냄새와 닭 비린내가 사라질 날이 없었다. 아버지의 허락 없이 평양행은 불가능했다.

아버지께 평양의 숭실중학으로 편입하고 싶다는 말을 차마 하지 못하고 두어 달이 쏜살같이 흘렀다. 그동안 익환은 편입 시험 공부에 열중이었다. 익환의 집안 형편도 썩 좋지 않았다. 많지 않은 목사의 월급을 쪼개고 쪼개 살아가는 형편이었다. 그런데도 아들의 공부를 위해 평양으로 보낼 결정을 하다니, 익환이 부러웠다.

반면에 동주네는 익환네보다 넉넉했지만, 아버지의 연이은 사업 실패로 집 안이 언제나 썰렁했다. 아버지는 술에 취해 귀가했고, 자주 화를 냈으며 소리를 질렀다. 그런 환경에서도 여동생 혜원은 지난봄에 태어난 갓난쟁이 광주를 잘 돌보았고, 남동생 일주는 동주가 권해 주는 책을 잘 읽었다.

"익환은 평양 숭실로 간다는데, 몽규 너는 어디로 갈 거야?"

저녁을 먹고 시내를 산책하면서 몽규에게 물었다. 가을이 깊은 만큼 쌀랑한 바람이 불어왔다.

"……."

몽규는 얼른 대답하지 않았다. 명희조 선생님과 함께 다른 길을 모색하고 있었다. 뜨거운 마음을 쏟아부을 곳……. 아직은 미지의 세계였지만 몽규는 두려움을 이기기 위해 안간힘을 다해 글을 쓰는 중이었다.

"문해라고, '문학의 바다'라고 호를 지었는데, 어때?"

몽규가 웃으며 말했다. 진로에 대한 답 대신에 엉뚱하게도 호를 지었다며 너스레를 떨었다. 동주는 몽규의 그 태도가 가소로워 그만 웃어 버렸다. 벌써 호를 짓다니, 돈키호테 같았다. 돌아가지 않는 풍차를 향해 돌진하는 돈키호테. 동주는 킥킥 웃다가 몽규를 바라보았다.

"웃기냐?"

몽규가 진지하게 물었다. 너무나 진지하게 다시 묻는 바람에 동주는 웃음을 참고 고민했다.

"호가 좀 너무 크지 않냐? 문학의 바다라니, 나는 감당할 수 없을 것 같은데? 그리고 호는 친구가 지어 주는 거 아니야?"

동주가 살짝 비꼬며 되물었다. 사실 동주는 요즘 몽규에 대해 서운한 점이 한두 개가 아니었다. 작은방에서 함께 먹고 자며 학교도 같이 다니는데, 몽규는 좀체 속을 털어놓지 않았다. 전에는 그런 일이 없었는데, 뭔가 혼자 꾸미는 일이 많아졌다.

"뭐 어때? 동주 네가 안 지어 주니, 내가 알아서 지었다. 도장집에 가서 장서인도 팔 거야."

"책에 찍는 도장도 판다고?"

동주는 이렇게 되물으면서 혼자 속으로 '몽규는 언제나

나보다 한 걸음 앞서 있구나.'라고 생각했다. 사실 동주도 몽규 몰래 습작 노트를 마련하려고 마음먹고 있었다. 며칠 전에 산 노트를 책상 서랍에 넣고 아직 꺼내지는 않았다. 왠지 쑥스러웠고 우세스러웠다. 동주는 요즘 들어 몽규가 틈만 나면 뭔가를 끄적거리는 것을 떠올렸다.

"요새 뭐 쓰는 거 같던데?"

동주는 몽규를 슬쩍 떠보았다.

"그냥, 뭐 좀 끄적거리는 게 있어. 별거 아니야."

사실 몽규는 동주 몰래 짧은 콩트를 쓰는 중이었다. 시가 아니어서 동주 앞에 내놓질 못했다. 동주는 문학 장르 중에서 시를 최고로 여겼다. 반면에 몽규는 시보다는 산문을 더 좋아했다. 축약하고 상징하고 은유하는 시보다는 현실을 그대로 드러내는 산문에 마음이 더 끌렸다.

짧은 산책 후에 방으로 돌아온 동주는 비너스 그림이 있는 노트를 앉은뱅이책상 서랍에서 꺼냈다. 먼저 노트의 위쪽에 펜으로 '詩'라는 글자를 큼직하게 썼다. 가만히 바라보니, 뭔가 부족한 것 같아 비너스의 그림 오른쪽에 세로로 '藝術(예술)은 길고 人生(인생)은 쩝다.'라고 써넣었다. 자신도 모르게 회령 사투리로 '쩝다'라고 썼다. 지울까 하다가 그냥 두었다. 습작 노트를 마련했으니, 이번에는 몽규보다 한발 앞서 나가고 싶었다.

  작년에는 윤석중의 동시를 파고들었다. 지금부터는 습작을 제대로 해 볼 마음이었다. 동주는 방 안을 둘러보았다. 작년 웅변대회에서 일등을 하고 받은 예수의 사진 액자가 책상 바로 앞에 걸려 있고, 그 아래에서 양초가 타고 있는 게 보였다.

  예수의 갈비뼈와 초 한 대……. 어떤 전율이 가슴을 울리며 흘러갔다. 날마다 보던 예수의 사진과 양초였지만 오늘 새삼스럽게 심장 속으로 들어왔다. 심장에서 덜컥, 하는 소리가 들린 듯도 싶었다.

  일요일마다 동주는 주일 학교에 나갔다. 익환과 함께 어린이들에게 성경 이야기도 들려주고 함께 찬송가도 부르면서 즐겁게 보내려고 했다. 하지만 마음에 맷돌 하나가 들어 있어 웃어도 웃는 것이 아니었다.

"동주야, 무슨 일 있어?"

  동주의 얼굴에 그늘이 있는 것을 알아챈 익환이 물었다.

"편입 시험 공부, 잘되지?"

  동주는 익환의 물음에는 답하지 않고, 모른 척 편입에 대해 질문을 던졌다.

"열심히 하고 있어. 시험에 낙방하면 식구들 볼 면목도 없고, 이왕 시험을 봤으면 합격해야지."

동주는 문재린 목사님 같은 아버지를 둔 익환이 부러웠다. 경제적으로 늘 어려운 상태였지만 맏아들의 공부를 위해 식구들 모두 희생하겠다는 각오가 대단한 것 같았다.

"너는?"

"아직 아버지께 말씀을 못 드렸어. 늦기 전에 해야지."

동주는 아버지의 대답이 뻔하다는 것을 알기에 그동안 말을 꺼내지 못하고 머뭇거리기만 했었다. 어느 날, 아버지가 화도 내지 않고 표정이 좋은 것을 보고 마음을 굳혔다. 그날 저녁, 식사를 마치고 마음을 다지고 다진 끝에 동주는 안방으로 들어갔다.

"무슨 일이냐?"

아버지가 오늘따라 부드럽게 동주를 맞이했다. 다행이라는 생각이 들었다. 동주는 아버지 앞에 무릎을 꿇고 앉았다.

"저, 아버지……."

동주는 뒷말을 잇지 못했다.

"거, 편하게 앉아라."

아버지가 편안한 자세로 앉으라고 했지만, 동주는 무릎을 풀지 않았다. 잠시 시간이 흘렀다.

"편하게 앉으래도. 그래 무슨 일이냐?"

아버지가 따뜻한 눈길로 동주를 바라보았다.

"평양의 숭실중학으로 보내 주십시오."

동주는 떨리는 목소리로 또박또박 말했다. 아버지 옆에 앉아 양말을 꿰매고 있던 어머니의 눈이 커졌다. 방 안에 잠시 침묵이 흘렀다. 아버지가 궐련을 찾아 입에 물었다. 동주는 초조하게 아버지의 말을 기다렸다.

"평양이라……."

아버지가 혼잣말로 중얼거렸다. 동주의 이마에 땀이 배었다. 어머니는 손바느질을 멈추고 가만히 동주를 바라보다가 아버지의 얼굴로 시선을 옮겼다. 아버지의 입에서는 대답 대신 담배 연기만 뿜어져 나왔다.

동주의 아버지 윤영석은 평양에 대해 생각해 보았다. 평양은 조선에서 경성 다음으로 큰 도시였고, 큰 학교가 많고 큰 인물도 많이 나오는 도시였다. 더구나 숭실이라니……. 그 학교를 졸업한다면 동주의 앞길은 뻔했다. 문재린 목사의 동생 문학린처럼 허망하게 죽을지도 몰랐다. 지식 분자가 되어 불평불만만 하다가 기껏해야 반푼이로 세상을 겨우 살아가겠지. 자식의 앞길을 생각한다면, 평양행은 승낙할 수 없다고 윤영석은 결론을 내렸다.

"안 된다. 용정에 있거라."

윤영석은 단호하게 거절했다.

"평양으로 보내 주십시오."

"안 된다. 용정에도 5년제 정규 학교가 있는데 왜 굳이 평양에 가겠다는 것이냐?"

윤영석은 동주가 은진을 졸업하기 전에 광명중학으로 편입하면 된다고 작년부터 생각해 오던 차였다.

"저는…… 평양의 숭실로 가고 싶습니다."

동주도 물러서지 않았다.

"네 방으로 가거라."

윤영석은 벽 쪽으로 돌아앉았다. 절벽처럼 느껴지는 아버지의 등을 잠시 바라보다가 동주는 안방을 나왔다. 머리에 먹구름이 가득 찬 느낌이었다. 광명의 제단이 무너진 느낌이었다. 동주는 힘없이 방으로 돌아와 책상 위에서 타고 있는 초 한 대를 바라보았다.

'자기 몸을 불태워 빛을 만들어 내는 초. 십자가 위에서 피 흘리는 예수의 갈비뼈 같은 초. 예수와 초는 제물이다. 무너진 제단 앞에서 제 몸을 모두 내주고 심지까지 모두 태우는 초.'

마음이 심란해질 대로 심란해진 동주는 수학책을 펴서

기하 문제에 집중하기 시작했다. 아무 생각 없이 지금의 심란을 견디기 위해서는 수학에 집중하는 게 제일 나았다. 문학과 수학은 어울리지 않지만, 동주는 수학을 가장 순수한 학문으로 받아들였다.

수학에는 이념도 투쟁도 없고, 사유도 문장도 필요치 않았다. 그저 주어진 공식에 따라 문제에 골몰하면 답이 나오는 정직한 과목이었다. 기하 문제에 빠져 있다 보니 밤이 꽤 깊었다. 몽규는 그때까지 돌아오지 않았다. 자정 직전에서야 몽규가 돌아왔다. 몽규의 눈이 퀭했다.

"늦었네."

"응, 도서관에 있었어."

몽규의 간단한 대답에 동주는 더 묻지 않았다. 학교 도서관이 이렇게 늦게까지 문을 열진 않았을 텐데, 아마 비밀 모임을 하고 왔을 터였다. 3학년 학생 중에는 상급 학교 진학을 포기하고 몽규처럼 비밀 모임에 들어가 있는 학생들이 제법 있었다.

몽규는 간단하게 씻고 들어와 곧장 자리에 누웠다. 자리에 눕자마자 몽규는 코를 골며 잠에 빠졌다. 몽규가 부러웠다. 몽규도 물론 무수한 고뇌가 있을 테지만 적어도 아버지와의 갈등은 없는 듯 보였다.

내일, 아버지께 또 말씀을 드려 보자.

동주는 수학책을 덮고 몽규 옆에 누웠다. 그러나 잠이 오질 않았다. 이리저리 뒤척뒤척 몸을 뒤집었다. 마음이 시끄럽고 정신이 어지러웠다. 끝없는 상념이 꼬리에 꼬리를 물고 이어졌다. 멀리서 닭 울음소리가 들린 뒤에야 간신히 잠이 찾아왔다.

아침이 왔다. 잠에서 깬 동주는 지난밤에 '내일'이라고 했던 게 '오늘'이라는 걸 깨달았다. 눈을 감기 전에는 내일을 상상했는데 눈을 뜨니 오늘이 현실이었다. 또 내일이 생긴 것이었다. 다른 날과 달리 동주는 입을 꾹 다물고 아침을 먹었다. 어머니가 동주의 눈치를 살폈다.

그날 저녁, 학교에서 돌아온 동주는 밤늦게 귀가한 아버지를 다시 찾았다. 아버지는 몹시 피곤한 모습이었다. 그 모습을 보니, 말을 꺼내기가 어려웠다. 동주는 아버지 앞에 말없이 앉아 있기만 했다. 어머니는 옆에서 눈치만 보았다.

"어서 말씀 올리고 건너가거라."

어머니가 광주의 기저귀를 갈아 주며 옆에서 거들었다. 동주는 숨을 크게 쉬며 호흡을 가다듬었다.

"평양에 보내 주십시오."

"고단하구나."

아버지는 동주의 말을 듣자마자 몸을 돌려 앉았다. 동주의 가슴에 깊은 절망이 내려앉았다. '또 내일이구나.' 동주는 입술을 깨물었다. 아버지의 등에는 지치고 퀭한 모습이 그대로 담겨 있었다.

"예, 아버지. 그럼 편히 주무십시오."

동주는 허탈감을 느끼며 일어섰다. 학교에서도 이 순간만을 상상했었다. 기어이 허락을 받아 내고야 말겠다는 결심에 결심을 거듭했는데, '내일'이라는 한마디로 대화는 끝나고 말았다. 할아버지도 동주의 평양행에는 반대했다. 동주의 평양행을 좋아하는 식구는 아무도 없었다.

방으로 돌아오니 몽규가 노트에 뭔가를 쓰다가 얼른 덮었다. 동주의 눈에 심지만 남은 초가 보였다. 제 몸을 태우지 않으면, 빛은 없는 것인가? 이런 생각이 문득 떠올랐다.

절망과 슬픔의 밤이 깊어만 갔다. 동주의 영혼은 작은 방의 어둠에 갇혀 심지를 태우는 촛불에 겨우 의지하며 견뎠다. 몽규가 무어라 말을 건넸지만, 그 말이 귀에 들리지 않았다. '평양에 가야 한다'는 간절한 마음의 소리만 가슴속에서 들끓었다.

창밖에서는 어느 집 당나귀가 응앙응앙 울었다. 당나귀

우는 소리를 동주는 듣지 못했다. 옆에 있던 몽규는 그 소리를 듣고 시끄럽다며 투덜거렸다. 마음에 두고 있지 않으면 소리가 있어도 들리지 않고, 눈으로 보아도 보이지 않는다는 사실을 동주는 아직 깨닫지 못했다.

9. 고뇌

윤영석은 멀리서 닭이 홰치는 소리에 눈을 떴다. 곧장 자리에서 일어나지 않고 몸을 한 번 뒤척였다. 어깨가 욱신욱신 쑤셨고 허리가 뻑적지근했다. 잠을 더 자고 싶은 마음이 굴뚝 같았다. 늦잠 한번 늘어지게 자 보는 게 요즘의 작은 소망이었다. 하지만 아무리 몸이 아파도, 아무리 날씨가 험해도 일어나야만 했다. 아비된 자의 숙명이었다. 윤영석은 그것을 아버지 윤하현 장로에게서 배웠다.

윤 장로는 독감에 걸려도 자리에 누워 있는 법이 없었다. 아무리 말려도 새벽에 일어나 교회에 나가 새벽 기도에 참석했다. 기도가 끝나면 말을 타고 명동촌까지 가서 농장을 둘러보고 그날의 일을 농부들한테 자세히 지시하고 돌아왔다. 입술에 열꽃이 피어 입맛이 없어도 고봉밥으로 아침을 먹었다.

윤 장로는 아플수록 잘 먹어야 병을 이길 수 있다고 했다. 아침을 먹고 나서도 자리에 눕지 않았다. 식구들이 말려도 기어이 말을 타고 나가 명동촌의 논과 밭에서 여물어가는 콩과 벼를 살폈다. '농작물은 농부의 발걸음 소리를 듣고 자란다.' 콩이며 벼, 고추며 배추한테 발걸음 소리를 들려줘야 한다는 게 윤 장로의 소신이었다.

"끙."

 윤영석은 자리를 털고 일어나 자리끼로 마른입을 적셨다. 아내는 정주간에서 불을 피워 물을 데우는 중이었다. 윤영석은 대충 세수만 하고 집 안을 둘러보았다. 동주와 일주, 몽규가 함께 지내는 방문 앞에 신발들이 어지럽게 놓여 있다. 윤영석은 신발을 가지런하게 놓으면서 아이들의 코 고는 소리를 들었다. 그 소리가 윤영석을 안심시켰다. 집에서 조금 멀리 떨어진 양계장으로 윤영석은 발걸음을 재촉했다.

 양계장에 도착한 윤영석은 지난밤에 낳은 계란을 바구니에 모았다. 어제보다 계란 숫자가 적었다. 주문받은 양을 간신히 맞출 정도는 되었지만 아슬아슬했다. 이런 추세로 나가면 주문에 맞출 수가 없다. 아무래도 암탉을 더 들여와야 할 것 같았다. 당장 계란 낳기가 가능한 암탉은 비싸니, 부화장에 가서 병아리를 한 오백 마리쯤 살 궁리도 해 보았다.

 계란을 실은 손수레를 밀며 윤영석은 새벽의 용정 거리로 나섰다. 두부 장수의 종소리, 머리에 재첩국 솥을 이고 가냘픈 목소리로 골목을 떠도는 아낙네의 소리, 물장수의 헉헉거리는 소리, 콩물 장수의 소리가 서서히 새벽을 깨우고 있다. 윤영석은 단골로 거래하는 시장의 닭전으로 가서 계란을 납품하고, 이어 다른 식당으로 달려갔다.

계란을 납품하고 양계장으로 온 윤영석은 지난 저녁 무렵에 시장이며 식당을 돌며 모아 온 음식 찌꺼기를 쌀겨에 섞여 닭 모이로 주었다. 그리고 양계장을 돌며 아픈 닭이 있는지 살폈고, 닭똥을 치울 계획을 세웠다. 날이 밝아 오는지 먼동이 훤했다. 배가 고팠다. 윤영석은 깨진 계란을 바구니에 담아 집으로 향했다. 계란만 있으면 아침상은 풍족할 터였다. 계란국을 끓이든지 계란찜을 해도 좋았다.

아침을 먹는 동안에 아들 동주는 얼굴을 펴지 않았다. 아침을 먹는 둥 마는 둥 젓가락으로 깨작거리다가 수저를 놓았다. 속에서 불덩어리가 치솟았지만, 꾹 눌러 참았다. 아침부터 큰소리를 내고 싶지 않았다.

아침을 먹고 양계장으로 나온 윤영석은 먼저 바닥에 질펀한 닭똥을 치웠다. 닭똥은 양계장 마당 구석에 쌓아 두고 잘 삭히면 아주 좋은 거름으로 변했다. 농사를 크게 짓는 사람들은 겨울에 닭똥을 사다가 봄에 논과 밭에 뿌렸다. 닭똥을 거름으로 준 논과 밭은 작물이 크고 탐스럽게 자랐다.

삽으로 닭똥을 퍼서 손수레에 싣고 마당 구석으로 몇 번 옮겼더니 온몸에서 땀이 줄줄 흘렀다. 목에 걸쳤던 수건으로 얼굴을 닦았다. 수건에서도 닭똥 냄새가 났다. 닭똥 냄새는 수건에서만 나는 게 아니었다. 일이 끝나고 아무리 씻고 씻어도 몸에 밴 닭똥 냄새는 쉬이 가시지 않았다.

닭똥을 치우고 바닥에 왕겨와 쌀겨를 듬뿍 깔아 주었다. 닭들은 발로 왕겨와 쌀겨를 헤치며 모이를 쪼았다. 윤영석은 수금하는 날이라 가방을 들고 용정 시내로 나갔다. 먼저 시장에 들러 계란만 취급하는 거래처로 갔다. 늘 가게를 지키던 중국인 점주는 보이지 않았다. 윤영석은 점원한테 다가갔다.

"사장님 어디 가셨나?"

"방금까지 계셨는데······. 곧 오시겠죠."

점원의 말에 윤영석은 가게 앞에서 점주를 기다렸다. 곧 온다던 점주는 좀체 오지 않았다. 윤영석은 기다리다 지쳐 시장을 한 바퀴 돌았다. 시장 안쪽에는 포목점들만 상권을 형성한 곳이 있다. 작년에 망해 먹고 헐값에 넘겼던 포목점에 갔더니 손님들이 제법 많았다. 속이 쓰라렸다.

'내가 사업 수완이 없는 걸까?' 속으로 이런 생각이 들었다. 포목점을 둘러보고 다시 계란 가게로 갔지만, 점주는 여전히 보이질 않았다. 하냥 기다리기가 뭐해서 윤영석은 계란을 대 주는 냉면집으로 갔다. 냉면집 주인을 찾아 주방 쪽으로 갔다. 주방은 점심 장사를 위해 바쁘게 돌아가고 있다. 주방에서 일하던 점주에게 인사하며 다가갔다.

"이보우, 윤 사장. 오늘은 계란값을 반만 받아야겠소. 경기가 나쁜지 원."

점주의 말에 윤영석의 얼굴이 화끈 달아올랐다. 계란값을 제대로 받아도 병아리 살 돈이 부족한데, 걱정이 앞섰다.

"손님이 이리 많은데, 그게 무슨 말이오?"

"뜯기는 게 좀 많아야지. 이놈이 뜯어 가고 저놈이 뜯어 가니."

점주의 말은 사실이었다. 양계장에도 순사들이 와서 슬쩍 둘러보면, 돌아가는 길에 계란 한 판씩을 들려 보내야 했다. 순사만 오는 게 아니었다. 용정시를 주름잡고 있는 일본 사무라이 똘마니들도 보름에 한 번씩은 찾아왔다. 그들도 빈손으로 돌려보낼 수는 없었다.

"조금만 더 생각해 주오. 오늘 병아리를 들여야 하는데……."

윤영석은 사정하듯이 말했다. 당연히 받을 돈을 받아야 하는데, 애원하듯이 사정까지 하는 건 비정상이었다. 하지만 이상하게도 돈을 줄 사람들은 언제나 다음에 주겠다며 살짝 미안한 표정을 지을 뿐이었다. 윤영석은 보름치만 받고 돌아 나올 수밖에 없었다.

용정 시내 곳곳을 다니며 거래 대금을 받으러 다녔지만 결국 예상치의 반도 수금하지 못했다. 양계장으로 돌아온 윤영석은 속이 탔다. 늙은 닭들을 육계로 내보내고 병아리를 들여야 하는데, 일이 뜻대로 되지 않았다. 윤영석은 양계장에서 하루를 마치고 다시 시장으로 갔다. 오전에 만나지 못한 계란 가게 점주를 만나기 위해서였다.

저녁 무렵의 용정 시내는 바쁘게 돌아가고 있다. 인력거가 골목을 돌아 나와 일본 총영사관 앞을 댕댕거리며 달려갔다. 영사관에서 검은 승용차가 나오더니 헌병을 가득 실은 트럭이 뒤를 따랐다. 트럭이 지나가며 먼지를 일으켰다. 윤영석은 얼굴을 찌푸리며 시장으로 갔다. 시장통에 가까이 갔더니 한바탕 소란이 일어났는지 고함과 비명이 섞여 퍼지고 있다. 가까이 가 봤더니, 자위대 간부들이 와서 회비를 내라며 계란 가게 점주를 둘러싸고 협박하는 중이었다.

자위대는 독립군으로부터 도시를 지키겠다고 설립한 조선인과 중국 한인의 자생적인 조직이었다. 용정의 대다

수 조선인, 특히 장사하는 사람들은 우선 살기 위해서 일본과 만주국의 비위를 맞추었다. 그들은 자위대를 만들고, 자위대를 운영하는 비용은 상인들로부터 회비를 걷어 충당했다. 한 달에 한 번씩 내는 자위대 회비도 만만치 않았다.

"이런 만주족 오랑캐 새끼가!"

조선인 자위대 간부가 계란 가게 점주의 뺨을 후려쳤다. 점주의 입에서 피가 흘렀다. 윤영석은 오늘도 틀렸구나 싶었다.

"빠가야로[*]!"

다른 간부들도 욕설을 퍼부으며 점주한테 달려들어 발길질을 시작했다. 점주는 흙바닥에 나뒹굴며 비명을 질렀다. 자위대의 서슬 퍼런 행동에 누구 하나 나서서 도와주는 사람이 없었다. 자위대 간부들은 가게 안으로 들어가더니 계란 꾸러미를 들고나와 근처에 있는 손수레에 싣기 시작했다. 점주가 필사적으로 막았지만 발길질만 당할 뿐이었다.

만주국에서 만주족은 가장 낮은 계층에 속했다. 일본인

---

[*] 일본어로 '바보'라는 뜻의 욕설.

은 특등 국민, 조선인은 일등 국민, 한족은 이등 국민, 만주족은 삼등 국민이었다. 만주국 황제가 같은 종족이었으나 만주족은 만주국에서 비루하게 살아야 했다. 사정이 그러하니, 많은 만주족이 만주어와 변발을 버리고 한인 행세로 돌아섰다.

착잡한 마음에 윤영석은 고량주 한 병을 사 들고 집으로 향했다. 사업은 참으로 고단했다. 도로를 따라 터벅터벅 걸어가는데 특고 형사로 보이는 무리가 골목으로 뛰어들었다. 낯익은 골목이었다. 골목 입구에서 가만히 서서 무슨 일이 일어나는지 살펴보았다. 잠시 뒤, 형사들이 어떤 사내를 두들겨 패면서 끌고 나왔다. 그는 평양에서 공부하고 돌아와 약쟁이가 된 김가라는 자였다.

김가는 용정의 천재 소리를 듣던 청년이었다. 은진중학을 마치지 않고 오산중학으로 편입해서 졸업한 뒤 평양의 숭실전문을 다니다 독립운동을 했다. 그 때문에 체포되어 투옥되었다가 석방된 뒤로는 약쟁이가 되었다는 소문이 자자했다. 약쟁이로 위장한 독립지사라는 또 다른 소문도 돌았다. 약쟁이든 독립지사든 김가가 일본 특고의 특별한 감시를 받는 처지인 것만은 분명했다.

저녁 밥상을 받았다. 조촐한 밥상에 온 가족이 모여 앉았다.

"아버님은?"

윤영석은 윤하현 장로가 보이지 않자 아내한테 물었다.

"장로 회의 하시러 교회에 가셨다가 저녁 자시고 들어온다고 하셨어요."

아버님이 안 계셔서 다행이었다. 부모에게 그늘 있는 얼굴을 비치는 건 자식의 도리가 아니었다. 오늘도 저녁 밥상머리에 몽규가 보이질 않았다. 윤영석은 몽규가 마뜩잖았다. 머리가 비상하고 행동도 재빠른 몽규를 동주가 닮을까 내심으로 걱정이 대단했다. 소학교 시절부터 몽규는 천재였다. 뭐든지 한 번 읽으면 내용을 암기할 정도로 머리가 비상했다. 동주나 익환이가 따라가지 못할 정도로 저만치 앞선 몽규였다. 아내가 작은 잔에 술을 따르려고 고량주 병을 들었다.

"여기다 주시오."

윤영석은 작은 잔을 치우고 물컵을 내밀었다. 아내가 놀라서 쳐다보았다.

"괜찮소, 가득."

사실 윤영석은 속이 탔다. 예상대로 수금하고 부화장으로 가 병아리를 골라야 했는데, 뭐 하나 뜻대로 된 것이 없었다. 아내가 걱정스러운 표정으로 물컵에 고량주를 가득 채웠다. 윤영석은 단숨에 고량주를 들이켜고, 빈 컵에 다시 술을 가득 채웠다. 목구멍을 타고 위장으로 독주 굴러가는 느낌이 생생했다. 윤영석은 김치 한 조각으로 독주로 달궈진 입을 달랬다.

"저, 아버지."

들고 있던 수저를 놓고 동주가 정색하고 불렀다.

"밥 먹자."

윤영석은 동주를 무시하고 수저로 청국장 속의 두부를 떴다.

"평양에 보내 주세요."

동주의 말에 혈압이 솟았다. 윤영석은 뚝배기 안에다 두부를 도로 넣었다.

"평양은 안 된다. 용정이 정히 싫으면 장춘으로 가거라."

윤영석은 단호하게 말하고는 맨밥을 떠먹었다. 동주의 얼굴이 붉어졌다. 눈물도 많고 여린 녀석이 고집은 쇠고집이었다. 물론 동주는 고집을 잘 피우는 아들이 아니었다. 대개는 부모의 말을 잘 들었고 대들지 않았다. 그러나 한번 고집을 피우면 완전히 고래 심줄이었다. 벌써 사흘째 저녁마다 밥상머리에서 같은 말을 반복했다.

10. 모색

 반공일 오전 수업이 끝나자 몽규는 화룡 대랍자에 있는 집으로 갔다. 명동촌을 거쳐 친가가 있는 대랍자 외곽의 칠도구에 도착하니 벌써 어둠이 서리서리 내린 뒤였다. 몽규는 싸리 울타리가 이어진 좁다란 고샅길을 걸어 마당으로 들어섰다. 마당에는 쇠죽 끓이는 냄새가 구수했다.
 "아버님, 어머님. 저 왔어요."
 딸랑거리는 방울 소리를 들으며 몽규가 말했다. 정주간 문이 벌컥 열리며 흰 수건을 쓴 어머니가 환하게 웃으며 몽규를 맞았다.
 "이제 오냐? 배고프지? 어서 들어가자, 아버지 기다리신다."
 어머니는 몽규의 가방을 받아 들고 아들의 등을 밀었다.
 "아버님, 저 왔습니다."
 "오빠!"
 열 살 난 여동생 한복이가 큰 소리로 몽규를 맞이했다. 아버지는 이제 세 살 된 막내 우규를 안고 있다가 말없이 고개를 끄덕였다. 방 안에는 이미 밥상이 차려져 있었다.
 "너 기다리다 국이 다 식었다. 얼른 데워 올 테니 조금만 기다려라."

어머니가 국 사발을 도로 집으려고 했다.

"배고픈데, 그냥 드시죠."

몽규가 얼른 밥상머리에 앉으며 말했다.

"언 것도 아닌데 그냥 먹읍시다."

아버지의 말에 어머니도 밥상머리에 앉았다. 어머니는 아버지 품에 안겨 있는 우규한테 내려오라고 말했다. 그러자 우규는 싫다고 도리질을 쳤다.

"내가 밥을 먹일 테니 당신도 어서 수저를 들구려."

아버지가 어머니한테 다정하게 말했다.

"어찌 그런답니까. 제가 먹일게요."

"괜찮소."

몽규는 두 분의 대화를 보면서 마음에 깊은 평화를 느꼈다. 변함없이 서로 존중하고 배려하는 부모님의 모습에서 아지랑이처럼 사랑이 피어나는 느낌이었다.

몽규의 아버지는 칠도구 촌장이면서 칠도구소학교 교장으로 재직 중이었다. 소학교 교장이고 촌장이면 일본어를 잘해야 하는데, 일본어는 단 한마디도 하지 않았다. 주시경 선생의 한글 교습소에서 공부했던 사람다웠다. 만주국에서 일본어를 모르고 촌장과 교장의 일을 한다는 것은 있을 수 없는 일이었다. 하지만 아버지는 일본어를 아예 배우려 들지도 않았다.

"내가 듣기로 익환이는 평양의 숭실중학으로 편입한다고 하던데, 너는 어찌할 작정이냐?"

밥상을 물리고 난 뒤에 아버지가 물었다. 몽규는 아버지와 어머니께도 미래의 일을 정확하게 말하지 않았다. 차라리 아무것도 모르는 게 나았다. 어차피 두 분 모두 애간장을 녹이게 될 터지만 그 지옥을 미리 겪게 하고 싶진 않았다.

"아직은 잘 모르겠습니다."

몽규는 속마음을 숨겼다. 으흠, 하며 아버지가 헛기침을 했다. 몽규도 침묵했고 아버지도 침묵했다. 팽팽한 긴장이 흐르는 침묵이 아니라 아버지는 몽규의 속을 알고자 했고, 몽규는 속을 숨기고자 하는 침묵이었다.

"동주는 어떻게 한다더냐? 평양 숭실에 가겠다고 했는데, 네 외숙이 그렇게 외고집으로 반대한다며? 원래 동주가 그런 아이가 아닌데, 이번에는 고집을 부린다고 그러더라."

어머니가 침묵을 깼다. 우규는 고무줄 장치가 된 실패를 갖고 노느라 정신이 없었다. 실패에 달린 나무젓가락을 돌려서 내려놓으면 고무줄이 풀리면서 실패가 저절로 굴러가게 만든 장난감이었다. 우규가 고무줄이 다 풀린 실패를 갖고 와서 몽규에게 내밀었다. 몽규가 젓가락을 돌려 우규한테 주었다.

"그래서 동주가 아주 침울합니다."

"거참, 자식을 부모 욕심대로 키우면 되나? 자녀들이 원하는 길로 갈 수 있도록 뒤에서 밀어주기만 하면 되는 게지."

몽규는 이런 아버지가 정말 고마웠다. 그래서 명동소학교 시절에도 아버지는 학생들한테 인기가 많았다. 콧수염을 근사하게 기르고 궐련을 멋들어지게 피우는 선생님을 학생들은 무서워하면서도 잘 따랐다. 집에서도 늘 어머니를 존중하며 자식들한테도 싫은 소리 한마디 하지 않았다. 이런 부모님을 속여야 한다는 사실이 무척 죄스러웠다.

"이런 걸 하나 만들었습니다."

몽규가 아버지께 '문해장서(文海藏書)'라고 새긴 장서인을 내밀었다. 아버지가 장서인을 받아 들고 이리저리 살피더니 빙그레 미소 지었다.

"글의 바다라……. 전공을 문학으로 결정했느냐?"

"예, 아버지."

"너라면 잘해 낼 수 있을 것이야. 가난하고 쓸쓸하고 외로운 길이지만, 소학교 시절부터 문학을 좋아했으니……. 사람은 무릇 좋아하는 일을 해야 하는 법. 참으로 잘 생각했다."

아버지의 칭찬에 몽규는 몸 둘 바를 몰랐다. 그런 아버지를 속여야 하는 세상이 참으로 야속했다. 하지만 가야 할 그 길도 길게 보면 문학으로 가는 길이었다. 책에서나 책상에서만 찾는 문학은 문학이 아니라고 몽규는 생각했다. 온몸으로, 피투성이 영혼으로 밀고 가야만 하고, 사람이 사는 가장 낮은 곳에서 몸부림쳐야 겨우 문학에 가닿을 수 있다고 몽규는 믿었다.

11. 습작

"안 된다. 절대 안 된다!"

아버지가 못을 박았다. 끝내 동주의 평양 유학을 허락하지 않았다. 5년제 중학은 북간도에도 있으니, 평양은 안 된다는 완강한 반대였다.

학과 공부에 흥미를 잃은 동주는 방황하기 시작했다. 동주의 방황은 얼핏 보면 방황이 아니었다. 겉으로는 말을 별로 하지 않아 조용했다. 그저 아침에 일어나면 학교에 갔고, 학교에 다녀오면 침묵 속에서 고요했다. 동주의 방황은 고적했다.

하지만 마음은 닭장 속의 닭들처럼 시끄러웠고, 눈길은 십자가에 매달린 예수님의 갈비뼈와 심지까지 태우는 초와 툭하면 들려오는 '내일'이란 말에만 가닿고 있었다.

동주는 가을을 유난히도 심하게 앓았다. 우울과 슬픔의 혼돈 속을 동주는 고요하게 걸었다. 용정 시내의 골목도 걸었고, 강변도 걸었다. 걷다가 사람 없는 교회에 들어가 가시 면류관을 쓰고 십자가에 매달렸던 예수를 생각하며 고요에 잠기기도 했다.

크게 화를 내거나 목소리를 높이지 않으니, 가족들은 동주의 내면을 흔들고 있는 슬픔을 알아차리지 못했다. 하지만 슬픔도 힘이 될 때가 있다. 슬픔에 빠져 좌절하지만 않는다면, 슬픔은 사람을 강하게 만든다. 슬픔에 잠겨 쓸쓸한 눈빛으로 세상을 보면, 어느 순간 문득 세상이 다르게 보이기 때문이다. 기쁠 때는 사색할 틈이 없지만 슬플 때는 사색의 시간이 길어진다.

쓸쓸한 사색의 시간 속에서 동주는 머리에 떠돌던 생각들을 언어로 정리하기 시작했다. 시가 탄생하는 순간이었다. 먼저 작은 방에서 제 몸을 태워 어둠을 밝히는 '초 한 대'의 심상을 차근차근 정리했다. 동주는 노트에 떠오른 시상을 당장 옮겨 적진 않았다. 시상의 전개가 또렷해질 때까지 수십 번 읊조리면서 뇌리에 써 나갔다.

어느 날은 시장통을 어슬렁거리다가 염소 고기가 걸려 있는 모습을 보았다. 고기 냄새가 역해서 지나가는데 얼핏 살이 발라진 염소의 갈비뼈가 눈에 들어왔다. 저절로 걸음이 멈춰졌다. 염소의 갈비뼈가 마치 초의 심지처럼 느껴졌다.

비로소 '초 한 대'의 시상이 전율처럼 동주를 찾아왔다. 초의 심지는 맹자의 심지(心志)였다. 심지 없는 초는 빛을 낼 수 없는, 굳어 버린 기름 덩어리에 불과했다. 어두운 밤

길에서 작은 빛이라도 본 듯 마음이 환해졌다.

가을이 개울물처럼 흘렀고 해란강이 얼기 시작했다. 동주는 시의 사색을 끊임없이 이어 갔다. 아직 습작 노트에 옮겨 쓸 정도는 아니었지만 세 편의 시가 뇌리에서 점차 자리를 잡아 갔다. 시상의 전개도 매끄럽게 이어졌다. 다만 '내일'에 대해서는 여전히 오리무중이었고 풀리지 않은 질문으로 남아 있었다.

한편 몽규는 십일월이 되자 쓰고 지우기를 끝없이 계속했다. 하루에 한 줄밖에 쓰지 못하는 날도 있었다. 어떤 날은 비록 엉성하기는 하지만 이야기 한 편을 완성하는 날도 있었다. 몽규는 이야기를 관념에서 찾으려 하지 않았고 오직 생활 속에서 찾아내려 무진 애를 썼다.

시든 소설이든 문학은 슬픔과 상처, 가난과 비참, 절망 속의 희망과 고난의 극복에 뿌리를 두고 있다고 몽규는 생각했다. 몽규는 용정 시내에서 가난한 조선 사람들을 많이 보았다. 머리카락을 잘라 파는 사람들, 피를 파는 사람들, 양복까지 잡히고 끝내는 솥단지까지 전당포에 맡기는 사람들, 어린 딸을 기생집에 파는 사람들…….

몽규는 밥그릇까지 맡기고 겨우 몇 푼을 손에 쥔 사람들의 얼굴에서 무언가를 포착하고 사색에 잠겼다. 그 포착에서 몽규는 아주 사소한 살림살이 하나를 찾아냈다. 사소한 것에서 삶의 아픔을 포착하는 것. 몽규는 글의 시작은 여기에 있다고 굳게 믿었다.

관념의 사색이 아니라 구체적인 생활에서 글의 실마리를 포착하지 않으면, 그 글은 진실성이 없는 것이 되기 때문이었다. 요사스러운 표현과 현혹하는 관념이 버무려진 글은 결코 문학이 될 수 없었다. 몽규는 끊임없이 정신을 채찍질하며 가난한 사람들 곁에서 그들의 이야기를 들었고 보았다.

해란강의 강물이 꽁꽁 얼고 연일 눈보라가 치기 시작할 때쯤 동아일보에 1935년도 신춘문예 공고가 실렸다. 몽규는 고민하다가 써 놓은 글 중에서 「술가락」을 골라 우편국으로 가서 신문사로 부쳤다. 비록 콩트에 불과했지만 여러 번 고쳐 쓴 글이었다. 당선을 목표한 것이 아니라 응모 자체에 의의를 두었다.

몽규가 몇 편의 콩트를 쓰고 신문사로 원고를 부치는 동안 동주는 시의 세계에 빠져 지냈다. 시의 세계는 언어로 열리는 또 다른 세계였다. 현실 생활에서 사람들이 살아가는 모습을 보고, 그 삶의 깊은 우물에서 질문 하나를 건져 올리는 것이 바로 시였다. 시는 삶의 모순에 대한 응답이 아니라 혹독하면서도 간절한 질문으로 동주에게 다가왔다.

인간은 누구나 태어나는 순간부터 죽음을 향해 살아간다. 죽음을 사는 것이다. 삶이 죽음의 서곡인 줄도 모르고 세상 사람들은 뼈를 녹여 내는 듯한 삶의 노래에 춤을 춘다. 동주는 그 역설에 주목했다. 동주의 눈에 삶은 죽음을 향해 가는 아슬아슬한 곡예처럼 보였다.

크리스마스가 다가왔다. 해란강은 두껍게 얼었고 그 위로 눈이 쌓이고 쌓여 또 얼었다. 거리의 가로수마다 상고대*가 피었다. 수염을 기른 사람들은 수염에 고드름을 달고 다녔다. 12월 24일의 새벽에 동주는 마침내 습작 노트를 펼쳤다.

첫 페이지를 넘기니 목차란이 펼쳐졌다. 동주는 첫 번째 시의 제목인「초 한 대」를 목차의 맨 앞에 썼다. 그리고 머리에 정리해 둔 시를 펜으로 조심스레 적어 나갔다.

초 한 대—
내 방에 품긴 향내를 맞는다.

---

* 나무나 풀에 내려 눈처럼 된 서리.

(……)

염소의 갈비뼈 같은 그의 몸.
그의 생명인 심지까지
백옥 같은 눈물과 피를 흘려,
불살려 버린다.

(……)

시를 적고 맨 아래에 '昭和九年十二月二十四日'이라고 적어 시 쓴 날을 기록해 두었다. 쇼와 9년은 주후 1934년이다. 동주는 자신도 모르게 일본 천황의 연호를 적었다. 기독교 학교인 은진에서도 '주후' 대신에 '쇼와'를 사용했다. 그게 몸에 익은 것이었다. 만주국 연호인 '강덕'은 사용하지 않았다. 동주는 이것을 의식하지 못했다. 「초 한 대」에 이어 두 번째 시로 「삶과 죽음」을 썼다.

삶은 오늘도 죽음의 서곡을 노래하엿다.
이 노래가 언제나 끝나랴.

(……)

　이어 세 번째로 「내일은 없다」를 적었다. 다시 읽어 보니 「초 한 대」가 마음에 들었지만, 어딘지 모르게 깊이가 부족한 느낌이 들었다. 아직 습작의 수준에서 벗어나지 못했다. 나중에 기회가 되면 다시 수정해야만 했다. 인간의 죄를 대신하기 위하여 예수는 이 세상에 왔다. 가장 낮은 곳에서 태어난 예수는 염소의 갈비뼈 같은 몸으로 십자가에 못 박혔다.

　'내일이면 십자가에 못 박히기 위하여 아기 예수가 온다.' 이런 생각을 하며 동주는 습작 노트를 여러 번 읽어 본 뒤에 잉크병의 뚜껑을 닫았다. 노트를 닫기 전에 다시 읽어 보니 '습작기의 시 아닌 시'로 노트의 이름을 명명한 게 퍽 다행이라고 생각했다. 그래, 부족하지만 오늘부터 '나의 습작기'가 시작되는 것이다. 몽규보다 한발 앞서 나갔다고 생각하며 동주는 빙그레 웃으며 노트를 덮었다. 멀리서 새벽을 깨우는 닭 울음소리가 들렸다. 그 밤, 조선에서는 시인 김소월이 세상을 떠났다.

12. 양계

아침을 먹는 둥 마는 둥 하고 윤영석은 양계장으로 향했다. 어제저녁에도 동주가 평양에 보내 달라며 속을 뒤집어 놓았다. 험한 말에다 욕까지 해 대며 평양은 안 된다고 강하게 나갔다. 그래서 그랬는지 동주는 아침도 안 먹고 풀 죽은 모습으로 학교에 갔다. 그 모습을 보는 윤영석의 마음은 두엄자리였다. 아들과 남편 사이에서 안절부절못하는 아내도 안쓰러웠다.

오늘은 명동촌 아버지께서 깨진 콩과 벌레 먹은 콩을 가져오는 날이다. 콩 타작을 하면 남는 부스러기였다. 그걸 절구에 거칠게 찧어 사료로 주면 닭들이 아주 좋아했다. 계란 먼저 배달하고 아버지를 맞이할 생각과 풀 죽은 동주 모습이 한 걸음마다 교차했다. 동주가 평양행을 고집한다고 말을 올렸을 때, 아버지도 당연히 반대한다고 말했다.

양계장 근처에 왔더니 오늘따라 닭 비린내가 더욱 역하게 풍겼다. 날씨가 흐려서 그런가 보다 하고 별다른 생각 없이 계사로 들어갔다.

헉!

가슴이 꽉 막혔다. 계사 여기저기에 닭이 쓰러져 있는

게 보였다. 쓰러진 닭을 만져 보니, 이미 몸이 식었다. 기르고 있는 닭의 반 이상이 떼죽음을 당한 거였다. 다리에 맥이 풀리며 털썩 주저앉았다. 살아 있는 닭들도 비실비실했고 어떤 닭들은 비틀거리다가 이내 다리를 꺾고 쓰러졌다.

윤영석은 용정 시내에 있는 가축병원으로 달음박질을 쳤다. 병원에 들어서니 용정에서 양계장을 하는 업자들이 새파랗게 질린 얼굴로 수의사를 기다리고 있다.

"거기도 떼죽음이오?"

"예, 이게 무슨 일인가요?"

"닭 병이 돌림병으로 도는 모양이오."

돌림병이라니, 윤영석은 앞이 캄캄했다. 여러 사업에 실패를 거듭하다가 양계로 겨우 자리를 잡는가 했더니, 돌림병이라니……

수의사를 만났더니 돌림병이라 마땅한 약이 없다고 했다. 할 수 있는 일이라고는 죽은 닭들을 계사에서 얼른 꺼내고 양계장 전체를 소독하는 방법만 있는데, 그것도 이미 늦었다는 것이었다. 윤영석은 빈손으로 양계장으로 돌아왔다. 계사의 죽은 닭을 보니 그저 멍할 뿐이었다. 어떤 일도 할 수 없어서 밍하니 바라보기만 했다. 일꾼도 윤영석의 눈치를 보며 손을 놓았다.

"이게 무슨 일이냐?"

아버지 윤하현 장로가 작은 트럭에다 타작 찌꺼기로 남은 깨진 콩을 싣고 와서 물었다.

"오셨어요?"

윤영석은 아버지를 볼 면목이 없었다. 윤하현 장로는 기가 죽어 있는 아들이 안타까웠다.

"닭이 왜 저런 것이냐?"

윤하현 장로가 여기저기 죽어 있는 닭을 가리키며 물었다.

"돌림병이라고 합니다."

아버지의 재차 물음에 윤영석은 간신히 대답했다. 닭 병은 종종 봤었지만, 돌림병을 보기는 처음이라며 아버지가 혀를 끌끌 찼다.

"또 이러니, 면목이 없습니다."

정말이지 손을 대는 사업마다 망하고 말았으니, 아버지의 얼굴을 차마 바라보지 못하고 사죄의 말만 간신히 내놓았다.

"돌림병이 어디 사람의 탓이냐? 하나님께서 저리하신 것이니……."

하나님께서 저리하신 거라는 아버지의 말에 윤영석은

불쑥 반감이 솟았다. 하나님은 어찌하여 이토록 끊임없이 시련만 주신단 말인가? 아버지는 트럭에 싣고 온 깨진 콩을 일꾼과 함께 양계장 마당에 부려 놓았다. 윤영석은 손을 보탤 생각도 못 하고 죽은 닭들만 멍하니 바라보았다.

"병아리를 새로 들여놓겠느냐?"

"……."

아버지의 물음에 윤영석은 어떤 답도 할 수 없었다. 대답을 기다리다 말고 아버지는 혀를 차고 돌아섰다. 아버지는 일꾼을 시켜 죽은 닭을 트럭에 싣게 했다. 죽은 닭을 트럭에 다 실었을 즈음 자위대 간부들이 나타났다. 그들은 윤영석에게 가볍게 인사한 뒤 양계장을 둘러보았다.

"여기도 돌림병이 왔구만."

"북간도의 계사란 계사는 모두 돌림병에 쑥대밭이 되고 말았으니, 쯧쯧."

자위대 간부들이 닭을 살펴보며 지껄였다.

"여기 사장님만 돌림병으로 닭을 잃은 게 아닙니다. 지금 닭 돌림병으로 난리가 났어요, 난리가."

이런저런 말을 한 뒤에 자위대 간부들은 죽은 닭이나 죽을 닭이나 어차피 처리가 곤란할 터이니, 닭을 자위대에 기부하라고 했다. 돌림병으로 죽은 닭이라 모두 땅에 묻어야 하는데 다행히 삶아서 먹으면 인체에는 해롭지 않다는 말을 덧붙였다.

"말이 기부지, 사실은 우리 자위대가 골칫거리를 처리해 주는 겁니다. 다른 계사에서도 죽은 닭을 모두 기부했어요. 우리는 이걸로 장사나 하려는 게 아니고 대일본 제국의 영광스러운 관동군에게 보내려는 겁니다. 사장님은 충성스러운 만주국 국민으로서, 일본의 신민으로서 기부하시는 거고요."

윤영석은 대답하지 않았다. 그러자 아버지가 나서서 어디로 실어다 주면 되느냐고 물었다. 그들은 총영사관에 가면 닭을 기부받는 곳이 있다고 알려 주었다. 아버지는 닭을 싣고 떠났고 윤영석은 계사를 바라보았다. 자위대 간부들이 떠난 뒤에도 닭은 계속 죽어 나갔다. 마음 같아서는 계사에 석유를 붓고 불을 질러 버리고 싶었다. 일꾼과 함께 윤영석은 죽은 닭을 계사 밖에다 모아 두었다. 그사이에 또 닭 몇 마리가 죽었다. 해가 뉘엿뉘엿 질 무렵에야 윤영석은 일을 놓았다.

"인체에 해롭지 않다고 하니, 몇 마리 가져가게."

윤영석의 말에 일꾼들은 솥에다 물을 끓여 닭을 담갔다가 빼냈다. 뜨거운 물에 잠시 담갔던 닭을 빼내 털을 뽑았다. 일꾼들은 능숙한 솜씨로 닭의 배를 갈라내고 내장을 꺼내 손질까지 마쳤다. 윤영석 몫으로 두 마리를 남겨 놓고 각자 두어 마리씩 들고 일꾼들은 퇴근했다. 윤영석은 닭이라면 지긋지긋해서 손질한 닭을 그대로 두고 일어섰다.

집에 돌아온 윤영석은 씻지도 않고 그대로 쓰러지듯 누웠다. 아내는 눈치를 보며 아이들이 아버지에게 가까이 가서 귀찮게 하지 못하도록 막았다. 기나긴 하루였다. 윤영석은 피곤에 지쳐 눈을 감았다.

얼마나 시간이 흘렀을까? 아내가 저녁상을 차렸다며 윤영석을 깨웠다. 속이 시끄러워 밥 생각이 없었다. 하지만 온 가족이 둘러앉아 함께 수저를 드는 게 상례라 윤영석은 간신히 물에 젖은 듯한 몸을 일으켜 세웠다.

윤영석이 밥상머리에 앉자, 아내가 식사 기도를 시작했다. 오늘도 무사히 온 식구가 모여 하나님께서 마련해 주신 음식을 함께 나누게 되어 감사하다는 내용이었다. 윤영석은 아내의 식사 기도가 목구멍에 걸린 가시처럼 자꾸만 마음에 걸렸다. 하나님께서 닭 돌림병을 주셨다는 말을 아내한테 하고 싶은 걸 꾹 참았다.

윤영석은 수저를 들 마음이 없었다. 그러나 윤영석이 수저를 들지 않으면 누구도 먼저 수저를 들지 않았기에 억지로 들어야 했다. 밥은 모래알 같았다. 하지만 동주는 수저를 들지 않고 꿀 먹은 벙어리처럼 앉아 있다. 속에서 울화가 치밀어 올랐다. 하지만 솟구치는 화를 꾹꾹 눌렀다.

"동주야, 어서 밥 먹어라."

보다 못한 아내가 나서서 한마디 했다. 윤영석은 꾸역꾸역 밥을 씹었다.

"아버지, 평양에 보내 주십시오."

동주의 말에 윤영석은 수저를 탁 놓았다. 함께 밥을 먹던 다른 식구들이 깜짝 놀라 수저를 내려놓았다. 팽팽한 침묵이 밥상머리를 감돌았다. 일주가 조용히 방에서 나갔다. 그것을 신호로 혜원이도 눈치를 보더니 가만히 물러났다. 동주는 고개를 숙이고 답을 기다렸다.

"평양은 안 된다."

윤영석은 단호하게 답했다. '평양에 가면 죽거나 반병신이 되어 돌아온다, 이놈아.'라는 말은 차마 하지 못했다. 윤영석이 생각하기에 평양은 위험한 도시였다. 여리디여린 동주가 조선에 가는 것, 더구나 평양에 가는 것을 아비로서 막고 싶었다. 평양에서 공부하고 돌아온 사람들이 어떻게 되었는지 윤영석은 많이 봐 왔기 때문이다.

더는 밥을 먹을 기분이 아니어서 윤영석도 수저를 놓고 밖으로 나왔다. 마당에는 소리 없이 함박눈이 쏟아지고 있었다.

13. 질투

 크리스마스가 지나고 두어 날 뒤, 몽규의 집으로 전보 한 통이 날아왔다. 경성의 동아일보사에서 보낸 전보였다. 마침 몽규는 새해를 가족과 함께 보내기 위해 용정을 떠나 대랍자 집에 와 있었다. '당선'이라는 두 글자가 몽규의 눈을 사로잡았다. 전보를 잡은 손이 가늘게 떨렸다. 환희가 온몸을 휘감았다.

"아버지, 어머니! 저 당선됐어요, 당선!"

 몽규는 아버지께 전보를 내밀었다. 아버지가 빠르게 전보를 읽고 어머니께 넘겨주었다. 전보를 읽는 어머니의 눈에 눈물이 가득 찼다.

"역시! 내 아들이구나. 장하다, 몽규야!"

 아버지가 몽규를 안고 등을 두드려 주었다.

"시도 소설도 아니고 콩트인데요, 뭐."

 몽규가 겸손하게 말했다. 아버지는 무슨 말이냐며 콩트도 엄연히 문학의 장르에 속하니 신춘문예에 응모란이 있는 게 아니냐며 다시 한번 축하해 주었다. 어머니는 콩트가 뭐냐고 물었고, 몽규는 짧은 이야기라고 대답했다. 부모님이 진심으로 기뻐하는 모습을 보니 몽규는 제대로 효

도를 한 것 같아 뿌듯했다.

며칠 후, 1934년 12월 31일에 용정 동아일보 지국에 1935년 신년 호가 도착했다. 신년 호답게 두툼한 신문은 관청이며 학교, 사무실과 상가, 각 가정으로 배달되었다. 동주는 집에 배달된 동아일보를 펼쳐 들고 빠르게 넘겼다. '신춘 당선 문예 특집'은 45면에 있었다. 위에서부터 대충 읽어 내려오는데, 왼쪽 상단 눈에 잘 띄는 곳에 송한범의 이름이 보였다. 한범은 몽규의 아명이었다.

"???"

동주의 눈이 동그랗게 커졌다. 콩트 당선작인「술가락」 제목 바로 옆에 너무나 익숙한 이름이 있는 게 아닌가. '술가락'은 '숟가락'의 회령 말이었다. 벼락에 맞은 기분이었다. 습작 노트를 만들 때는 몽규보다 한발 앞섰다고 생각했는데, 지금 보니 열 발이나 뒤진 상태였다. 질투심을 느끼며 콩트를 읽었다.

「술가락」의 이야기는 짧았지만, 반전은 강렬했고 슬펐다. 용정이라는 작은 도시에 사는 가난한 사람의 이야기였다. 해외로 독립운동을 떠난 아버지가 자녀의 결혼 예물로 보내온 은 숟가락을 결국 전당포에 잡힐 수밖에 없는 기구한 내용이었다.

몽규는 가난이라는 사회적 문제를 숟가락을 통해 통렬하게 풍자했다. 마지막의 반전에 그만 가슴이 먹먹해지고 말았다. 동주는 몽규를 완벽히 인정했다. 물론 시의 세계와 산문의 세계는 다르다. 그렇다고 하더라도 몽규의「술가락」은 사람의 심금을 울렸다.

용정의 일본인들은 은행으로부터 아주 싼 이자로 대출을 받아 고리대금업을 했다. 은행은 일본인 외에는 대출을 거의 해 주지 않았다. 중국 한인이나 조선인은 돈이 필요하면 땅을 담보로 고리로 돈을 빌리지 않으면 안 되었다.

높은 이자에 녹아나고, 담보로 잡았던 땅은 모두 일본인의 손아귀로 들어갔다. 조선인은 졸지에 땅을 빼앗기고 그들의 소작인이 되어야 했다. 한 해 소출의 70퍼센트 정도를 소작료로 바치고 나면 식구들이 먹을 양식마저 부족했다. 몽규는 그런 사람들의 이야기를 콩트로 쓴 것이다. 배가 아팠다.

몽규의 신춘문예 당선으로 온 용정이 발칵 뒤집혔다. 대랍자 집에서 용정으로 돌아온 몽규는 애써 신춘문예 당선을 자랑하지도 않았다. 하지만 소문은 날개 달린 듯 퍼졌다. 몽규는 수많은 사람의 축하를 받았다. 누구보다도 동주는 몽규를 뜨겁게 안아 주었다.

"축하해, 몽규야."

진심으로 축하의 말을 전하면서도 동주의 마음은 씁쓸했다. 몽규는 이로써 누구나 인정하는 작가가 되었다. 동주는 몽규가 부러웠다.

"고맙다, 동주야."

몽규는 동주에게 살짝 미안했다. 시에 누구보다도 진심인 동주보다 먼저 신춘문예에 당선되어 조금 계면쩍기도 했다. 몽규는 동주의 시가 지금은 습작기에 불과하지만 언젠가는 널리 사랑받을 것이라고 믿었다.

"대기는 만성이니까."

말은 이렇게 했지만, 동주는 몽규가 진심으로 부러웠다. 몽규보다 한발 뒤진 것은 사실이었다. 동주는 이것을 받아들이기 위해 무척 노력했다. 질투가 없었다면 거짓이었다.

학교 선생님은 물론이고 용정의 유지들로부터 칭찬 세례가 쏟아졌지만 몽규는 어깨에 힘을 주지도 않았고 앞에서 나대지도 않았다. 오히려 몽규는 침묵 속으로 침잠했다. 만주일보의 인터뷰에도 응하지 않은 것은 물론이고 어떤 원고 청탁도 받지 않았다. 그런 몽규를 일본의 특고는 주목했다. 아무래도 일반적인 태도가 아니라는 것에 그들은 의심을 품었다.

동주는 일월 중순의 어느 날 밤에 용정 시내로 나갔다. 집 안에 있는 것이 너무 답답하여 밖으로 나온 것이다. 달밤의 거리, 광풍이 휘날리는 북국(北國)의 거리를 걸었다. 도시의 진주 같은 전등 밑을 헤엄치는 자기 모습이 조그만 인어처럼 보였다. 평양의 숭실로 가겠다는 익환, 용정에 남아 있으라는 아버지…….

  동주에게 용정은 괴로움의 도시였다. 평양에 못 가면 어쩌나? 용정에 남아 있으면 어쩌나? 나도 몽규처럼 신춘문예에 당선된다면……. 이런저런 공상이 동주의 발걸음마다 피어났다.

  외로웠다.

  밤거리를 산보하고 돌아온 동주는 '거리에서'라는 제목의 시를 끄적였다. 시가 완성되었지만 습작 노트에 옮겨 적진 않았다. 시는 우울했고 너무 감상적이었다.
  "너는 어떻게 할래? 익환이는 곧 평양으로 가서 숭실 편입 시험을 본다던데. 너는 용정에 남아 있을 거냐?"
  삼월 초순 어느 날 밤, 동주는 대랍자에 가서 부모님을 만나고 온 몽규에게 물었다. 분명히 부모님과 진로에 대해

상의를 하고 왔을 거라고 동주는 생각했다.

"글쎄, 아직은 잘 모르겠어."

몽규는 동주에게도 자신이 가야 할 길을 비밀로 했다. 알면 괴로울 테니 모르는 게 나았다. 아무리 친한 동무 사이라고 해도 말할 수 없는 게 있다. 몽규는 다만 동주의 손을 꼭 잡았다가 놓았다.

14. 비밀

 1935년 3월 중순, 동주는 익환을 배웅하기 위해 용정역으로 갔다. 날은 여전히 추웠고 함박눈이 펑펑 내리는 날이었다. 익환의 식구들이 모두 나와 용정역에서 익환을 배웅했다. 동주는 말없이 플랫폼으로 나갔다. 플랫폼에도 눈이 하염없이 내려앉았다. 쏟아지는 눈은 동주의 온몸을 하얗게 감쌌다. 동주는 곧 눈사람이 되었다. 열차가 떠날 시간이 되자 익환이 큰 가방을 끌고 플랫폼으로 나왔다.
"먼저 가 있어. 나도 곧 갈게."
 동주가 머리에 쌓인 눈을 털어 내며 말했다.
"그래, 가서 눈 빠지게 기다리마."
 동주와 익환은 굳게 악수했다. 익환이 원산행 열차에 올랐다. 동주는 차창을 통해 익환이 자리에 앉는 모습을 지켜보았다. 열차는 기적 소리를 울린 뒤, 서서히 플랫폼을 빠져나갔다. 멀어지는 열차를 향해 동주는 다리 없는 눈사람처럼 오래오래 서 있었다.
 익환은 원산에서 경성행 열차로 갈아타고, 경성에서 다시 평양행 열차로 갈아탈 예정이었다. 용정에서 평양까지는 빙 둘러 가는 머나먼 길이었다. 아무리 멀더라도 동주는 그 길 위에 같이 서고 싶었다.

 며칠 뒤, 몽규가 용정역에 나타났다. 몽규는 작은 가방 하나만 달랑 든 단출한 차림이었다. 배웅을 나온 사람도 없었다. 몽규는 무뚝뚝한 얼굴로 창구로 가서 만주국 수도인 신경행 열차표를 샀다.

 신춘문예 당선의 영광도 전교 일등의 명예도 모두 뒤에 남겨 두고 몽규는 새로운 길로 들어섰다. 이 길은 언제 죽을지 모르는 가시밭길이다. 몽규는 담담히 그 길을 선택했다. 명희조 선생님이 권유하기 전부터 이 길을 가야겠다고 결심했다.

 명동소학교 시절부터 그토록 열망하던 길에 나서는 몽규의 마음은 스산했고 고독했다. 부모님에게도 알리지 않고 떠나는 길이었다. 물론 동주한테도 비밀이었다.

 비밀을 안고 떠나는 길…….

 기쁨보다는 가슴을 아릿하게 만드는 슬픔이 두 줄기 철로처럼 길게 뻗어 있는 게 보였다. 몽규는 열차에 몸을 실었다. 삼등 열차 안은 가난한 사람들로 만원이었다. 유난히 시끄러운 중국말 속에 드문드문 조선말이 섞인 열차 안에서 몽규는 가만히 사람들의 얼굴을 바라보았다. 모두 「술가락」의 주인공일 수도 있는 사람들이었다. 바람이 스치고 지나간 붉은 얼굴에 퀭한 눈망울, 버짐 핀 얼굴에 흰옷을 입은 사람들⋯⋯.

열차는 연길, 안도현, 길림을 거쳐 느리고 느리게 달렸다. 삼등 열차 안은 시끄럽고 더러웠고 복잡했다. 선반 위에는 닭들이 꼬꼬댁거리며 홰를 쳤고, 강아지는 짖었다. 어떤 아낙은 좁은 통로에서 신문지를 깔고 아이가 똥을 싸게 했다. 그래도 누구 하나 항의하는 사람이 없었다.

신경*에서 북경행 열차를 갈아탄 몽규는 차창에 이마를 기대고 흘러가는 풍경을 하염없이 바라보다가 까무룩 잠에 빠져들곤 했다. 열차는 만주를 느리게 통과했다. 잠에서 깨면 끝없이 펼쳐진 옥수수밭 사이를 지나가는 중이었다.

몽규는 명희조 선생님의 소개로 산동성 제남에서 독립운동가 리웅을 만나야 했다. 열차가 북경을 지나자, 열차 안에 들어온 일본군이 신분증 검사를 했다. 몽규는 은진중학 학생증 대신 대랍자에서 아버지가 만들어 준 가짜 신분

---

* 장춘의 옛 이름.

증으로 일본군의 불심 검문에 응했다. 가슴이 두근거리고 얼굴이 빨갛게 달아올랐다. 일본군은 신분증과 몽규의 얼굴을 한 번 쳐다보더니 지나갔다. 천진을 지날 때는 차창 밖으로 행군 중인 일본군이 끝없이 보였다.

천진에서 산동성 제남행으로 열차를 바꿔 탔다. 몽규 외에도 은진중학 졸업반 선배인 라사행과 황국주, 이인영이 비밀 조직선을 타고 남경으로 가고 있었다. 갓 열아홉 살인 몽규는 제남에서 비밀 조직선인 리웅과 만나 남경으로 갈 예정이었다.

제남역에 내린 몽규는 주소 하나만 들고 리웅을 찾아 나섰다. 제남은 산동성의 성도로 용정보다 몇 배나 큰 도시였다. 몽규는 길을 잃지 않기 위해 잔뜩 긴장했다.

리웅의 집은 중심가에서 제법 멀리 떨어진 한적한 토담 골목 안에 있는 작은 기와집이었다. 몽규는 주소지의 집에서 리웅을 만났다. 중키에 귀가 유난히 큰 서른 중반의 남자였다. 선량해 보이는 인상과 지사다운 품격을 지녔기에 몽규는 그제야 안도의 숨을 내쉬었다.

리웅과 함께 저녁을 먹으면서 많은 이야기를 나누었다. 리웅은 몽규의 은진중학 십 년 선배였다. 몽규는 그가 은진의 선배라는 사실에 깊은 감명을 받았다. 리웅의 본명은 임병웅이었다. 얼마 전에 일제에 체포된 뒤 변절하여 일제의 공작원으로 변신했는데, 독립운동가들과 여전히 선을 유지하고 있는 밀정이었다. 그것을 몽규로서는 알 턱이 없었다.

"백범이 지청천, 이범석, 김원봉 등 독립군 지도자들과 만든 중앙육군군관학교 낙양분교 한인 특별반 1기생 중에도 은진 출신이 셋이나 있네. 김준길, 정성언, 현철진이지. 아마 남경에서는 다른 이름을 사용하고 있을 거네. 한인 특별반을 학생 훈련소라고도 부르는데 자네는 거기에 입교하게 될 걸세. 훈련을 무사히 마치고 훌륭한 독립군이 되길 바라네. 나는 학생 훈련소 1기생들 중 몇 사람한테는 다달이 생활비까지 보내 주고 있네."

리웅의 말에 몽규는 감탄했다. 은진 출신들이 꽤 많이 독립운동에 투신하고 있는 줄은 알고 있었다. 하지만 리웅의 입을 통해 막상 그들의 이름을 듣게 되니 가슴이 뛰었다. 자신이 은진 출신이라는 자부심에 가슴이 뿌듯했다. 게다가 은진의 선배인 리웅이 백범과 긴밀하게 연결되어 있다는 사실도 경이로웠다. 리웅에 대한 존경심이 뭉클 솟았다.

"남경 중앙대학 기숙사에 가서 양철생을 만나게. 본명은 현철진이네. 본명으로 찾으면 찾기 어려울 걸세."

하룻밤을 지낸 아침에 리웅이 말했다. 몽규는 꽈배기와 죽으로 아침을 얻어먹고 리웅의 집을 나섰다. 리웅은 여비라며 제법 많은 돈을 몽규한테 내주었다. 몽규는 제남역에서 남경행 열차에 올랐다.

15. 남경

 남경역에 내린 몽규는 눈앞에 펼쳐진 풍경에 잠시 주춤했다. 역 광장에는 지게꾼, 인력거꾼, 거지들이 우글거렸다. 그 사이로 기차에서 내린 사람들이 걸어가는데 인력거꾼들이 몰려와 거의 뺏다시피 짐을 잡아채 인력거에 싣곤 했다. 그런 바람에 여기저기서 실랑이가 벌어졌다.

 몽규는 천천히 걸어 역 광장을 벗어났다. 용정과는 사뭇 다른 따뜻한 바람이 옷깃을 스쳤다. 남경은 중국의 여섯 왕조가 도읍을 정한 도시답게 고색창연했고 또 어마어마한 사람들로 시끌벅적했다. 잠시 들렀다 온 제남과 비교해 규모 자체가 달랐다. 몽규는 이 도시에서 새로운 길을 찾아야 한다는 생각에 어깨를 쫙 폈다. 촌놈처럼 굴어서는 안 된다고 마음을 다잡았다.

 '중앙대학의 양철생.'

 몽규는 무엇보다 먼저 세포로 활동하고 있는 양철생을 찾아야 했다. 양철생은 제남의 리웅과 점조직으로 연결된 사람이었다. 몽규는 중앙대학으로 방향을 잡았다. 중앙대학은 중화민국의 국립 대학으로 유명했다. 거리에서 중학 교복을 입은 학생한테 물었더니 자세히 가르쳐 주었다. 몽규는 접선 시간까지 시간이 꽤 남아서 천천히 걸어서 대학교로 향했다.

중앙대학은 국립 대학답게 규모가 대단했다. 삼사 층짜리 중국 고유의 건물들이 캠퍼스를 채우고 있었고 막 개학한 터라 학생들로 활기가 넘쳐 났다. 몽규는 중앙대학 신입생 행세를 하며 학교를 구경하다가 시간에 맞춰 접선 장소인 기숙사 식당으로 갔다.

식당에는 점심을 먹는 학생들로 붐볐다. 대낮에다 학생들이 많아 일본 특고의 눈을 피하기에 딱 알맞았다. 몽규는 리웅이 미리 알려 준 대로 식당의 맨 구석 자리에 앉아 하품을 길게 세 번 했다. 잠시 후 식판을 든 학생 하나가 바로 앞자리에 앉았다. 중앙대학의 배지를 찬 교복 차림에 안경을 쓴 대학생이었다. 안경을 벗어 닦지 않으면 즉시 자리를 떠야 했다. 몽규는 자신도 모르게 안경을 고쳐 썼다. 앞자리의 학생도 안경을 벗어 닦았다. 몽규는 속으로 길게 한숨을 내쉬었다.

"밥 타오시오. 덕이."

그가 식권 한 장을 몽규 앞으로 내밀며 암구호를 먼저 말했다.

"영국."

몽규가 답을 하며 식권을 받아 일어섰다. 몽규는 뛰는 가슴을 진정시키며 배식구로 갔다. 배식구에서 음식을 받아 식판을 들고 양철생의 앞자리에 앉았다.

"은진에서 왔습니다."

몽규가 중국말로 나직하게 말했다.

"나도 은진 출신이오."

양철생이 대답했다.

"반갑습니다, 선배님."

"오느라 고생했소. 잘 보시오."

몽규의 인사를 받은 뒤, 양철생은 젓가락에 물을 묻혀 식탁 위에 무언가를 적었다.

'동관두 32호. 암호는 안회.'

글자를 적자마자 양철생은 손바닥으로 물을 문질러 버렸다. 몽규는 재빠르게 주소와 암호를 외웠다. 이어 양철생은 동관두 32호로 들어가는 방법을 물 묻은 젓가락으로 빠르게 적었다. 몽규는 집중해서 그가 적는 것을 읽었다.

"『아큐정전』은 읽어 봤소?"

양철생이 물었다.

"아니요. 저는 조선 문학을 주로 읽었습니다."

"그것도 좋지만 시야를 넓혀 중국 현대 문학을 읽어 보는 것도 좋지. 루쉰이나 마오둔을 꼭 읽어야 하네. 마오둔의 소설 『자야』는 상해의 이야기를 담고 있는 걸작이네. 중국어 공부에도 도움이 될 걸세."

"고맙습니다, 선배님."

두 사람은 문학 이야기를 하며 점심을 먹고 헤어졌다. 학교를 나온 몽규는 그 길로 동관두 32호를 찾아 거리로 나섰다. 용정보다 열 배는 큰 남경을 걸어 다닐 수는 없어서 잠시 고민하다가 인력거를 타기로 했다. 대학 정문 앞에서 인력거를 탔다. 인력거꾼한테는 일부러 동관두 25호를 가자고 했다.

인력거꾼은 땀을 뻘뻘 흘리며 남경 시내를 가로질러 달렸다. 봄바람도 그의 몸에서 뿜어져 나오는 열기를 식혀주지 못하는 것 같았다. 몽규는 인력거꾼한테 미안한 생각이 들어 바늘방석에 앉은 기분이었다. 한 시간 남짓 달려 인력거는 좁다란 골목으로 들어섰다. 몽규는 대문 옆에 붙은 주소를 빠르게 읽었다. 동관두 20호가 보이자 몽규는 내려 달라고 했다.

인력거에서 몽규가 내리자 골목 안에 있던 사람들이 일제히 몽규를 쳐다보았다. 아차, 싶었다. '더 먼 곳에서 내렸어야 했는데······.' 몽규는 무심한 듯 표정을 태연하게 가장하고 동관두 골목을 천천히 걸었다. 의자 하나만 내놓고 머리를 깎아 주는 거리의 이발사, 귓밥 파 주는 사람, 자전거에 만두를 싣고 파는 사람이며 대문 앞에 앉아 멍한 눈길로 햇살을 쬐는 할머니들, 몰려다니는 동네 아이들까지 좁다란 골목이 퍽 부산스러웠다.

몽규는 32호를 지나쳐 다른 골목으로 들어섰다. 조심스레 골목을 빠져나와 주변을 살피기 시작했다.

'동관두 골목에는 일본 첩자들이 많으니 특별히 조심하시오. 거리의 이발사나 자전거에 만두를 싣고 다니는 장사치나 어린애까지 조심해야 하오.'

양철생이 식탁에다 물로 쓴 글귀가 새삼스레 떠올랐다. '여기가 최전선이구나.' 문득 이런 각성이 몽규를 휘감았다. 온몸에 전율이 일었다. 몽규는 동관두 골목을 벗어나 하릴없이 걸었다. 두 시간 정도 지난 뒤에 다시 돌아올 작정이었다. 골목을 벗어나 조금 걸어 나가니 강이 나왔다. '진회하'라는 이름의 강이었다. 봄바람에 버드나무가 하늘하늘 춤을 추는 강변에서 몽규는 문득 동주를 생각했다.

'잘 있을까?'

동주한테까지 비밀로 하고 길을 떠난 게 못내 마음에 걸렸다. 미안하지만 어쩔 수 없는 일이었다. 익환은 평양으로 갔을 텐데 용정에서 홀로 괴로워하고 있을 동주가 안타까웠다. 여린 성격의 그가 겨울 내내 아버지와 갈등을 빚을 만큼 동주에게 평양은 꿈이었다. 몽규는 동주가 언젠가는 용정을 떠날 수 있기를 기도했다.

두어 시간 뒤에 몽규는 동관두 32호 앞에 섰다. 심호흡을 하고 대문을 일곱 번 두드렸다. 안에서는 아무 기척이 없었다. 두 번째로 네 번 대문을 두드렸다. 대문 안이 조용했다. 세 번째로 두 번 두드렸다가 잠시 뜸을 들인 후 세 번을 더 두드렸다.

"안희."

문안에서 암구호를 댔다.

"관우."

몽규는 약속된 암구호를 불렀다. 대문이 조금 열렸다. 몽규는 재빠르게 대문 안으로 들어갔다.

그곳은 남경성 동관두 32호에 있는 학생 훈련소였다. 몽규는 왕위지라는 가명을 사용했다. 학생 훈련소에는 은진 출신으로 마여룡, 마일삼, 왕봉각, 장유보, 이용인, 나철이 있어서 몽규까지 합하면 스물여덟 명 중에서 일곱이나 되었다. 나철은 학교에서도 본 적 있는 선배였고, 나머지는 서너 해 전에 졸업한 선배들이었다. 몽규는 재학 중에 은진에서 남경으로 온 유일한 청년이었고 또 막내였다. 학생 훈련소에 은진 출신이 많아서 한결 마음이 놓였다.

낙양군관학교 한인 특별반 1기생 62명은 1935년 4월 9일에 졸업했다. 이들은 중국 관내와 만주로 돌아가서 독립운동과 독립군의 주요한 축이 되었다. 몽규가 학생 훈련소에 입교했을 때는 상황이 완전히 달라졌다.

일본 영사가 중국 정부에 이 문제를 강력히 항의했다. 일본 영사 스마는 중국 경비 사령관 곡정륜에게 대역 죄인 김구 선생을 체포하겠다고 계속 압박했다. 결국 중국 정부는 김구 선생을 남경에 은신하도록 하고, 낙양군관학교의 한인 특별반을 폐지했다. 하지만 김구 선생은 중국의 중앙육군군관학교에 정식으로 입교할 수 있도록 청년들을 모아 학생 훈련소를 설치했고, 여기에 몽규를 비롯한 청년들이 입교한 것이었다.

몽규는 막내라 서너 명이 합숙하는 방을 청소하고 선배들의 심부름도 도맡아 했다. 그래도 힘든 줄 몰랐다. 학생 훈련소를 졸업하고 정식으로 중앙육군군관학교에 입교하여 독립군에 보탬이 될 생각을 하니, 하루하루가 보람찼다.

학생 훈련소 앞에는 강이 흘렀고, 몇 걸음만 가면 공자의 사당이 있지만 밖으로 나갈 수는 없었다. 하지만 누구 하나 외출이 금지된 것에 대해 불평불만을 하지 않았다. 몽규는 틈날 때마다 중국어 공부에 온 힘을 쏟았다. 어차피 일본군과의 전쟁터는 중국 관내거나 만주가 될 터였다. 중국 사람의 도움을 받으려면 중국어의 세밀한 감정선까지 알아야 한다고 생각했다.

학생 훈련소의 일과는 아주 빡빡했다. 아침 5시 30분에 기상하여 점호받고 이후에 숙소를 청소하고 개인별로 체력 단련을 했다. 7시에 조식을 먹고 7시 40분부터 학과가 시작되었다. 오전 학과는 주로 민족정신을 고취하는 정치 훈련 중심이었다. 조선 혁명에 대한 훈화와 사회학과 세계 경제를 학습했다. 오후 학과에서는 소총과 기관총 조립법, 경제학, 특무 공작, 보병 전술, 총검술을 학습했다. 오후 5시 30분에 이른 저녁을 먹고 운동을 하고 휴식을 취한 다음 오후 7시부터 9시 30분까지 자습을 했다. 9시 30분에 점호를 받고 교가를 부른 뒤 취침했다.

학생 훈련소의 비밀 유지와 보안을 위해 훈련생들의 생활은 엄격하게 통제되었다. 일반 가정집처럼 생긴 훈련소 밖에는 노점상과 거지들이 유난히 많았다. 그들 모두 일제의 밀정이라고 생각하라며 간부들이 틈만 나면 주의를 줬다. 하지만 골목마다 귀를 쫑긋 세우고 다니는 일제의 사복형사와 독립군에 침투한 밀정 때문에 일제의 첩보 기관에 학생 훈련소가 탐지되고 말았다. 김구 선생이 방문한 날짜와 시간, 훈화한 말까지 고스란히 일제 첩보 기관에 넘어갔다. 내부에 밀정이 잠입해 있는 것이 분명했으나 그가 누군지는 알 수 없었다.

16. 방황

 1935년 4월 1일, 은진중학 4학년의 1학기가 시작되었다. 동주는 교실에 들어서자 깜짝 놀랐다. 교실의 반이 비어 있었다. 상급 학교 진학을 위해 5년제 중학으로 편입한 학우들의 빈 자리가 듬성듬성 눈에 들어왔다.

 익환의 자리는 지난 학기부터 비어 있었고, 뒷자리에 주로 앉았던 몽규도 보이질 않았다. 대랍자 집에서 곧장 등교할 줄 알았는데……. 몽규가 보이지 않자 동주의 몸 한쪽이 무너지는 느낌이 들었다.

 수업을 듣는 둥 마는 둥 하고 집에 돌아와 어머니께 몽규의 소식을 물었다. 어머니도 고모한테 몽규에 관해 어떤 말도 들은 적이 없다고 했다. 동주는 절망했다. 며칠이 지나도록 몽규는 끝내 나타나지 않았다. 대랍자나 용정에서 흔적도 없이 사라진 것이었다.

 동아일보 신춘문예 당선자로 정식 문학인이 된 몽규가 사라진 것에 동주는 괴로워 미칠 것만 같았다. 온 용정이 몽규를 찬양했고, 그의 앞에는 꽃길만 펼쳐진 줄 알았다. 그런데 몽규는 가시밭길을 향해 떠나고 말았다.

 "송몽규."

성경 시간에 문재린 목사가 몽규의 이름을 불렀지만 역시 대답은 없었다. 동주는 깊은 상실감에 젖었다. 익환도 몽규도 없는 교실에 홀로 남았다는 사실을 받아들이기가 너무나 힘들었다. 외로웠고 고되었다.

자신은 평양 숭실로 편입도 못 했고, 조국의 독립을 위해 먼 길을 떠나지도 못했다. 은진의 언덕에는 이제 아무도 없는 것 같았다. 교정의 언덕과 운동장과 교실을 가득 채웠던 청춘 대신에 상실감과 허탈감만이 봄기운을 타고 아지랑이처럼 피어올랐다. 꽃을 봐도 예쁜 줄 몰랐고, 신록을 봐도 싱그러운 줄을 몰랐다. 동주에게 은진은 텅 빈 어둠에 불과했다. 익환도 없고 몽규도 없는 은진에서 동주는 외톨이가 되었다.

"광명중학으로 전학해서 중국의 의대나 법대를 가거라."

아버지는 늘 같은 말을 반복했다.

"싫습니다. 평양 숭실로 보내 주세요."

동주도 한결같이 대답했다. 윤영석은 동주의 꿈이 무엇인지 잘 알고 있었으나, 그 꿈은 너무 위험했다. 몽규의 신춘문예 당선작을 읽어 본 뒤로 윤영석은 더욱 그런 마음을 굳혔다. 몽규의 문학은 위험했다. 게다가 몰래 중국 관내로 가 버리지 않았는가.

몽규 옆에 있는 동주도 결국에는 위험한 길을 갈 터였다. 그것만큼은 꼭 막아 내고 싶었다. 동주가 평양으로 간다면 그리고 문학을 계속한다면……. 동주는 끝내 일본도의 칼날을 맨손으로 맞잡는 꼴이 될 터였다.

동주의 실력이라면 중국 관내에 있는 어떤 대학의 의대도 편하게 갈 수 있을 텐데……. 윤영석은 아들 동주의 길을 바르게 안내하고 싶었다. 아들이 죽음의 길로 가는 것을 아버지로서 두고 볼 수는 없었다.

겨우 목사의 월급으로 가정을 근근이 꾸려 가는 가난한 문재린 목사가 아들 익환을 평양으로 유학 보낸 것에 자존심이 조금 상했을 뿐이었다. 문재린 목사네에 비하면 부자라고 자부하고 있었던 터였다.

반면에 동주는 공부를 놓아 버렸다. 모든 과목에서 성적이 조금씩 내려갔다. 주변의 선생님들이 걱정했지만, 동주는 아버지와의 불화에서 벗어나지 못했다. 동주의 몸은 점점 말라 갔다. 눈은 초점을 잃고 퀭해졌다. 머리는 스님처럼 짧게 깎고 허수아비처럼 휘청휘청 걸어 다녔다. 동주는 절망하는 것으로 아버지에게 반항했다.

주일이면 익환도 없는 교회에 나가 긴 기도를 올렸다. 기도가 끝나면 십자가에 매달린 예수 그리스도의 앙상한 갈비뼈를 하염없이 떠올리곤 했다.

　괴로웠던 사나이, 예수 그리스도……. 십자가에 못 박혀 두 손바닥 두 발등 위에서 피를 철철 흘리며 '나의 하나님, 나의 하나님, 어찌하여 나를 버리셨나이까?'라고 절규한 인간. '이 잔을 내게서 옮겨 달라'고 애원한 육체적 인간. 정신적 두려움과 육체적 고통, 혼자 무언가를 감당해야 하는 외로움이 없는 예수였다면 동주는 그를 신앙하지 않았을 것이다.

　마음이 괴로우면 시도 읽히지 않았다. 시집을 펼치면 글자만 읽을 수 있을 뿐 행과 행 사이의 맥락이나 문장은 눈에 들어오지 않았다. 동주는 시집마저 덮었다.

　학교에서 집으로 돌아오면 방에 틀어박혀 나오지 않았다. 아버지와 함께 앉는 밥상머리도 극구 피했다. 아버지의 얼굴을 보면 밥알이 모래알로 변했다. 어머니가 동주의 방에 몰래 밥상을 들였다. 동주는 밥알을 세듯 깨작거리다가 수저를 놓곤 했다.

　어머니는 자주 옷고름으로 눈물을 찍어 냈다. 큰 소리로 울지도 못하는 어머니께는 죄송했다. 아버지는 여전히 돌벽처럼 완고했다. 어머니의 눈물도 동주의 절망과 방황을 멈추게 하지 못했다. 동주는 예수의 갈비뼈처럼 야위어만 갔다.

제비들이 돌아와 처마 밑에 집을 짓고 새끼를 낳았다. 제비 부부는 잠시도 쉬지 않고 벌레를 물어 와 새끼들을 키웠다. 예전에는 그 모습에 깊이 감동했었다. 하나 지금은 아무 감동도 없었다. 그저 슬픔의 심연 속에서 겨우 숨만 쉬었다. 칠월이 되자 둥지 안의 제비들은 자라서 집을 떠났다. 그저 둥지를 떠나 날아간 새끼 제비들이 부러웠다.

아버지의 뜻대로 의대나 법대로 진학하는 삶을 상상해 보기도 했다. 평양은 위험한 곳이고, 문학은 밥벌이가 어렵다는 아버지의 말이 완전히 잘못된 것은 아니었다. 하지만 그것은 아버지가 꿈꾸는 삶이지 동주가 꿈꾸는 삶이 아니었다.

잘 먹고 잘사는 편안한 삶.

거기에 문학은 존재하지 않았다. 문학은 허기와 결핍과 슬픔에 뿌리 내린 식물이라고 동주는 생각했다. 동주는 문학이 아닌 삶은 살지 않기로 맹세했다. 은진을 졸업하면 상급 학교로 진학하지도 않겠다고 마음을 굳혔다. 차라리 명동촌으로 들어가 할아버지와 함께 농사를 지을지언정……. 아니면 몽규를 찾아 남경으로 갈 수도 있다고 생각했다.

제비들이 모두 떠나고 얼마 지나지 않아 어머니가 방으로 들어왔다. 어머니는 방에 들어오자마자 창문부터 활짝 열었다. 동주는 방 안이 후끈 더워도 창문을 열지 않고 지냈다. 그냥 고통 속에 있는 게 편했기 때문이었다.

"밖에도 좀 나가고 그래라. 이러다 내가 먼저 말라 죽겠다."

"그냥 이게 편해요."

"동주야."

"그냥 이대로 두세요."

동주는 등을 돌렸다. 어머니는 동주를 가만히 바라보다가 한숨을 내쉬며 방에서 나갔다. 어머니께는 미안했지만 지금 동주의 마음은 어머니의 마음을 헤아릴 여유가 그 어디에도 없었다.

동주는 아버지와 만나는 시간을 최소한으로 줄였다. 아버지와 얼굴을 마주하면 거대한 벽을 만나는 기분이 들었다. 아버지는 동주한테 의사나 법관이 되어 부자로 살아가라는 세속의 욕망만을 주장했다. 그게 잘사는 길이라는 거였다.

그렇다면 몽규는? 솔직히 몽규는 은진중학에서 누가 뭐

래도 전교 일등이었다. 몽규가 집에서나 도서관에서 공부하는 모습을 동주는 본 적이 없었다. 그것은 명동소학교 시절에도 마찬가지였다. 그래도 시험만 보면 몽규가 늘 일등이었다. 다만 몽규는 수업 시간에 초집중했다. 비결은 거기에 있었다.

게다가 신춘문예까지 당선된 용정의 청년으로 앞길이 밝았던 몽규는 독립운동을 하겠다고 남경으로 떠나고 말았다. 거기에 대해 고모와 고모부는 온 마음을 다해 지지했다. 부모라면 그래야 하는 것이라고, 동주는 생각했다. 하지만 아버지 입장에서 보자면, 몽규는 그저 한낱 미친놈에 불과했다.

몽규가 사라지자 학교 주변에 일본의 특고가 더 많이 나타났다. 그들은 명희조 선생님을 특별히 주목하며 뒤를 캐기 시작했다.

팔월이 되자 폭염이 계속되었다. 동주는 물만 조금 넘길 뿐, 밥은 아예 쳐다보지도 않았다. 뜨거운 물에 데쳐진 시금치처럼 풀이 죽어 학교와 집을 시계추처럼 오갔다. 단식 일주일이 지나자 동주의 몸에서 열이 펄펄 끓기 시작했다. 윤영석은 동주를 보면 속이 상해 미칠 지경이었다.

"여보, 동주를 평양으로 보냅시다. 이러다 멀쩡한 자식

잡겠어요."

 보다 못한 아내가 나섰다. 윤영석과 마주할 때마다 아내는 언제 어디서나 이 말을 꺼냈다.

"그게 무슨 소리요? 그 얘기는 하지 맙시다."

 윤영석도 지지 않고 화를 냈다. 아내는 완고한 남편한테 절망했다. 어머니는 쪽마루에 앉아 눈물을 주룩 흘렸다. 어쩌다 동주는 어머니가 우는 모습을 보았다. 동주는 그 눈물에 마음이 흔들렸다.

17. 열차

"어머니." 동주가 어머니의 손을 잡았다.

"괜찮으냐?" 어머니가 물었다.

"견딜만 해요."

"아버지를 너무 원망하지 마라."

"원망하지 않아요."

어머니는 동주의 어깨를 토닥였다.

며칠 뒤, 어머니는 명동촌으로 시아버지인 윤하현 장로를 찾아갔다. 윤하현 장로도 아들 윤영석처럼 동주의 평양행을 반대하는 중이었다. 명동촌의 옛집에서 시아버지를 만난 어머니는 어금니를 꽉 깨물었다.

"아버님, 저는…… 제 자식을 살려야 하겠습니다."

"동주한테 무슨 일이 있느냐?" 윤 장로가 물었다.

"곡기를 끊은 지 칠 일이 지났습니다. 탈진해서 쓰러졌는데, 물 한 모금 입에 대려고 하지 않습니다. 저러다……."

어머니는 그냥 울었다. 윤하현 장로는 하늘을 바라보고 탄식했다.

"알았다. 이따 저녁에 집에 가마."

한참 후에야 윤하현 장로가 입을 열었다.

"고맙습니다, 아버님."

어머니는 용정으로 돌아와 시아버지를 위한 저녁을 준비했다. 어머니는 시아버지와 남편만을 위한 겸상을 위해 아이들에게는 이른 저녁을 먹였다. 겸상을 방 안에 놓고 어머니는 방을 나왔다. 불안한 마음으로 마당을 서성이는데 두 사람이 다투는 소리가 터져 나왔다. 마치 칼날 위에 선 기분이었다.

두어 시간 뒤에 윤하현 장로가 방에서 나왔다. 어머니는 시아버지 앞에 가서 머리를 숙였다.

"에미가 고생이 많다."

이 말을 남기고 윤하현 장로는 명동촌으로 떠났다. 방으로 들어가니 밥상은 들어갈 때와 그대로였다. 누구도 수저를 들지 않았다. 불안했던 마음이 현실로 드러나자 어머니는 절망했다.

"애가 그렇게 원하는데…… 아버지란 사람이 모른 척만 하고. 애를 잡아야 속이 편하겠소?"

어머니는 남편을 향해 날카롭게 화를 냈다. 윤영석은 아내의 이런 모습을 처음 보았다.

"여보 제발, 동주 뜻대로 해 줍시다. 저러다 진짜 애를 잡겠어요."

어머니는 남편의 옷자락을 잡으며 애원했다. 남편은 긴 한숨을 쉬며 밥상머리에서 몸을 일으켰다.

"…… 마음대로 하시오."

이 말을 남기고 윤영석은 집을 나왔다. 마음이 착잡했다. 평양이라는 위험한 곳으로, 문학이라는 위험한 길로 가도록 허락하다니…….

남편의 허락을 받아 낸 아내는 죽을 쒔다. 죽 그릇과 함께 아들 방으로 가서 동주한테 숭실중학 편입 시험을 준비하라고 일렀다. 동주는 눈만 끔벅이며 어머니를 쳐다보았다.

"어서 먹고 평양 갈 준비에 전념하거라."

동주는 먹먹한 가슴으로 죽을 떠먹었다. 아버지께는 죄송했고 어머니께는 고마웠다. 또 학비를 보내 줄 할아버지의 보람을 위해서도 공부에 전념할 결심이었다.

먼저 평양으로 간 익환은 무사히 편입 시험에 합격하여 숭실을 다니고 있었다. 동주는 평양에 익환이 있다는 사실만으로도 마음이 든든했다. 조금 때늦은 감이 없지 않지만 동주는 편입 공부에만 전념했다.

"부디 몸조심해라."

열차에 오르기 전, 어머니는 동주의 손을 잡고 신신당부했다. 동생들도 나와서 눈가에 눈물방울을 달고 서 있었다. 용정역에서 원산행 열차에 오른 동주는 차창 밖으로 손을 내밀어 흔들었다.

증기 기관차가 기적 소리를 길게 울린 뒤에 무거운 쇠바퀴를 굴리기 시작했다. 열차는 천천히 용정역을 빠져나왔다. 은진에서 4학년 1학기를 마치고 동주는 마침내 8월 중순에 숭실중학 편입 시험을 치르기 위한 여정에 나섰다.

열차가 두만강 철교를 건널 때, 동주의 가슴은 뛰었다. 태어나서 조선 땅을 처음 밟아 보는 순간이었다. 전기에 감전이라도 된 듯 전율이 온몸을 훑고 지나갔다. 용정은 어떤 순간에도 고향이라는 느낌이 없었는데, 두만강 건너 낯선 조선 땅은 고향이라는 느낌이 강했다. 차창 너머로 보이는 마을의 풍경은 어디나 명동촌과 닮아 있었다.

열차 안에서는 부모님이 쓰던 함경도 말이 정겹게 떠돌았다. 그 부드러운 말을 듣고 있으니 적잖이 안심되었다. 동주는 차창 밖으로 하염없이 눈길을 던졌다. 북간도와는 달리 드높은 산들이 끊임없이 이어졌고, 산기슭의 밭에는 키 작은 옥수수가 자라고 있다. 철도변의 낮은 땅에는 나락이 바람에 몸을 이리저리 흔들고 있다. 정겨운 풍경이었다.

"풍년일세, 그려."

"풍년이면 뭐해? 아무리 풍년이어도 입으로 들어오는 밥이 없는데! 저기 좀 보게."

동주가 앉아 있는 뒷좌석에서 투덜거리는 소리가 들려왔다. 저기 좀 보라는 말에 동주는 철도와 나란히 달리는 신작로를 바라보았다. 신작로에는 헐벗은 사람들이 솥이며 이불 등속을 이고 진 채로 터덜터덜 걷고 있는 게 보였다. 지쳐 보이는 어린애들도 얼굴을 잔뜩 찡그린 채 뒤를 따르고 있었다.

"집과 논을 모조리 빼앗기고 만주로, 연해주로 가는 사람들이네."

"척식회사*, 식산은행**, 친일 지주 등쌀에 어디 살 수나 있는가? 눈 뜨고 굶어 죽느니 어디로든 가 보는 게지."

그들의 불평을 듣고 있자니, 문득 몽규가 떠올랐다. 낙양의 군사 학교에 들어갔다고 하던데, 훈련을 잘 견디고 있는지……. 몽규는 용정을 떠난 이후로 편지 한 통 보내

---

* 동양척식주식회사의 준말. 일제 강점기에 일본이 한국의 경제를 독점·착취하기 위하여 설립한 국책 회사.

** 일제 강점기에 일본이 조선에서 신용 기구를 통한 착취를 강화하기 위하여 만든 은행.

지 않았다. 군사 훈련이 쉽지는 않을 테지만 스스로 택한 길인 만큼 몽규는 잘해 낼 것이라고 동주는 믿었다. 몽규가 너무 보고 싶어서 그만 아득해졌다. 태어나서 지금까지 몽규와 이렇게까지 오래 떨어져 지낸 적이 한 번도 없었다.

열차 안에서는 일본 헌병과 순사가 자주 신분증 검사를 했다. 동주도 수시로 학생증을 꺼내 보여야 했다. 헌병과 순사가 지나가면 뒷좌석의 사람들이 어김없이 투덜거렸다. 차창 밖에는 잔뜩 무장한 일본군이 지나다녔다. 태극기는 어디에도 없고 오직 일장기와 욱일기만 나부꼈다.

"이게 조선의 풍경이지."

"차라리 눈이나 좀 붙이세."

"조선의 풍경은 그냥 풍경이 아니라…… 속속들이 상처가 담긴 풍경이지."

그 말이 가슴에 닿아 동주는 고개를 돌려 뒷좌석 사람들을 흘깃 보았다. 중학교는 졸업했을 인상의 청년들이었다. 그들은 곧 잠이 들었는지 침묵했다. 동주는 눈에 보이는 아름다운 산하의 풍경과 내면의 헐벗은 상처를 상상하다가 잠이 들었다.

잠에서 깨니 원산역이었다. 서너 시간을 내처 자 버린

모양이었다. 동주는 역에서 가락국수 한 그릇을 사 먹고 경성행 열차로 옮겨 탔다. 열차 안에서 책을 보려고 했는데 워낙 사람이 많아 그냥 덮었다. 좌석에 앉아 있긴 했으나 서 있는 사람들이 더 많아 왠지 미안했다. 경성행 열차에는 각 지역의 사투리가 먼지처럼 떠다녔다. 동주는 온갖 다양한 사투리 속에서 잠에 빠져들었다.

제2장
평양 숭실중학 시절

"혹시 그때 중2병이었어? 나는 윤동주라고 하면 무지하게 착한 사람이라고 생각했거든."

용정을 떠나며 새봄이 묻는다.

"중2병? 그게 뭔데?"

그런 병도 있나 싶어 새봄한테 되묻는다.

"몰라도 너무 모른다. 뭐랄까? 사춘기 반항병이라고 해야 하나? 아무튼 그런 게 있어."

사춘기 반항병이라는 새봄의 말에 내 마음이 불편해진다. 과연 반항이었을까? 몽규도 익환도 없는 용정을 떠나고 싶었고, 용정 밖의 세상도 구경하고 싶었다. 물론 아버지께 미안한 마음이 없는 것은 아니었다.

"나는 반항한 게 아니야. 고집을 조금 부린 거지."

"뭘 말이래? 고집이 바로 반항이지. 물론 나도 고집이 만만치 않고, 엄마 아빠 말을 잘 듣는 것도 아니지만."

내 말에 새봄이 즉각 반박했다. 나는 새봄의 말에도 일리가 있다고 생각한다. 고집이든 반항이든 끝내 아버지의 뜻을 꺾은 것은 사실이니까.

"네 꿈은 뭐야? 그리고 부모님 꿈은?"

"뭘 그런 걸 물어?"

내 질문에 새봄이 까칠하게 나온다. 아주 귀여운 친구다.

"꿈도 없어?"

"……."

새봄은 얼른 대답하지 못한다. 초등학교 시절부터 꿈이 너무 자주 바뀌었고, 지금도 어떤 꿈을 선택해야 하는지 망설이는 참인 듯했다. 대학에 가고 전공을 선택하는 것과 하고 싶은 꿈 사이에서 방황하던 중이란다.

"꿈도 없이 학창 시절을 보낸단 말이야?"

새봄을 향해 강력한 한 방을 날렸다. 나는 소학교 시절이나 중학교 시절, 대학 시절에도 오직 하나의 꿈을 꾸었다. 그런데 새봄은 다른 것 같았다. 꿈이 많다는 건 꿈이 없는 것과 마찬가지다. 새봄이 입술을 삐죽 내밀고 얼굴을 돌린다. 나는 빙그레 웃는다.

"흠흠, 어서 평양으로 가게."

새봄이 말을 바꾼다. 나는 말을 바꾸는 새봄의 마음을 더 이상 긁지 않기로 한다. 하기 싫은 대답을 강요하는 게 바로 꼰대 아니겠는가. 비록 내가 오래전 역사 속의 옛사람이지만, 꼰대는 아니다.

"저기가 1935년 9월의 평양이야." 내가 말한다.

나와 새봄은 구십 년 전의 평양역에 도착한다. 지금 보니, 자그마한 역이다. 그 당시에는 얼마나 크게 느껴졌던지. 증기 기관차에서 풍겨 나오는 매캐한 석탄 냄새 때문에 나는 살짝 현기증을 느낀다. 생애 최초의 절망을 느껴야 했던 평양, 다시 그곳이다.

"평양은 서울 다음으로 큰 도시였어. 서울보다 더 유서 깊은 도읍지였지. 일단 고구려의 서울이었으니, 더 말해서 뭐 해."

"그래서 용정을 떠나 평양에 오겠다고 고집을 부린 거였어?"

새봄이 무심한 듯 묻는다. 그럴 수도 있겠다고 나는 생각한다. 용정은 어쨌든 조선 땅 밖의 이국이었다. 나는 조선 사람으로서 조선에서 조선을 공부하고 싶었다. 아니다. 그럴듯한 변명이다. 나는 그때 외로웠고 간절히 용정을 떠나고 싶은 마음뿐이었다.

용정에서 듣는 평양은 꿈의 도시였다. 중국의 다른 도시들, 장춘이나 북경, 천진이나 상해 그리고 남경의 이름에는 어떤 간절함이 느껴지지 않았다. 그러나 '평양'이라는 말만 들려도 가슴 한편이 설레곤 했다.

그러나 내게 평양은 결과적으로 실패를 안겨 주었다. 실패의 날들 속에서 나는 부끄러웠고 난감했으며 자주 아버지를 생각했다. 그토록 평양행을 반대했는데, 평양은 나를 밀어냈다. 물론 실패와 실패 사이에서 나는 시를 만나기도 했었다.

용정에서 썼던 동시가 아니라 실패와 직면하고 있는 어떤 감정들이 고스란히 담긴 진짜 시를 만나게 해 준 평양. 나는 평양과 대동강과 보통강 그리고 숭실학교를 바라보며 인사한다.

"여기가 평양이야."

나는 새봄을 이끌고 평양역 앞에 내리던 구십 년 전의 시간 속으로 들어간다.

1. 평양

"동주야!"

평양역에 내리니 마중 나온 익환이 손을 흔들며 이름을 불렀다. 동주는 용정에서 며칠 전에 익환에게 편지를 보냈다.

"익환아!"

두 동무는 서로 얼싸안았다.

"오느라 고생했다."

"고생은 뭐."

동주는 평양역 광장에 서서 그토록 오고 싶었던 평양을 감격에 찬 눈길로 바라보았다. 역의 규모와 시가지의 풍경만 해도 벌써 용정을 압도했다. 넓은 도로에 전차와 인력거, 당나귀가 끄는 수레와 자전거가 쉴 새 없이 다녔다.

"먼 길에 배고플 텐데, 국수나 한 그릇 먹고 가자."

"국수 좋지."

익환은 역 광장 근처에 있는 국숫집으로 동주를 데리고 들어갔다. 나온 음식을 보니 냉면이었다. 익환이 평양 사람들은 냉면을 국수라고 부른다고 설명했다. 평양냉면은 용정냉면에 비해 맛이 밍밍했다. 평양냉면은 함경도 냉면과는 맛이 아주 딴판이었다. 국물이 아주 맑았다.

"처음에는 다 그래. 용정에서 먹던 냉면에는 온갖 양념이 다 들어가서 국물이 빨갛지만, 여기 냉면은 국물도 멀겋기만 해. 꿩고기 육수인데, 두어 번 먹고 나면 자꾸 생각이 날 정도야."

익환의 설명에도 동주는 처음 먹어 보는 평양냉면 맛이 그저 그랬다. 입에 착 달라붙질 않았다. 국수를 먹고 동주는 익환이 이끄는 대로 숭실중학교가 있는 보통문을 향해 걸었다. 걸어가면서 보니 다방이며 양복점이며 교회가 자주 눈에 띄었다. 정말 용정과는 비교가 안 될 정도로 평양은 큰 도시였다.

익환은 동주를 데리고 편입 시험을 볼 때까지 머무를 여관으로 갔다. 여관 창가에 서니 강물이 보였다. 강변에 늘어선 버드나무가 바람에 살랑살랑 가지를 흔들고 있다.

"저 강이 대동강?"

"아니, 대동강은 훨씬 커. 저 강은 보통강. 저건 보통문이라고 옛 평양성의 정문이었어."

몇 달 먼저 왔다고 익환이 친절하게 설명해 주었다. 동주는 말없이 고개만 끄덕였다. 긴 열차 여행에 피로가 몰려왔지만 처음 들어와 본 여관부터 신기했다.

"학교에 가 보자. 시험 칠 교실도 미리 보고."

동주는 익환을 따라 여관을 나왔다. 보통문을 지나 옛 평양성 터에 자리 잡은 숭실학교로 갔다. 숭실학교는 숭실전문학교, 숭실중학교, 숭의여자중학교를 합쳐 부르는 이름이었다. 그러나 대개는 숭실중학교를 숭실학교라고 부르는 경우가 많았다.

정문에 도착해서 흰 바탕에 검은색의 '崇實學校'라는 네 글자를 보니 가슴이 두근거렸다. 교문을 들어서니 길 양쪽으로 울창한 플라타너스 가로수들이 일렬로 서서 동주를 맞이했다. 동주는 익환과 함께 가로수 사이를 걸었다.

숭실학교의 규모에 동주는 또 한 번 놀랐다. 3층짜리 서양식 건물이 드높게 서서 동주를 맞이했다. 그 옆에는 2층으로 올린 조선의 한옥 건물이 오랜 전통을 자랑이나 하듯이 서 있다. 운동장 조회대 뒤의 교회도 엄청나게 컸다. 용정이라는 우물에 갇혀 있다가 비로소 세상을 마주한 개구리가 되어 눈이 휘둥그레진 느낌이 들었다.

"시험은 문제없겠지. 나도 합격했으니, 동주 너도 충분히 합격할 거야."

익환의 말에 동주는 고개를 끄덕였다. 심지어 이사장의 아들까지 불합격시켰다는 숭실학교 편입 시험이지만, 동주는 불합격을 생각해 본 적이 없었다.

"너랑 함께 학교에 다닐 수 있어서…… 너무 좋다."

동주는 익환을 향해 웃으며 말했다.

"우리 멋지게 해내자."

익환과 동주는 서로 손을 내밀어 굳게 악수했다. 명동촌 삼총사의 길은 각기 다르지만, 다행히 익환과 한 학교에서 공부한다는 것은 멋진 일이었다.

"몽규는 잘 있을까?"

익환이 물었다.

"고모부가 그러는데 낙양군관학교로 갔다더라. 몽규답지 뭐. 신춘문예 당선이라는 성공의 길을 버리고 갔으니……. 고모는 날마다 눈물 바람이야. 몽규는 이 더위에 군사 훈련을 받느라고 온몸에 소금꽃이 피었겠지."

"우리 비암산에 올랐을 때, 몽규한테 어디로 가느냐고 끝내 묻지 못한 게 지금도 가슴에 아프게 남아 있어. 그 천재가 모든 것을 포기하고 조국의 독립을 위해……."

몽규는 총, 동주는 시, 자신은 성경을 손에 잡고 있지만 익환은 몽규를 위해 기도를 많이 하지 못한 것이 마음 아팠다.

"익환아, 너무 자책하지 마. 나도 못 물어봤어. 물어보기도 전에 용정에서 홀연히 사라졌으니."

두 동무는 한동안 말없이 숭실의 교정을 거닐었다. 저녁 무렵의 교정에는 매미 소리가 아주 장했다. 익환과 동주는 보통강 근처의 작은 식당에서 저녁을 먹고 헤어졌다. 익환은 기숙사로 돌아갔고, 동주는 여관에 들어가 교과서를 뒤적거리다가 잠이 들었다.

다음 날, 학교에 가니 정문에서 익환이 기다리고 있다가 동주를 맞이했다. 시험장에 들어가니 북간도와 연해주는 물론이고 전국 각지에서 온 수험생들로 교실이 꽉 찼다. 저마다 시험지를 맞이할 때마다 두 손을 모으고 기도했다.

편입 시험은 의외로 까다로웠다. 평양행을 허락하지 않는 아버지와의 갈등으로 지난 학기에는 통 공부를 못 했다. 게다가 몽규도 없고, 익환도 없는 은진에서의 생활은 흥이라고는 하나도 없는 지루함의 연속이었다. 공부를 멀리하고 홀로 방황하는 날이 많았으니……. 시험 문제를 풀어 가면서 동주는 후회했지만 이미 엎질러진 물이었다.

동주는 매 과목마다 답안을 작성하느라 꽤 애를 먹었다. 이마에서 진땀이 줄줄 흘렀다. 시험을 간신히 치르고 나니 진이 모조리 빠진 느낌이었다. 시험 종료를 알리는 종소리를 듣고도 동주는 망연한 표정으로 잠시 앉아 있다가 교실에서 나왔다. 익환이 기다리고 있다가 손을 들었다.

"동주야!"

익환이 동주를 보고 환하게 웃었다. 동주는 익환을 보고 고개만 끄덕였다.

"시험 잘 봤지? 네 실력이라면 합격은 물론이고 수석이겠지."

익환이 말했다. 동주는 자존심 때문에 시험이 어려웠다는 말은 끝내 하지 않았다. 동주는 익환과 함께 여관 근처의 식당에서 간단하게 평양 온반으로 저녁을 먹었다. 평양 온반은 냉면만큼이나 밋밋한 국밥이었다. 밥에 뜨거운 국물을 붓고 그 위에 고기와 버섯 그리고 당근이나 계란 지단을 고명으로 올린 장국밥이었다. 동주는 평양 온반을 모래알 씹듯이 간신히 먹었다.

"너는 기숙사로 들어가. 나는 여관에 가서 좀 쉬어야겠다."

시험이야 당연히 합격이겠지만 동주는 스스로를 돌아보면서 혼자 쉬고 싶었다. 익환은 학교 기숙사로 돌아가고 동주는 여관으로 갔다. 방에 들어서자마자 씻지도 않고 이불에 기대어 앉았다. 어떤 후회가 밀려들었다. 그러다 그 자세로 잠이 들었다. 밤새 무언가에 쫓기는 꿈에 시달렸다. 게다가 가을 모기가 지독하게 달라붙어 피를 빨았다.

2. 유급

합격자 발표의 아침이 밝았다. 동주는 정갈하게 몸을 씻고 창을 마주 보고 앉아 편안한 마음으로 기도했다. 불합격은 꿈에도 생각해 본 적이 없었다. 은진중학에서도 명동촌의 삼총사들이 늘 선두를 다투었다. 공부라면 자신만만했다. 물론 일본어 실력은 조금 떨어진 편에 속했지만. 여관에서 주는 독상으로 아침을 먹고 문을 나서니 익환이 밖에서 기다리고 있다.

"뭐 하러 여기까지 왔어. 학교에서 만나면 되는데."

"신입생 환영하러."

동주는 익환과 함께 즐거운 마음으로 학교로 갔다. 어제 본 숭실과 오늘 본 숭실은 느낌이 달랐다. 편입에 합격하면 근사하게 교복을 맞춰 입고 다닐 학교였다.

편입 시험을 치른 많은 학생이 운동장 조회대 옆의 게시판으로 걸어갔다. 벌써 결과를 보고 나오는 학생들도 있었다. 그들의 표정에서 합격과 불합격을 읽은 동주도 은근히 가슴이 뛰었다. 게시판 앞에 섰다.

"아~!"

탄식이 흘렀다. 4학년 편입 시험 합격자 발표에는 동주의 이름이 없었다. 하늘이 캄캄했다. 불합격이라니……. 마른하늘에 날벼락도 이런 날벼락이 없었다. 맨 먼저 아버지의 얼굴이 떠올랐다. 아버지와 길고 오랜 갈등 끝에 여기까지 왔는데 캄캄한 벽이 앞을 가로막은 느낌이었다.

"동주야, 저기."

막 게시판에서 돌아서려는 동주를 익환이 잡았다. 익환의 손끝을 따라가니 3학년 편입 합격자 명단에 동주의 이름이 올라와 있다. 동주는 하나도 기쁘지 않았다. 3학년을 마치고 왔는데, 다시 3학년이라니……. 믿을 수 없는 현실 앞에 동주는 고개를 푹 숙였다. 익환의 얼굴에도 짙은 그늘이 드리워졌다.

"교무실로 가 보자."

한참 후에 익환이 말했다. 합격증을 받으려면 교무실로 가야만 했다. 익환은 충격에 빠진 동주를 데리고 교무실로 갔다. 동주는 다리에 맥이 풀려 휘청휘청 걸었다. 아버지의 노한 얼굴과 실망한 어머니의 얼굴이 끊임없이 떠올랐다가 스러졌다. 그토록 평양에 가겠다고 졸랐는데 한 학년 아래 3학년이라니……. 동주는 태어나서 처음으로 좌절을 맛보았다.

교무실에서는 3학년 합격증을 내주었다. 이미 4학년

1학기를 마쳤는데, 3학년 2학기로 편입하라는 게 말이 되느냐며 항의했다. 1점에 가까운 미미한 차이로 4학년 편입에는 불합격했지만, 너무 아까워서 3학년으로라도 합격을 시키니 등록하라는 말만 돌아왔다. 하는 수 없이 3학년 편입 합격증을 받고 나왔다.

익환은 기숙사로 돌아가고, 동주는 숙소로 왔다. 점심을 사겠다는 익환의 마음은 고마웠지만 그 마음을 받을 상태가 아니었다. 혼자 있고 싶었다.

여관방으로 돌아온 동주는 벽을 마주 보고 앉았다. 여관방의 흰 벽으로 아버지의 얼굴이 지나갔다. 차마 그 얼굴을 볼 수 없어 동주는 눈을 질끈 감았다.

점심때가 한참 지났지만 배도 고프지 않았다. 멍하고 망연한 상태가 식은땀과 함께 오래 이어졌다. 어느덧 밤이 내렸다. 천장에 매달린 알전구에 불이 들어왔다. 동생 앞으로 소식을 전하기 위해 잉크와 펜과 편지지를 앉은뱅이 책상에 펼쳐 놓았다. 무어라 서두를 꺼낼지 막막하기만 했다.

괴로웠다. 이렇게 실패를 맛보리라고는 꿈에도 생각지 못했다. '혜원에게'로 시작하는 네 글자만 간신히 써 놓고 또 두어 시간이 흘렀다.

새벽이 되어서야 동주는 '저들이 나를 4학년에 넣어 주지 않는다.'라고 짤막하게 썼다. 다음 날 우체국에 가서 편지를 부치고 돌아오면서 그래도 용정으로 돌아갈 수는 없다고 생각했다. 동주는 숭실학교로 가서 3학년에 등록하고, 익환과 함께 나가 양복점에서 교복과 모자를 맞췄다.

며칠 후 용정에서 아버지한테 편지가 왔는데, 문장마다 노기가 담겨 있었다. 4학년 편입 실패에 대한 질타가 동주를 더욱 괴롭게 했다. '나는 성낼 수 없다.'라고 동주는 생각했다. 사실 부모님을 뵐 면목이 없기도 했다. 동주는 괴로운 마음으로 숙소에서 짐을 꾸려 기숙사로 들어갔다.

기숙사에 들어가서 사감으로부터 생활 수칙을 교육받고 식권을 받았다. 마침내 숭실에서의 생활이 시작되었다. 하지만 익환은 4학년인데 본인은 3학년이어서 마음이 흔쾌하지 않았다. 짐을 정리하다 말고 잠시 손을 놓곤 했다. 무엇보다도 자신에 대한 실망감에 깊은 바닥으로 가라앉는 기분이었다. 동주는 방 가운데 우두커니 서서 창밖을 바라보았다. 바람이 나무를 흔들고 지나갔다. 흔들리는 것은 바람일까, 나무일까? 창밖에 두었던 시선을 돌려 다시 방 안에 놓인 짐을 보았다. 그때 심란한 마음을 깨고 문 두드리는 소리가 들렸다.

문을 여니, 익환이 환하게 웃으며 다른 학생을 데리고 들어왔다. 낯선 학생을 데리고 오다니, 속으로 짜증이 났지만 표시하지 않았다.

"반갑다. 나 기억나?" 낯선 학생이 물었다. 얼굴은 기억나는데 이름이 얼른 떠오르지 않아 난감했다.

"이영헌이잖아. 은진에서 2학년 마치고 숭실로 왔지." 옆에서 익환이 거들었다.

"너, 영헌이었구나. 반갑다 야." 동주는 영헌의 손을 잡았다. 영헌은 선이 굵은 얼굴만큼이나 손도 두툼했다.

"영헌이는 숭실 YMCA 학생회 문예부장이야. 동주 네가 왔다고 하니, 아주 좋아하더라."

동주는 이영헌이 문예부장이라는 말을 흘려들었다. 동급생이던 그가 한 학년 위 선배로 나타났으니, 마음이 불편했다.

"앞으로 잘 지내 보자." 동주가 말했다.

"평양에서 보니, 더 반갑다. 이럴 게 아니라 나가서 저녁도 먹고 평양 구경도 하고 오자."

이영헌의 안내로 동주와 익환은 기숙사를 나와 평양 시내를 향해 걸었다.

"참, 모자 찾아야지." 익환이 말했다.

며칠 전에 동주와 익환은 학교 근처의 모자 상점에 갔었다. 머리의 둘레와 이마에서 정수리까지의 높이를 재서 모자를 맞추었다. 모자 상점에 가니 모자가 완성되어 있었다. 모자를 쓰고 거울을 보니, 꾸깃하게 우그러진 형태로 나와서 다시 해 달라고 하고 싶었다. 익환의 모자는 반듯하게 잘 나왔다. 모자마저도 실패라는 생각에 마음이 상했지만, 겉으로 드러내진 않았다.

모자를 손에 들고 상점에서 나와 이영헌이 이끄는 대로 걸었다. 평양의 높은 언덕에는 어김없이 교회 십자가가 보였다.

"교회가 아주 많네."

동주가 중얼거리듯이 말했다.

"평양을 조선의 예루살렘이라고 불러. 저 교회는 산정현교회인데, 조만식 선생이 장로로 계셔. 또 장대현교회라고 있는데, 기역 자의 완전 한옥이야."

몇 개월 먼저 왔다고 익환이 평양 곳곳에서 보이는 교회마다 이름을 말해 주었다.

이영헌은 동주와 익환을 시내에 있는 어느 단층 건물로 데려갔다. 다방 '세르팡'이란 간판이 보였다.

"여기가 그 유명한 셋방이란 다방이야. 세르팡인데, 다들 셋방으로 불러. 여기는 익환이 너도 처음이지?" 이영헌이 말했다.

"다방에 다닐 처지가 안 되어서. 가난한 유학생 처지에 서양 차를 마셔 볼 엄두도 못 내봤지."

익환이 쑥스러운 표정으로 대답했다. 아마도 익환은 돈이 있으면 책을 샀을 것이고 시간이 나면 교회에 가거나 기도를 했을 거라고, 동주는 생각했다. 동주도 커피는 생소했다. 커피라는 서양 차가 있다는 말은 들어 보았다. 아주 쓴 맛이 난다고 했다. 아버지는 커피보다 술이 좋다고 했다.

반지하에 있는 세르팡 문을 여니, 들어 본 적 없는 웅장한 음악이 파도처럼 밀려들었다. 개암 열매를 볶은 듯한 향긋하고 고소한 향기가 코를 찔렀다. 기분 좋은 냄새며 음악이었다. 동주는 이영헌이 이끄는 대로 테이블에 앉았다. 세르팡의 벽에는 유화 몇 점이 걸려 있다.

"여기를 평양 예술의 산실이라고 해. 전문 학부 교수로 계시는 이효석 소설가도 여기에 가끔 온다더라. 저 사람들은 분명히 화가들일 거야. 동경 유학파도 있고, 평양 출신의 비유학파도 있어. 저들의 말을 들어 보면, 모두 미술 사조에 관한 이야기야. 가끔 문학도 이야기하고."

이영헌이 말했다. 동주는 말없이 고개를 끄덕였다. 익환도 신기한 듯 세르팡 안을 둘러보았다. 커피가 나왔는데 탕약처럼 검었다.

"쓴 게 싫으면 설탕을 몇 스푼 타면 돼."

이영헌이 티스푼으로 설탕을 퍼서 커피에 넣고 저었다. 동주와 익환도 그대로 따라서 설탕을 넣었다. 이영헌이 커피잔을 들었다.

"비록 술잔은 아니지만, 잔을 들자."

이영헌의 말에 동주와 익환도 커피잔을 높이 들었다.

"윤동주의 숭실 입학을 축하하며!"

이영헌의 선창에 따라 서로 잔을 부딪친 다음 커피를 마셨다. 쓴맛이 훅 올라왔다. 동주는 내색하지 않고 한 모금 마신 뒤 잔을 내려놓았다. 이영헌이 '어때?' 하며 물었다. 익환은 쓰지만 새로운 맛이라고 대답했고, 동주는 빙그레 웃었다. 옆자리에 있던 양복을 입었으나 약간 흐트러진 머리를 하고 있던 남자가 카운터에 가서 뭐라고 하며 돌아왔다.

"우리 학교에 『숭실활천』이라는 잡지가 있는데, YMCA 학생회 문예부에서 발간하는 교지 비슷한 잡지야. 문학을 담당할 마땅한 사람이 없어 내가 고민이 많았어. 그런데 동주 네가 들어왔으니 한시름 덜었다. 숭실에는 신앙인은 많은데 문학도가 별로 없어. 어떠냐, 해 볼래?"

이영헌이 뜻밖의 역할을 제안했다. 동주는 얼떨떨했다. 그거 좋다며, 익환이 손뼉을 치며 좋아했다.

"글쎄. 아직 부족해서……."

동주는 자신을 겸손하게 낮췄다. 시를 좋아하고, 시를 쓰기도 하지만 편입하자마자 잡지를 편집하는 게 어딘지 모르게 염치없는 일로 여겨졌다. 잠시 침묵이 흘렀다. 동주는 커피를 한 모금 더 마셨다. 아까보다는 쓴맛이 덜한 것 같았다. 그때, '빠바바밤~' 하는 웅장한 소리가 스피커에서 쏟아졌다.

"그래, 평양에는 이게 어울리지. 베토벤의 운명, 평양은 조선의 운명."

옆자리의 청년이 말했다. 베토벤의 운명이라는 말에 동주는 귀를 기울였다. 장엄함과 비장함이 파도처럼 끊임없이 밀려왔다가 밀려갔다. 그리고 같은 테마가 수없이 변주되며 다시 밀려들었다. 가슴 저 깊은 곳에 잠겨 있던 어떤 뜨거운 열정이 솟구치는 것 같은 느낌이 들었다.

"운명이라고 생각해."

이영헌이 말했다. 어느 순간, 교향곡은 심연의 밑바닥에서 조용히 흐르고 있었다. 동주는 운명이라는 말에 전율을 느꼈다. '빠바바밤~, 빠바바밤~!' 다시 한번 스피커를 찢으며 교향곡이 절정을 향해 치달았다.

"전국 어디나 비슷한 상황이지만, 숭실 YMCA 학생회는 네 가지 사업을 실행하고 있어. 그걸 주요 사업이라고 하는데…… 무엇보다도 신앙 안에서 민족의식을 함양하는 것을 목표로 하고 있지."

이영헌이 숭실학교 YMCA 학생회에 대해 차분하게 말을 이어 가기 시작했다.

"전도 강연, 주일 학교, 하기 성경 학교, 성경반, 특별 기도회 등을 운영하는 종교 사업. 강연회, 토론회, 연설회, 독서회, 잡지 발간 등을 하는 교육 문예 사업. 축구, 정구, 육상을 주로 하는 체육 사업. 음악회, 소풍, 등산 등을 하는 사교 사업이 있어. 문익환은 이미 종교부에서 활동하고 있으니, 내 생각에 동주는 문예부에 가입해서 활동도 하고 편집에 참여했으면 좋겠는데……."

이영헌의 말을 들으며 동주는 YMCA 학생회라는 조직이 참 대단하다고 생각했다. 더구나 전국적으로 이름 있는 학교에는 모두 조직되어 있다니, 용정에서는 꿈도 못 꿀 일이었다.

3. 모자

    은진과 마찬가지로 숭실에서도 1년에 3학기로 학사 일정이 진행되었다. 1학기는 4월에서 8월까지, 2학기는 9월에서 12월까지, 3학기는 다음 해 1월에서 3월까지였다. 동주는 9월에 시작하는 3학년 2학기로 편입되어 숭실중학교의 학생이 되었다. 수업이 끝나면 기숙사에서 익환과 만났다. 학교에서는 한 학년 위인 익환과 만날 기회가 그다지 많지 않았다. 두 동무는 기숙사 복도에서 만났다.

"익환아, 모자 좀 바꾸자."

    동주는 며칠 동안 머리에 담아 둔 생각을 마침내 꺼냈다. 물건에 대한 욕심이 그다지 없는 동주가 모자를 바꾸자고 하니, 익환은 좀 의아했다.

"동주 네 모자가 훨씬 좋은데 왜 그래?"

    익환이 말했다.

"바꾸자니까."

    이왕 말을 꺼냈으니 동주는 물러서지 않았다.

"네 모자는 살짝 꾸깃해서 신입생 티도 안 나는데. 내 모자는 반듯해서 영락없는 신입생 모자고."

    왜 이럴까? 동주가 이러는 것을 한 번도 본 적이 없었다.

하지만 동주는 새로 맞춘 모자마저도 꾸깃하고 우그러진 자신의 마음을 닮은 것 같아서 너무 싫었다. 동주는 익환의 반듯한 모자가 마음에 들었다. 익환의 모자와 바꿔 쓰면 마음도 반듯해질 것만 같았다. 동주는 이런 속마음을 숨기고 익환한테 모자만 바꿔 달라고 졸랐다. 익환도 동주의 모자보다 자신의 모자가 반듯하게 잘 빠진 것 같아 좋았다. 그래서 선뜻 바꾸자고 하질 않았다.

"동주야!"

복도를 쩌렁하게 울리는 소리에 돌아보니, 이영헌이 손을 흔들며 복도를 걸어왔다. 이영헌 옆에는 은진 출신의 다른 동무가 함께 걸어오고 있었다.

"막 나가던 참인데, 어쩐 일이야?" 동주가 물었다.

"마침 네 방으로 찾아가던 길이었는데, 여기서 만나네. 잘됐다. 날씨도 좋으니 밖으로 나가자."

네 사람은 기숙사 앞 화단에 놓인 벤치로 갔다.

"방금 문예부 모임을 하고 오는 길이야. 동주 네 이야기를 꺼냈더니 다들 좋다고 하더라. 얼른 학생회에 가입하고 함께 활동해 보자."

이영헌의 말에 옆에 있던 은진 출신 동무가 축하한다는 말을 건넸다.

"축하는 무슨." 동주는 쑥스러웠다.

잡지 편집이야 명동소학교 시절에 벽신문을 만들 때부터 시작했고, 은진에서도 교지를 편집했으니 처음 해 보는 일이 아니었다. 편집에 참여하면 잘 해낼 자신도 있었다. 동주는 교복 왼쪽 가슴 주머니에 만년필을 꽂았고, 두툼한 수첩을 넣어 두었다. 언제든지 글귀나 시상이 떠오르면 기록하기 위해서였다. 그게 편집자의 마음이라고 동주는 생각했다.

"야, 동주는 숭실에 오자마자 잡지를 편집하고 초고속으로 감투를 쓰네. 부럽다, 야."

익환이 환하게 웃으며 말했다. 익환은 동주가 한 학년 밑으로 낙제한 셈이어서 내심 마음이 불편한 터였다. 그래서 동주가 잡지 편집에 참여하게 되었다는 소식에 그의 마음은 날아갈 것만 같았다.

"감투는 무슨…… 모자나 바꾸자."

동주는 쑥스러워하면서도 다시 모자를 바꾸자고 말했다. 동주의 말에 익환은 잠시 생각했다. 무슨 이유인지는 모르지만, 동주가 이렇게까지 나오니 모자를 바꿀 수밖에 없었다.

"좋아. 모자 바꿔 줄 테니, 너는 호떡을 사라."

익환이 모자를 벗으며 말했다.

"호떡 살게."

동주는 얼른 모자를 벗어 익환의 모자와 바꾸며 말했다. 동주는 익환과 바꾼 모자를 썼다. 머리에 딱 맞는 느낌이었다. 한결 마음이 편해졌다. 익환도 동주의 모자를 썼다.

"잘 어울린다, 너."

익환은 환하게 생긴 얼굴에 둥글고 가느다란 검정 테의 안경을 쓰고 있는데, 동주의 모자를 썼어도 훤칠하게 잘 어울려 보였다. 익환은 키도 적당하게 컸고 몸매도 좋아 어떤 옷을 입어도 맵시가 났다.

"동주 얼굴이 환해졌네." 익환이 말했다.

모자를 바꿔 쓴 동주의 입가에 희미한 미소가 걸리는 것을 보니 모자를 바꾸기 잘했다고 익환은 생각했다.

"호떡 먹으러 가자!" 동주가 말했다.

"호떡 좋지. 누구 덕이야? 모자 덕인가? 아무튼 오랜만에 달달하게 입 호강하겠네." 영헌이 호탕하게 말하고 벌떡 일어섰다.

네 사람은 학교를 나와 보통문 거리로 나갔다. 훤칠한 네 명의 청년들이 거리를 걸어가니 평양 시내가 꽉 차 보였다. 동주는 너무 기분이 좋았다. 교지 편집부원이 된 것보다 모자를 바꾼 게 무엇보다 흐뭇했다. 반듯한 모자를 쓰니 훨씬 나아 보였다.

 호떡은 쫄깃하고 달았다. 즐겁게 대화하면서 네 사람은 호떡을 맛있게 먹었다. 모두 평양 출신이 아니어서 마음과 마음이 서로 이어졌다. 기숙사로 돌아오는데 사진관이 눈에 띄었다.

"우리 호떡 먹은 기념으로. 그리고 우정을 기리는 뜻에서 사진 한 장 박자."

 누군가의 제안으로 네 학생은 모두 사진관으로 들어갔다. 익환이 가운데 서고 그 왼쪽에 동주, 오른쪽에는 다른 동무가 자리했다. 앞에는 이영헌이 의자에 비스듬히 앉았다. 검은 천을 둘러쓴 사진사가 조금 더 붙으라고 말했다.

"얼굴이 너무 굳어 있어요. 살짝 미소를 짓고, 자 찍습니다. 하나 둘!"

 펑! 하며 빛이 쏟아졌다. 숭실중학에 와 있는 은진 출신 넷의 시간이 그렇게 기록되었다.

4. 훈련

6월에 김구 선생은 학생 훈련소를 강소성 의흥현 용지산에 있는 징광사로 옮겼다.

높은 산 울창한 숲속에 있는 징광사는 선(禪)을 주로 하는 사찰로 수행 중인 스님들이 아주 많았다. 김구 선생은 징광사에 숙식비를 비롯한 일체의 비용을 지급하기로 계약하고 요사채*를 빌려 학생 훈련소로 사용했다. 몽규는 남경에 있는 좁은 마당에서 훈련받다가 징광사로 와서 마음껏 소리 지르며 훈련을 받으니 너무 좋았다.

"형님, 군사 훈련만 받으니 정서적으로 메마른 느낌이 들어요."

몽규가 라사행한테 운을 뗐다. 저녁 공양을 알리는 종소리가 용지산 깊은 골짜기를 울릴 때였다.

"그래도 남경의 작은 집에 있을 때보다 여기가 좋다. 숲도 있고, 바람 소리에다 물소리, 새소리까지." 라사행이 말했다.

"뭔가 허전해요."

---

* 절에 있는 승려들이 거처하는 집.

말 그대로 몽규는 허전하고 헛헛한 마음을 가눌 길이 없었다. 반드시 해야만 하는 그 무엇을 놓치고 있는 기분이었다. 가끔 잡지에서 시를 찾아 읽고 있을 동주를 생각했다. 익환까지 평양으로 가 버린 교실에서 동주 혼자 잘 견디고 있는지 궁금했다. 편지라도 한 통 보내고 싶었지만 결코 해서는 안 될 행동이었다. 동주를 위험에 빠트릴 수는 없었다.

학생 훈련소에 들어온 후에 몽규는 시 한 편, 소설 한 편 하다못해 수필 한 편도 읽지 못했다. 권총과 소총, 기관총을 해체하고 조립하고 사격까지 하는 날들이 이어졌고 역사와 경제, 사회학을 배웠다.

용지산을 누비며 전투하듯이 훈련을 하노라면 육체는 나날이 단단해졌고 몸은 군인으로 변해 갔다. 훈련을 마치고 나면 훈련복에는 온통 하얀 소금꽃이 피었다. 목덜미가 따가워 손으로 쓰다듬으면, 뜨거운 햇살에 익은 피부가 벗겨졌고 땀이 굳어 만들어진 소금이 만져지기도 했다.

하지만 채워지지 않는 그 무언가로 몽규의 허기는 점점 심해졌다. 먹어도 먹어도 배가 고픈 것 같은 어떤 허기……. 차라리 어서 군관 학교를 졸업하고 북만주에서 일본군과 전투를 벌이고 싶은 마음이 간절했다.

용지산 징광사의 팔월은 폭염으로 절절 끓었다. 불에 달궈진 가마솥 같은 폭염 속에서 군사 훈련을 했고, 강설당에서 학과 수업을 받았다. 징광사는 백 명이 넘는 스님이 살고 있는 큰 사찰이었다. 스님 중에는 일제에 포섭되어 밀정 역할을 하는 사람도 있었다. 학생들의 일거수일투족은 낱낱이 일제의 특고에 보고되었다. 하지만 징광사를 떠날 수도 없는 노릇이었다.

"형님, 수필 한 편 써 주세요."

어느 날 저녁, 스님들이 저녁 예불을 하러 간 한적한 시간에 몽규가 라사행한테 말했다. 매미들이 맴맴 힘차게 우는 저녁이었다. 몽규의 귀에는 '맴맴'이 '미움미움'으로 들렸다. 일본을 미워하는 마음이 커서 그런지 그렇게 들린 지도 몰랐다.

"수필? 뜬금없이 그걸로 뭐 하게?" 라사행이 물었다. 몽규는 빙그레 웃었다.

"잡지를 만들어 보려고요. 지금의 감상을 담은 짧은 원고면 충분해요. 그 원고를 모아서 등사판 잡지를 만들면 어떨까 싶어서요."

"동아일보 신춘문예 당선자답게 문학을 가슴에서 안 놓았구만! 좋아, 내가 다른 대원들한테도 네 뜻을 전하마."

몽규는 뛸 듯이 기뻤다. 라사행 선배의 도움을 받아 원고 청탁도 수월하게 이루어졌다.

하루 훈련 일과를 마친 대원들은 등불 아래서 저마다의 자세로 노트를 꺼내 뭔가를 끄적거렸다. 어떤 대원은 이렇게 쓰는 게 맞는지 모르겠다며 쑥스러운 표정으로 원고를 몽규한테 가져왔다. 몽규는 얼른 읽어 봤다.

"형님, 잘 쓰셨는데…… 너무 '대한 독립'이 반복되고 있어요. '대한 독립'이라는 말을 쓰지 않고도 그 느낌을 강하게 받을 수 있게 써야만 해요. 슬픔이란 말을 쓰지 않고 글을 읽는 사람이 슬퍼서 울 수 있게."

"야, 몽규야. 너무 어렵다."

"어렵지 않아요. 고향과 어머니와 식구들한테 보내는 편지를 쓴다 생각하고 써 보세요."

"편지란 말이지?"

몽규는 글을 쓰는 방식에 대해 친절하게 알려 주었다. 대원들은 빈 노트를 펼쳐 놓고 낑낑거렸다. 겨우 한 줄만 써 놓고 그대로 잠들어 버리는 대원도 있었다. 몽규는 낮에는 총을 들고 훈련하고 밤에는 펜을 들고 고민하는 그들의 모습에서 새로움을 느꼈다.

문학까지는 아니라고 해도 글을 쓰는 것만으로도 사람

이 새로워질 수 있다는 점에서 몽규는 어떤 가능성을 보았다. 총만으로는 해결되지 않는 그 무엇……. 그것은 '문화'였다. 훈련을 끝내고 저녁을 먹고 나면, 곧장 잠에 곯아떨어지던 대원들이 지금은 무언가를 끄적이면서 자신의 마음을 담아내려 애쓰고 있지 않은가. 몽규는 문화적 행위가 불러일으킨 작은 변화를 소중하게 생각했다.

원고를 청탁하고 한 달쯤 지난 어느 날 밤이었다. 라사행이 몹시 쑥스러워하며 원고를 내밀었다.

"이게 글이 될라나 모르겠다." 라사행이 웃으며 말했다.

몽규는 라사행의 원고를 천천히 읽었다. 징광사의 저녁 종소리를 들으면서 십자가 위의 예수를 생각하는 글이었다. 기독교 신앙과 조국의 독립을 엮어 본 기도문 형식의 글인데, 문장도 안 되고 여러모로 많이 부족했지만 솔직한 심정이 절절하게 녹아 있었다.

"글이 아주 좋아요."

"뭐가 좋아."

쑥스러운 표정으로 라사행이 되물었다.

"글이 진실하잖아요."

"그래?"

몽규의 평에 라사행이 환하게 웃었다. 원고가 조금씩 몽규의 손으로 넘어왔다. 몽규는 다른 대원들의 글에 대해서도 칭찬했다. 고향을 떠나온 이야기, 만주에서 고생한 이야기, 남경에 오기까지 겪었던 우여곡절의 이야기, 조국의 독립을 위해 기꺼이 목숨을 내놓겠다는 이야기에 몽규는 감동했다. 꾸미지 않은 어설픈 문장 속에 담긴 그들의 진심을 몽규는 소중하게 다뤘다.

몽규는 절에 오가는 사람에게 부탁하여 철필을 비롯한 등사판을 사들였다. 그날로부터 들어온 원고를 철필로 긁었고 등사했다. 옆에서 라사행을 비롯한 은진의 선배들이 적극적으로 도와주지 않았으면 불가능한 일이었다. 라사행은 몽규의 글씨가 좋다고 칭찬해 주었다.

추석을 앞두고 김구 선생이 징광사를 방문했다. 말로만 듣던 김구 선생을 처음 뵙게 되어 몽규는 너무 좋았다. 설레는 마음으로 마주하게 된 김구 선생은 듣던 그대로였다. 동그란 뿔테 안경에 짧게 깎은 머리, 단단해 보이는 눈빛과 중후한 몸체까지 지도자다운 면모가 물씬 풍겼다.

"오늘이 민족의 명절 추석인데, 송편 하나 없이 찾아와 미안하오. 여러분이 여기서 각고의 고생을 하며 민족의 독립을 위해 훈련하고 있다는 걸 잘 알지만…… 죄송하게도 이렇게 빈손으로 왔소."

"아닙니다, 선생님. 우리는 월병만으로도 충분합니다."

누군가가 말했다. 그 말에 모두 크게 웃었다. 몽규는 막내라 김구 선생한테서 멀리 떨어진 곳에 앉았다. 이런저런 이야기를 하다 나중에는 각자 고향 이야기를 하자고 했다. 고향 이야기에서 빠질 수 없는 것은 역시 '어머니'였다. 어머니 이야기만 나오면 모두 울었다. 김구 선생도 손수건으로 눈을 꾹꾹 누르며 울었다. 몽규도 바다보다 넓고 깊은 어머니의 품이 간절했다.

새벽 어스름이 동녘으로부터 오고, 종소리와 함께 도량석*의 목탁 소리가 징광사를 가득 채울 무렵이다. 잠들어 있는 만물을 청아한 목탁 소리가 깨워 또 하루를 시작하는 울림이 지나간 뒤, 서른세 번의 종이 울렸다. 제석천**이 서른세 개의 하늘에 사람의 평안과 만물의 생장을 기원하는 의미를 담은 파루의 종소리였다. 종소리는 길고 넓은 떨림으로 용지산의 골짜기를 굽이굽이 돌아 세상을 향해 조용한 파도처럼 밀려갔다. 종소리가 끝나자 라사행이 손을 번

---

* 사찰에서 새벽 예불 전에 목탁을 치며 경내를 도는 의식.

** 수미산 꼭대기에 있는 도리천의 임금으로, 사천왕과 삼십이천을 통솔하면서 불법과 불법에 귀의하는 사람을 보호하고 아수라의 군대를 정벌한다고 한다.

쩍 들었다.

"선생님, 송한범이 우리한테 원고를 받아 철필로 긁어 잡지를 만들었습니다."

언제 가져왔는지 라사행이 등사된 편집본을 한 권 들고 와 김구 선생께 내밀었다. 몽규의 얼굴이 빨갛게 물들었다. 김구 선생은 환하게 웃으며 등사된 편집본을 한 장씩 넘기며 읽었다.

"제목을 정해 주시지요." 라사행 선배가 청했다.

"잡지를 만들다니, 거 대견한 생각이오. 가만있자, 제목을 뭘로 한다?"

김구 선생은 한참 고민하더니 고개를 끄덕였다.

"'신민(新民)'으로 제목을 삼는 게 어떨까 싶은데?"

"새로운 대한민국의 백성이란 뜻인가요?"

김구 선생의 말에 몽규가 물었다. 김구 선생이 바로 그 뜻이라며 환하게 웃었다. 날이 밝자 김구 선생이 징광사를 떠났다. 몽규는 표지를 등사했다. 마침내 몽규는 용지산 징광사 학생 훈련소에서 잡지『신민』을 한정판으로 발간했다. 대원 모두가 몹시 기뻐했다. 그러나 기쁨도 잠시 징광사에 더는 체류 비용을 지불하지 못하자 계약이 해지되었고, 학생 훈련소는 남경으로 다시 철수할 수밖에 없었다.

5. 편집

몽규가 군관 학교에서 『신민』을 만들고 있을 때, 동주도 학생회의 잡지를 편집하고 있었다.

"사실 청탁은 모두 끝났고, 원고가 들어오는 중이야. 원고가 모두 들어오면 본격적으로 편집에 들어가야 해. 졸업생들 원고나 외부 원고는 걱정 없는데, 재학생들 원고가 어딘지 모르게 부족해. 동주 너부터 시 한 편 내고, 다른 친구들한테도 청탁해 봐."

『숭실활천』 편집실에서 이영헌이 말했다. 동주는 책꽂이에 있는 지난 호를 눈으로 훑었다. 『숭실활천』은 14호까지 발간되어 있었다.

"예, 알았습니다. 그런데 먼저 지난 호부터 읽어 봐야 뭐가 뭔지 알 수 있을 것 같아요." 동주가 말했다.

"당연히 그렇게 해야지. 우리 활천의 수준부터 먼저 알아야 편집 방향이 설 테니."

동주는 서가에 있는 지난 호 『숭실활천』부터 꺼내 읽기 시작했다. 눈이 번쩍 뜨였다. 수준이 생각한 것 이상이었다. 중학교 학생들의 글만 있는 게 아니라 숭실전문학교 교수의 글도 있었고, 졸업생 중에서는 이미 유명한 문인들의 글도 게재되어 있었다. 문학뿐만 아니라 신학과 철학에 관련된 글도 눈에 띄었다.

기숙사로 돌아온 동주는 이런저런 공상에 빠져 베개를 끌어안고 뒤척거리다가 잠을 이루지 못했다. 학교 양계장에서 닭 우는 소리를 듣고서야 간신히 눈을 좀 붙였다. 아침에 기숙사 식당에서 동주는 익환을 만나 시를 청탁했다.

"내가 쓸 수 있을까?"

익환이 고심하는 표정을 지었다.

"쓰지 못할 게 뭐 있어. 열흘 말미를 줄 테니 한번 써 봐."

동주의 격려에 익환은 좋다고 대답했다. 동주 자신도 교지에 낼 시를 쓰기 위해 며칠 동안 끙끙 앓았다. 머리에 번쩍하고 떠오르는 시상이 없어 괴로웠다. 밤마다 공상의 탑만 쌓았다. 그러다 문득 이 '공상'을 시로 쓰면 어떨까 하는 생각이 스쳐 갔다.

겉으로 드러내진 않았으나 마음 깊은 곳에서 꿈틀거리는 내면의 흐름, 명예에 대한 갈망, 누군가가 나를 잘 보아 줬으면 하는 허영, 돈이 많았으면 하는 욕망, 그 모든 걸 넘어서는 지식욕까지 모두 자신의 내면에 있다는 걸 솔직하게 들여다보았다.

동주에게 있어 공상은 일종의 바벨탑이었다. 천공 높이

쌓고자 했으나 끝내 쌓지 못하는 탑. 또한 공상은 무한한 바다처럼 느껴졌다. 동주는 며칠 동안 이런 이미지들을 중심으로 시상을 이어 나갔고, 마침내 시를 완성했다.

> 공상—
> 내 마음의 탑
> 나는 말없이 이 탑을 쌓고 있다
> 명예와 허영의 천공에다
> 문허질 줄도 몰으고
> 한 층 두 층 높이 싸으는다
>
> 무한한 나의 공상—
> 그것은 내 마음의 바다
> 나는 두 팔을 펼처서
> 나의 바다에서
> 자유로히 헤염친다
> 황금 지욕의 수평선을 향하여.

맨 마지막 행에서 '황금'이라는 단어가 거슬렸다. 한참을 고민하다가 황금을 지우고 '금전'으로 고쳤다. '지욕'도 마음에 걸렸다. 지식에 대한 욕망인데 하루 정도 고민한 뒤에 '지식'으로 바꾸었다. 그래도 여전히 마음에 걸리는 것은 '금전'이었다.

몇 번이나 지울까 하다가 마땅한 시어를 찾지 못했다. 동주 자신을 물론이고 수많은 사람이 금전에 애태우는 것도 현실이었다. '금전'을 빼 버리면 그럴싸하긴 하지만 스스로 위선을 인정하는 것 같아 참았다. 동주는 이 시를 이영헌에게 보여 주었다.

"아주 솔직하네. 좋은 시야."

이영헌의 칭찬에 동주의 귀가 빨개졌다. 동주가 보기엔 부족하기만 한 시였다. 그래도 칭찬을 들으니 좋았다. 동주는 익환을 만나 자랑하고 싶었다. 몽규가 옆에 있었다면…… 아마 악평을 쏟아 낼지도 몰랐다. 악평이라도 몽규가 있다면, 그게 너무 아쉬웠다. 몽규는 문학에 대해서나 인생에 대해서나 너무 완고했다. 그 완고함이 부럽기도 하고 밉기도 하였다.

"원고가 거의 다 모였으니, 내일부터 수업 끝나면 곧장 문예부로 와. 함께 원고도 읽고 편집도 하자."

"응."

동주는 기쁜 마음으로 기숙사로 돌아왔다. 저녁에 식당

에서 익환을 만나 시가 완성되었냐고 물었다. 저녁을 먹고 방에 있는데 익환이 찾아왔다. 익환이 쑥스러워하며 원고를 내밀었다. 동주는 단숨에 읽어 보았다.

"너무 이야기로만 이뤄져서 시라고 하기엔 뭐랄까 좀 그런데…… 아무래도 교지에 싣기는 어려울 것 같아."

동주는 시 원고를 익환에게 돌려주었다. 익환이 멋쩍게 웃으며 원고를 받았다. 익환이 표정을 보니 미안했다. 익환보다 못 쓴 시도 교지에는 많이 있는데, 익환의 시는 너무 솔직해서 시의 느낌이 좀 부족했다. 어쩌면 시에 대한 동주의 어떤 고집 때문에 그렇게 느낄 수도 있는 것이었다.

"시는 처음이라…… 나중에는 잘 쓸 수 있을 거야."

익환이 약간 쓴웃음을 지으며 말했다. 사실 동주가 보기에도 익환한테 시 솜씨가 영 없는 것도 아니었다. 가슴에서 쏟아져 나오는 그대로 옮기지만 않으면 정말 시를 잘 쓸 수 있는 친구가 익환이었다. 동주는 그걸 알고 있었다.

"너라면 가능해. 너는 노력파잖아."

동주가 익환을 위로했다. 익환이 빙그레 웃었다.

"그러는 너는, 천재고?"

"아니, 나도 노력파야. 너는 그동안 공부만 했지만 나는 주로 시를 썼으니까."

익환과 함께 있으니 또 몽규가 생각났다. 무사히 잘 지내고 있는지……. 동주는 몽규가 너무 보고 싶었다. 셋이 함께 공부하면 좋으련만, 명동과 은진 시절이 그리웠다. 각자 가야 할 길은 달라도 그 길을 존중하며 우정을 쌓아 온 추억이 새삼스러웠다.

며칠 후, 문예부 방에서 편집 회의가 열렸다. 동주는 말석에 참석했다. 들어온 원고와 필자를 살폈더니, 입이 딱 벌어질 지경이었다. 조만식 선생의 「졸업할 이들에게 기함」, 이승만의 「모르는 철학」, 양주동의 「조선말에 대한 고찰」, 황순원의 시 「고아」가 동주의 관심을 끌었다. 원고 중에는 「한가한 되푸리」라는 글도 있었다. 동주는 그 원고를 찬찬히 읽어 보았다.

「한가한 되푸리」는 '왜 존재하는 것은 존재하고 부재하는 것은 부재한지'를 질문하고 대답하는 것에서 시작하는 글이었다. 지난 2,500년간 파르메니데스라는 고대 철학자로부터 하이데거와 같은 현대 철학자에 이르기까지 철학은 집요하게도 같은 질문과 같은 답변을 '되풀이'하고 있다는 주장이었다. 이제 철학은 특히 조선에서의 철학은 출구 없는 질문과 답변에서 벗어나야 하며, 현실의 변화를 어떻게 끌어내야 할지 고민해야 한다는 내용이었다. 필자는 결론에서 키에르케고르의 글을 인용하며 젊은 동무들에게 과도한 감상주의를 경계할 것을 당부했다. 글에서 몽규의 냄새가 났다. 동주는 누가 썼는지 보았다. '박치우'라는 이름이 보였다.

"박치우 교수님이 누구야?"

동주가 이영헌한테 물었다.

"응, 이번에 숭실전문에 신임 교수로 오신 분이야. 젊은 철학자인데, 제대로 된 분이시지."

이영헌의 말을 듣고, 동주는 잡지가 발간되면 박치우 교수를 찾아가 인사를 해야겠다고 마음먹었다. 그동안 동주는 신문을 읽다가 마음에 드는 내용이 있으면 스크랩해서 보관하는 습관이 있었다. 용정에 있을 때 조선일보에 실린 박치우 교수의 글을 읽고 스크랩했던 게 떠올랐다.

잡독과 난독을 피하고 될 수 있는 대로 주제 중심적인 정독 주의로 나가도록 힘쓰고, 그저 막연하게 손에 닥치는 대로 읽어 가는 독서법은 금물이라는 글이었다. 「한가한 되푸리」와 감상주의를 경계하자는 박치우 교수의 글을 마음에 새기면서 동주는 즐겁게 잡지 편집에 참여했다.

드디어 『숭실활천』이 발간되었다. 동주는 책에 인쇄된

자신의 시를 읽어 보는 게 너무 신기했다. 익환은 동주를 부러워했다. 동주는 발간된 『숭실활천』을 들고 전문학교로 가서 박치우 교수를 찾았다. 연구실 앞에 가서 문을 살짝 두드려 기척을 알렸다.

"들어오세요."

응답을 듣고 동주는 살며시 문을 열고 들어갔다.

"안녕하십니까. 저는 중학 3학년에 재학 중인 윤동주라고 합니다. 이번에 『숭실활천』 편집에 참여했습니다. 책이 나와서 이렇게 찾아뵙게 되었습니다."

동주는 박치우 교수를 향해 깍듯하게 인사했다. 박치우 교수가 환하게 웃으며 앉으라고 말했다. 박치우 교수가 책상에서 일어나 동주 앞에 앉았다. 동주가 잡지를 내밀었다.

"편집하느라 수고했네."

박치우 교수가 『숭실활천』을 펼쳐 주르륵 페이지를 넘기더니 중간쯤에서 멈춰 읽기 시작했다. 동주는 그사이에 교수의 연구실을 찬찬히 둘러봤다. 온갖 종류의 철학책이 서가에 가득히 꽂혀 있다. 주로 일역본이었으나 가끔 영어나 독일어 원서도 눈에 띄었다.

박치우 교수는 스물일곱 살의 젊은 교수였다. 약간 긴

듯한 얼굴에 짧은 머리, 굵은 테의 검은 안경이 무척 인상적이었다. 안경 속에 반짝거리는 작은 눈과 큰 귀가 왠지 모르게 단단해 보였다. 「한가한 뒤푸리」에서 느낄 수 있는 비판적이고 진취적인 느낌이 몸에서도 그대로 풍겼다. 경성제대 제일의 천재라고 하더니, 과연 소문대로였다.

"동주 군의 시가…… 아주 솔직하네. 군더더기 없이 좋습니다."

박치우 교수의 짧은 시평에 동주의 얼굴이 살짝 붉어졌다.

"과찬이십니다."

동주가 가볍게 묵례했다.

"동주 군은 어디서 오셨나?"

박치우 교수가 물었다. 처음 만나는 자리라 특별히 할 얘기가 없어서 제일 간단한 것을 물어본 것이었다.

"북간도에서 왔습니다."

"오호! 북간도 어디요?"

박치우 교수의 작은 눈이 조금 커졌다.

"용정의 은진중학에서 왔습니다. 소학교는 명동학교를 나왔고요."

"명동소학교와 은진중학이라고? 이름난 학교를 다니셨

구만. 정말 반갑소, 반가워요."

동주는 박치우 교수의 존댓말이 조금 불편했다.

"선생님, 상대를 안 하셔도 됩니다. 제가 조금 불편해서요. 하대해 주시면 편할 것 같습니다."

동주가 정중하게 말했다.

"거, 무슨 소리요? 아무리 학생과 선생 사이라 하더라도 서로 존중하는 마음을 가져야지요. 그나저나 은진에서 왔으면 언제 편입했나요?"

"9월에 왔으니 신입생인 셈입니다."

"오호, 나도 신입이요. 이거 정말 반갑소."

박치우 교수와 동주는 편하게 이야기를 나눴다. 동주는 조선일보에서 읽었던 박치우 교수의 글을 읽고 독서법을 바꿨다는 말도 했다. 박치우 교수는 문학을 제대로 하자면 반드시 자기만의 세계관과 철학을 가져야 한다고 조언했다.

다음에 또 만나기로 하고 동주는 연구실을 나왔다. 교정으로 나와 뜨거운 숨을 내쉬었다. 뜨거운 여름을 지나온 나무마다 갈색의 기운이 어리기 시작했다. 연두에서 초록으로 다시 진록에서 갈색으로 나무 잎사귀는 색을 바꾸었다.

6. 지용

 스산한 가을날이다. 낙엽이 거리를 굴러다니고 앙상한 가지마다 서리꽃이 피었다. 바람이 불면 낙엽이 나비처럼 허공을 떠돌며 흩날리다 떨어졌고 쌓였다. 앙상한 나뭇가지에 까마귀들이 몰려왔다. 늦봄에 와서 여름에 새끼를 키워 낸 제비들이 겨울을 나기 위해 남쪽으로 떠났다. 제비 식구가 모두 떠난 빈 둥지가 마치 동주의 마음 같았다. 동주는 어머니가 보고 싶었다. 시월도 저무는 어느 날 밤에 동주는 「남쪽 하늘」을 썼다.

    제비는 두 나래를 가지엿다.
    시산한 가을날—

    어머니의 젖가슴이 그리운
    서리 나리는 저녁—

    어린 영은 쪽나래의 향수를 타고
    남쪽 하늘에 떠돌 뿐—

북간도에 계신 어머니. 몸도 약한데 잘 계시겠지. 동주는 혜원 앞으로 편지를 쓰며 그리움을 달랬다. 몽규 앞으로도 편지 한 통을 보내고 싶었지만 주소를 알 길이 없었다. 남경 어디에선가 독립군 간부가 되기 위해 오늘도 군사 훈련에 열중하고 있을 몽규를 생각하면, 고향에 대한 향수도 사치였다.

"정지용 시집이 나왔다고 기사가 났더라."

 문예부 모임에서 이 말을 듣고 동주는 당장 시집을 사서 읽고 싶었지만, 주머니가 텅 빈 상태였다. 집에서 보내 준 학비를 아끼고 아꼈지만 마음껏 책을 사서 볼 형편은 아니었다. 그래도 동주는 최선을 다해 절약해 겨우 책을 사서 읽을 수 있었다. 다만 이번 달에는 주머니 사정이 좋지 않았다.

"도서관에 곧 들어오지 않을까?"

 그래 도서관에 가서 읽으면 되겠구나. 동주는 모임이 끝나면 당장 도서관으로 달려갈 생각에 속으로 기뻐했다. 동주는 학교 도서관을 하루도 빠짐없이 이용했다. 도서관에 가면 그날의 신문은 물론이고 그달의 잡지까지 읽을 수 있어 좋았다. 교실에서 배우는 것보다 도서관에서 혼자 배우는 게 훨씬 많았다.

가을은 스산했지만 동주의 가을은 풍성했다. 한문 시간에는 『주역』을 배웠고, 영어 시간에는 윌리엄 워즈워스의 「수선화」를 읽었다. 『주역』은 어려웠지만 「수선화」는 기숙사 침대에 누워서도 풍경처럼 떠올랐다. 골짜기와 언덕을 구름처럼 떠돌다가 수선화를 발견한 시인의 기쁨. 동주는 '발견'을 마음에 새겼다. 시인은 무언가를 발견해야 하고, 그것으로 시를 써야 한다고 생각했다.

 도서관에서 정지용의 시집을 읽으면서 동주는 발견의 기쁨을 더욱 만끽했다. 신문에 난 정지용의 사진을 보고 깜짝 놀랐다. 몽규처럼 보일 정도로 닮았다. 동주는 정지용 시집에서 바다와 항구와 열차와 바람을 발견했다. 그리고 무엇보다도 몇 편의 동시도 맛깔나게 읽었다. 동주는 조선말의 아름다움과 그 말을 정갈하면서도 음악적으로 사용하는 시인의 기법을 가슴 깊이 받아들였다.

 시집을 다섯 번쯤 읽고 교정을 거닐며 상념에 빠졌을 때 우연히 박치우 교수와 만났다. 동주는 반갑게 인사했다. 두 사람은 두런두런 이야기를 나누며 함께 교정을 거닐었다.

 "그래 요즘은 무얼 읽고 있나요?"

 "정지용 시집을 정독하고 있습니다."

동주의 대답에 박 교수는 말없이 걷기만 했다. 동주는 박 교수가 정지용 시집에 대해 모르고 있다고 생각했다. 십일월은 정지용의 시를 읽기에 참 좋은 날이라고 느끼며 박 교수와 나란히 걸었다.

"날이 쌀쌀하네요. 어디 가서 저녁을 먹으면서 얘기하는 게 어떻소?"

박 교수의 제안에 동주는 좋다고 대답했다. 그들은 학교에서 나와 평양의 번화가인 대화정으로 가 온반집을 찾아들어갔다.

"경성, 개성, 평양은 본래 맛이 이렇게 순합니다. 입맛에 안 맞으면 왕만두 두어 개 주문할까요?"

박 교수의 말에 동주는 아니라고 손사래를 쳤다. 온반을 먹은 뒤 둘은 대화정 거리를 걸었다. 서양식 건물과 전차, 승용차와 온갖 상점이 가득 찬 거리였다. 양복을 입은 일본인들과 총을 멘 헌병들도 자주 눈에 띄었다. 소문난 평양 기생들이 인력거를 타고 요정으로 가는 것도 보았다. 대동문 앞 초가집만 들어선 거리와는 완전히 딴판이었다. 어느덧 걷다 보니, 다방 세르팡 앞이었다.

"커피 한잔 어떻소?"

박 교수가 물었다. 동주는 저녁 식사에 커피까지 신세를 지려니 조금 겸연쩍었다.

"괜찮습니다, 선생님."

동주는 부담스러워 정중하게 거절했다.

"여기까지 왔는데, 나도 마침 커피 생각이 간절했던 참이니."

박 교수는 동주를 데리고 세르팡의 반지하 계단을 내려갔다. 문을 여니 매캐한 담배 연기와 클래식의 음률이 한꺼번에 몰려들었다.

"이거 완전 너구리 굴이네." 박 교수가 다방 안으로 들어가 구석에 자리를 잡았다.

"여기는 두 번째로 오는데, 숭실전문 교수로 계신 소설가 이효석 선생과 같이 왔었지요."

"이효석 선생님 문명(文名)은 익히 들어서 알고 있습니다. 저도 동무들과 한 번 온 적이 있습니다." 동주가 말했다.

"오호, 벌써 여기에 와 보다니?" 박 교수가 깜짝 놀랐다.

"아직 커피 맛은 잘 모릅니다." 동주가 겸손하게 그러나 솔직하게 말했다.

"커피 맛이야 나도 잘 모르오. 커피라면 이효석 선생님이 전문가지. 숭실전문에 오자마자 이 선생님께 인사를 드렸지. 경성제대 법문학부 선배이시기도 하고. 이 선생님은 커피광이시지. 대학 재학 시절에는 영국 식민지인 아일랜드 문학을 치열하게 공부했다고 합디다. 그래서 그런지 버터도 아주 좋아하시지."

"저는 중학부에 있어서 아직 찾아뵙지 못했습니다."

"뭐 급할 건 없지요. 언제 한번 같이 뵈러 갑시다. 여기 세르팡 까페는 청년 화가들의 아지트라고 합디다. 바다 밖으로 유학을 다녀오지 않고도 얼마든지 그림을 그릴 수 있다고 생각하는 청년 화가들의 다방답게 새로운 사조에 대한 논쟁도 치열하다고 하오."

"예, 선생님." 동주는 꾸벅 고개를 숙였다.

아니나 다를까, 구석 자리에 모여 앉은 청년들이 담배 연기를 뿜어내며 인상주의니 야수파니 하면서 서로 목소리를 높였다. 저들이 부러웠다. 언젠가는 저들처럼 문학을 두고 논쟁하는 날이 올 것이라고 동주는 짧게 상상했다.

동주와 박 교수는 커피를 마시며 스피커에서 울려 나오는 고전 음악을 들었다. 관악기의 저음과 현악기의 저음이 잘 어우러져 다방 안에 울려 퍼졌다.

"지금 나오는 것은 차이콥스키의 교향곡 6번 「파세틱」인데, 이효석 선생이 아주 좋아하는 음악이라오."

동주는 잠시 눈을 감고 교향곡에 집중했다. 십일월의 저녁 숲에 조용히 불어오는 바람 속에서 비애가 느껴지는 곡이었다. 바람은 점차 세차게 불고, 기어이 나무를 흔들어 낙엽을 미친 듯이 떨어트리는 느낌이 들었다.

"정지용의 이번 시집은 절창이며 비명인 것 같았어요."

박 교수가 말했다. 동주는 눈을 떴다. 박 교수는 음악을 감상하는지 눈을 감고 있었다. 동주도 살며시 눈을 감고 장엄하면서도 비애에 젖은 선율을 들었다. 귀에 들어온 선율은 풍경으로 바뀌었다. 바람 부는 숲속을 홀로 걸어가는 한 사람…….

고독 속에서 숲을 헤치고 앞으로 나가는 그 사람의 뒷모습에서 몽규가 떠올랐다. 몽규의 모습을 보니 어떤 괴로움이 동주의 가슴속으로 밀려들었다. 동주는 눈을 떴다. 동주는 한동안 말이 없이 탁자만 바라보았다. 박 교수가 눈을 뜨고 잔에 남은 커피를 한 모금 마셨다.

"넓은 벌, 실개천이 흐르는 곳, 얼룩백이 황소가 게으른 울음을 우는 곳은 지금 누구의 땅인가요? 시골의 풍경을 아름답게 형상화했는데……."

박 교수가 물었다. 느닷없는 질문에 동주는 얼른 입을 열지 못했다. 왜 이런 질문을 했을까? 잠시 고민하다가 있는 그대로 답을 하기로 했다.

"정지용 시인의 고향 아닌가요?"

한참 후에 동주가 입을 열었다.

"그러니까 그 고향이 누구의 땅이냐고 묻는 겁니다."

박 교수의 질문이 비수처럼 날카롭게 동주를 찔렀다. 다방 안에는 교향곡이 흐르고 있지만 동주의 귀에는 아무것도 들리지 않았다. 박 교수가 던진 질문의 의도가 뭔지 몰라 동주는 속으로 쩔쩔맸다.

"그 고향은 그곳에 사는 사람들의 땅이 아닐까요?" 동주가 궁색하게 대답했다.

"동주 군, 군의 생각에 서정이란 무엇이오?"

박 교수의 질문에 동주는 움찔했다.

"넓은 벌 동쪽 끝으로, 옛이야기 지줄대는 실개천이 희돌아 나가고…… 이렇게 쓰는 게 서정 아닌가요?"

박 교수가 원하는 대답이 아니란 것을 알면서도 동주는 이렇게 대답할 수밖에 없었다. 동주의 이마에 진땀이 흘렀다.

"그것도 일부 맞지만, 「향수」에서 시적 자아의 서정성이 터지는 구절은 '차마 꿈엔들 잊힐리야'라고 나는 생각해요. 이 구절이 없으면 앞의 구절은 서정이 될 수 없지요. 시적 자아가 드러내고 싶은 서정은 단순히 지리적 고향에 대한 향수가 아니라고 생각하는데."

박 교수의 말을 들으며 철학자와 대화하는 건 무척 어려운 일이라고 동주는 생각했다.

"그 고향의 주인은 동양척식주식회사나 식산은행 소유로 변했겠지요. 조선 땅 전체가 총독부 땅이나 마찬가지고요. 현실이 그러니…… 시인이 절규하는 거지요. 그곳이 차마 꿈엔들 잊힐리야, 라고요. 제목은 '향수'지만 사실 내용은 '절규'죠. 나는 그렇게 읽었어요. 그렇게 읽으니 눈물이 쏟아집디다."

동주는 깜짝 놀랐다. 정지용의 시를 그렇게 읽지 않았기 때문이다. 아름다운 조선말과 토속적인 정서, 사실적인 표현에만 주목했었다. 동주는 박 교수를 새롭게 느꼈다.

"「지는 해」라는 동시 같은 시를 보면, 우리 오빠는 서해 건너 멀리 갔고, 오빠가 떠난 뒤에 저 하늘이 핏빛보다 무섭다고 하죠. 정지용의 시에 나오는 오빠는 서해를 건너간 겁니다. 서해를 건너면 어딥니까? 바로 중국이죠. 중국으로 망명하여 독립 투쟁을 하러 간 것으로 나는 이해했습니다. 아닌가요?"

"더 읽어 봐야 하겠습니다."

동주는 몰아치는 박 교수의 말에서 뒤로 한발 물러섰다. 박 교수가 이렇게 직설적으로 나오니 동주는 적잖이 당황했다.

　"「까페 프랑스」나 「슬픈 인상화」 같은 시를 읽어 보오. 정지용의 고뇌가 어디에 있는지 알 수 있을 것이요. 물론 동주 군은 나처럼 느끼지 않을 수도 있어요. 그걸 나무라는 게 아닙니다. 이렇게도 읽을 수 있다는 것을 얘기한 거예요. 나는 이번 시집에서 키에르케고르적인 절망을 느꼈어요. 시집 전반에서 느낄 수 있는 조선말의 아름다움과 토속적인 정서 뒤에 숨은 시인의 절망, 절규, 비애와 물러서지 않겠다는 의지. 이런 게 키에르케고르적 절망이죠."

　동주는 무어라 할 말이 없었다. 다만 배움이 부족하다는 생각만 들었다. 박 교수가 이름을 올린 키에르케고르의 저서를 읽은 적이 없기에 그 절망에 대해서도 무지했다. 박 교수는 눈을 감았다. 교향곡은 이제 절정으로 치닫고 있었다. 텅 빈 십일월의 숲에 휘몰아치는 북간도의 바람 소리 같기도 했다.

　"문학이나 철학이나 다 마찬가지입니다. 나는 동주 군과 나 스스로에게, '문학과 철학은 오늘, 이 땅, 우리에게 있어서 마땅히 무엇이어야만 될 것인가?'라는 질문을 하고 있는 것입니다."

 동주는 박 교수에게서 몽규를 느꼈다. 북간도의 천재, 하지만 영광의 유리창을 깨 버리고 유리 파편이 가득한 길로 떠나 버린 완고한 형. 몽규는 늘 '문학이란 무엇인가?'라는 질문 앞에 서 있었다. 그 질문에 대답하지 않고 몽규는 중국 내륙 깊숙한 곳으로 가서 펜 대신 총을 들었다. 동주는 문학에 대한 이 질문 앞에서 얼굴이 확확 달아오를 정도로 너무 부끄러웠다.

 "동주 군은 지난 6월에 파리에서 열린 '국제 작가 회의'에 대해 아시오?"

 박 교수가 물었다. 동주는 신문에서 얼핏 본 적이 있으나 자세한 내용은 모르고 있었다. 그때는 용정에서 편입 시험을 준비할 때였다.

 "모릅니다." 대답이 참 궁색했다.

 "뭐 그럴 수도 있지요. 세상의 일을 어찌 다 알겠소. 파리 국제 작가 회의는 공부해 볼 만한 가치가 있다고 생각하오. 대회 의장은 앙드레 지드가 맡았고, 로맹 롤랑, 하인리히 만, 토마스 만, 막심 고리키, 올더스 헉슬리, 버나드 쇼, 싱클레어 루이스, 루이 아라공, 보리스 파스테르나크 등 38개국 230명 작가들이 참여한 회의라오. 얼마 전 동아일보에 '세계 문단의 당면 동의'라는 기사를 썼는데, 일독을 권하오."

박 교수의 말에 동주는 짧게 대답했다. 도서관에 가게 되면 제일 먼저 동아일보 문화란부터 살펴볼 작정이었다. 차이콥스키의 교향곡이 끝나자 박 교수가 '갑시다.'라고 말하며 일어섰다. 동주는 박 교수의 뒤를 따라 세르팡을 나왔다. 그날 밤, 동주는 잠을 이루지 못했다.

며칠 뒤, 도서관에서 동아일보의 지난 호를 뒤적거려 박 교수가 말한 기사를 찾아보았는데, 파리 국제 작가 회의에 대한 소식이라기보다는 당면한 문예 사조에 대한 자기주장이 강한 글이었다. 세 번이나 읽어 본 뒤에야 파시즘에 저항하는 문학으로 휴머니즘이 중요하다는 결론을 얻었다.

십일월의 평양은 조용했다. 동주는 일요일마다 익환이 주일 학교 교장으로 있는 봉수리교회로 가서 교사로 아이들을 만났다. 주로 성경 속의 사람에 대해 얘기해 주었지만 가끔은 정지용의 동시를 외워서 들려주기도 했다.

"말아, 사람 편인 말아, 검정 콩 푸렁 콩을 주마."

동주의 짧은 시 낭송에 아이들이 까르륵 웃어 주었다. 그것을 보고 익환이 미소를 지었다. 익환의 미소는 그의 환한 얼굴과 가느다란 테의 둥근 안경과 어울려, 보는 이로 하여금 눈이 부시게 했다. 동주는 익환과 온전히 하루를 같이 보내는 일요일의 시간이 참으로 소중했다. 아픈 질문에서 벗어나 익환의 미소 속에서 편안해질 수 있었다.

그러던 어느 일요일 오후, 아이들이 조개껍데기를 갖고 노는 것을 보았다. 그것을 보는 순간, 바다 물소리가 들리는 것 같았다. 동주는 그날 밤 기숙사에서 조개껍데기를 소재로 동요 비슷한 시를 구상하기 시작했다.

평양 시내의 가로수가 모두 옷을 입고 날은 점점 추워졌다. 도서관에서 '친왕전하어탄생'이라는 기사를 읽었다. 일왕의 아들이 어제 오전에 태어났고, 이름을 부여하는 명명식은 12월 4일로 결정되었다는 기사였다. 아기의 탄생은 축하할 일이다. 하지만 이 아기한테서는 어쩐지 불길한 예감이 먼저 들었다.

7. 시련

학교에 흉흉한 소문이 돌았다.

총독부 학무국에서 신사 참배를 하라는 지시가 내려왔다는 것이었다. 윤산온 교장은 이를 정면으로 거부했다고 한다. 기독교 신앙인으로서 우상 숭배를 할 수 없다는 교리를 내세웠다. 총독부는 모든 학교는 신사 참배를 해야 한다고 강경하게 나왔다.

동주는 비로소 자신이 조선에 와 있다는 걸 피부로 실감했다. 용정에서는 느낄 수 없었던 어떤 강압이 몸으로 느껴졌다. 교정에는 사복형사들이 우글거렸고, 아예 교무실에 상주하는 사복형사도 있었다. 그들은 복도에서 수업 중인 교실을 감시하기도 했다. 그들과 마주칠 때면 왠지 모르게 위축되었다.

"학교가 견딜 수 있을까?"

주일 학교를 마치고 나오면서 익환에게 물었다.

"견딜 수 없을 테지만…… 견뎌야 하는 일이지. 윤산온 교장 선생님은 미국인이라 무조건 함부로 못 하겠지만. 게다가 신앙심이 깊으니 총독부에 쉽게 머리를 숙이지 않으실 거야. 하지만 그래도 몰라, 저들은 간악한 무리니. 우리가 어릴 때부터 많이 듣고 봐 왔잖아. 교회에 신도들을 몰아넣고 쉽게 불 지를 수 있는 사람들이란 것을."

익환의 신앙심은 산처럼 높았고 바다보다 깊었다. 익환은 감옥에 가거나 설사 목숨을 빼앗기는 한이 있어도 신사 참배는 하지 않을 거라고 동주는 생각했다. 예수를 믿고 하나님을 신앙하는 사람으로 어찌 우상에 고개를 숙일 수 있단 말인가. 무엇보다도 혈관에는 조선 사람의 피가 흐르고 있다.

"지금부터…… 시작인 거지. 조선 사람으로서도 수치지만, 신앙인으로서는 두말할 것도 없고. 신사에 고개를 숙여 절을 하는 것은 우상 숭배야."

익환의 말에 동주는 고개를 끄덕였다. 익환은 주일 학교 어린이들이 모두 돌아간 뒤, 본당에 올라가 오랫동안 기도했다. 동주도 익환과 함께 기도했다. 기도하는 도중에 온갖 상념들이 떠올라 기도를 방해했다.

평양행을 반대하는 아버지와 다투던 순간들, 용정에서 열차에 오를 때의 설렘, 멀고 먼 여정 끝에 평양에 도착했지만 3학년으로 편입되는 수모…….『숭실활천』을 편집할 때와 익환과 함께 지내는 편안한 저녁, 박치우 교수와의 만남과 세르팡에서 경험한 고전 음악과 대화. 그리고 조선의 실상을 목격했던 순간들이 떠올랐다가 가뭇없이 스러져 갔다.

고뇌 속에서 일요일이 조용하게 지나갔다. 학교 양계장에서 수탉 우는 소리가 들렸다. 월요일 아침, 조회가 시작하기도 전에 교실에 소식 하나가 전해졌다. 천황의 둘째 아들 명명식을 기념하여 조선의 모든 학교는 신사에 나가 '등불 참배'를 하라는 지시가 내려왔다. 교장 선생님은 물론이고 학생들까지 분노로 술렁거렸다.

평양에 있는 모든 학교는 모란봉에 있는 평양 신사에 참배하라는 명령에 숭실학교는 우상 숭배와 우상 거부의 갈림길에 서게 되었다. 월요일 전체 조회를 위해 운동장으로 모인 학생들이 웅성거리며 제대로 모이지 않자, 사복형사들이 부리나케 뛰어다녔다. 교장 선생님은 기독교 신앙을 지키기 위해 죽음으로 순교한 초기 기독교 성인들의 일화를 훈시로 들려주었다.

"12월 4일 수요일 오전 10시에 신학교 운동장으로 집합하도록. 거기에서 학교별로 신사를 참배하러 갈 것이다. 한 학생도 빠짐없이 참석하도록!"

교무부장 선생님의 공지를 끝으로 조회는 끝났다. 조회가 끝났으나 학생들은 교실로 들어가지 않고 침묵하며 서 있었다. 동주는 4학년 대열에 속한 익환을 찾아보았다. 익환은 입술을 잘근 깨물며 발끝으로 운동장에 무언가를 쓰고 있다. 익환에게 지나친 시련이 찾아온 것이었다.

평양 시내 각급 학교의 학생들이 평양신학교 앞에 모였다. 신사를 가는데, 하필이면 장로회 신학교 운동장에 모이게 했다며 욕을 퍼붓는 학생들이 많았다. 다른 학교 학생들이 모두 출발한 뒤에 숭실학교는 맨 나중에 참배 길에 나섰다. 학년별로 대열을 지어 만수대 언덕 아래 신작로를 걸어 모란봉 기슭에 있는 평양 신궁으로 향했다.

평양 신궁은 모란봉 산정 부근에 있는데 경성 남산에 있는 조선 신궁 다음으로 크고 장엄하다고 했다. 동주를 비롯한 학생들의 발걸음은 느렸다. 다른 학교 학생들과 경쟁할 일도 아닐뿐더러 빨리 가고픈 마음도 없었다. 맨 먼저 기독교인으로서 교리에 어긋났고, 조선 사람으로서도 양심에 어긋나는 참배였기 때문이다. 이는 윤산온 교장이 숭실학교의 신사 참배를 거부한 이유이기도 했다.

혹독한 겨울이 오려는지 바람이 제법 쌀쌀했다. 북간도에 비하면 오히려 따뜻하다고 할 정도의 바람이었지만, 이 바람에는 절망과 슬픔이 담겨 있었다. 누군가가 찬송가 「저 높은 곳을 향하여」를 나직하게 부르기 시작했다. 사복형사들과 무장 기마경찰이 옆에서 따라왔기 때문에 합창이 되진 않았으나 모두 조용히 읊조리며 걸었다.

'험하고 높은 이 길을 싸우며 나아갑니다.'

4절을 부를 때 콧등이 시큰해지면서 무언가가 울컥 치밀어 오르는 걸 느꼈다. 동주로서는 처음 경험해 보는 '어떤 전율'이었다. '다시금 기도하오니 내 주여 인도하소서.' 찬송이 끝나자 이번에는 「십자가 군병들아」가 이어졌다.

그러자 기마경찰이 앞뒤로 질주하면서 인솔하는 선생님들한테 고함을 치며 노래 중단을 외쳤다. 선생님이 들은 척도 않자, 기마경찰이 옆에 찬 일본도를 뽑아 선생님의 옆구리를 쿡쿡 찔렀다. 그 모습을 보자 노래가 뚝 끊겼다. 기마경찰이 무서워서가 아니라 찬송가를 중단하라고 소리치지 않는 선생님이 가여워서였다.

신궁 입구에 도착했다. 정복을 입은 경찰들이 정문에서부터 길게 도열해 있는 게 보였다. 눈에서 불이 일었지만, 꾹 참고 계단으로 나아갔다. 신궁의 본전에 올라가기 위해서는 돌계단을 한참 동안 올라가야만 했다. 돌계단은 가파르며 높게 이어지고 있었다. 숭실중학 5학년생들이 먼저 돌계단을 오르기 시작했다.

동주도 돌계단을 밟았다. 후회와 절망이 밀려왔다. 내

키지 않는 발걸음이라 돌계단을 천천히 밟고 올라갔다. 벌써 참배를 마치고 내려오는 다른 학교의 학생들이 보였다. 올라갈 때와는 다르게 그들은 빠르게 돌계단을 뛰어 내려갔다. 주먹으로 눈물을 훔치며 내려가는 학생도 제법 보였다. 동주는 그들의 절망과 눈물을 가슴으로 받아들였다. 아마 모르긴 몰라도 앞에서 올라가고 있을 익환도 지금쯤 피눈물을 흘리고 있으리라. 그때였다.

"제자리에~ 섯!"

돌계단 중간쯤에서 5학년 학생장이 길게 구령을 외쳤다. 숭실학교 학생들은 구령을 듣고 모두 제자리에 섰다.

"뒤로~ 돌아!"

학생장의 구령은 마치 구원 같았다.

"와아~!!!"

순식간에 뜨거운 함성이 평양 신궁을 울리더니 숭실학교 학생들은 일거에 돌계단을 뛰어내렸다. 동주는 신궁의 돌계단을 뛰어 내려오면서 명동교회 첨탑의 십자가를 떠올렸다. 경찰의 제지에도 불구하고 숭실학교 학생들은 평양 신궁을 빠져나와 질서 정연하게 학교로 돌아왔다.

운동장으로 들어서는 학생들을 바라보는 윤산온 교장의 얼굴에는 착잡한 미소가 서렸다. 그날은 자동으로 동맹

휴업 비슷한 게 되어 버렸다. 누구도 수업을 들으려 교실로 가지 않았고 운동장에서 그냥 해산했다. 동주는 익환을 찾았다.

"기숙사에 들어가기엔 너무 이르고."

동주가 말했다. 익환은 잠시 생각하더니 동주를 보며 웃었다.

"나는 봉수리교회에 갈 건데."

"같이 가자. 이런 기분으로 시내 구경하는 것도 좀 웃기고."

동주는 익환을 따라 봉수리교회로 갔다. 교회 본당에 들어가니 아무도 없었다. 익환은 십자가 앞에 무릎 꿇고 기도를 시작했다. 신궁의 돌계단을 밟은 것에 대한 회개의 기도였다. 신앙을 저버리고 우상의 그림자를 밟은 것, 양심의 자유를 버리고 억압에 굴복한 것에 대해 익환은 오래도록 회개했다. 그 옆에서 동주도 함께 회개하는 기도를 올렸다.

돌계단 항거 사건으로 학교가 혼돈 속으로 빠져들었다. 경찰에서는 학생회 간부를 비롯해 주동 학생들을 검거하겠다고 기숙사며 교실을 샅샅이 뒤졌다. 학생장은 그 직을 사임했고, 경찰에 체포되었다.

평안남도 도청에서는 길길이 날뛰며 당장 신사 참배를 재개하지 않으면 학교를 폐교하겠다고 강력하게 경고했다. 하지만 윤산온 교장은 홀드크로프트, 주기철 목사 등과 상의하며 버티기에 들어갔다.

8. 김구

학생 훈련소는 남경시 고강리 1호의 한국 특무대 독립군 본부로 옮겼다. 본부를 중심으로 주변의 여러 민가로 분산되어 훈련을 계속했다. 특무대 본부에 모여 학과 교육을 받는 주된 일과에 몽규는 열성을 다했다. 다른 대원들은 가끔 김구 선생의 지시를 받고 상해를 비롯한 다른 도시로 특무 활동을 다녀오곤 했는데 몽규에게는 그런 기회가 주어지지 않았다.

김구 선생은 북간도 출신들을 그다지 신뢰하지 않는 것 같았다. 은진의 다른 선배 중에는 사회주의에 경도되거나 지청천 장군을 따르는 사람도 있었다. 김구 선생은 사회주의를 싫어했고, 아울러 아나키즘도 경계했다. 몽규는 사회주의자도 아나키스트도 아니었지만, 은진 출신이었다. 그 때문인지 김구 선생은 은진 출신들에게 거리를 두고 있었다.

몽규는 은근한 따돌림을 자주 느꼈다. 은진 출신만 빼고 모임을 하는 경우도 잦았다. 따돌림을 당하거나 말거나 몽규는 훈련에만 전념했다. 언젠가는 진심이 전달될 거라고 굳게 믿었다. 그러던 어느 날이었다.

"비상! 비상!"

훈련소에 비상이 발동되었다. 대원들은 즉시 자그마한 본부 강당으로 모였다. 잠시 후에 대원들의 군기를 책임진 간부가 들어왔다.

"오늘 오후에 대원 이우정과 김여수가 일경에게 체포되었다. 여러분은 즉시 각자의 숙소로 돌아가 짐을 꾸린 후에 다음 장소로 이동할 것. 이상"

몽규는 즉시 숙소로 돌아가 짐을 꾸려 쪽지로 전달받은 남기가 8호로 향했다. 지침에 따라 특무대 본부에서 남기가 8호로 곧장 가지 않고 남경 시내를 돌고 돌아 혹시라도 있을 미행을 따돌리고 목적지 민가에 도착했다. 남기가 8호에 무사히 도착한 대원은 모두 열 명이었다.

불길한 느낌이 몽규를 뇌리를 스쳤다. 스물여섯 명의 대원 중에서 열 명만 도착하다니? 느낌이 싸했다. 열 명의 대원들은 서로 얼굴을 쳐다보며 침묵으로 무슨 일이냐며 서로에게 물었다. 아무도 대답할 수 없었다. 엄항섭 교관이 앞으로 나왔다.

"여러분들은 앞으로 군사 훈련은 중지하고 중국어 학습에 최선을 다한다. 중국어에 능통하게 되면, 중앙육군군관학교와 중국기술학교에 입교하게 될 것이다. 또한 특무 공작에도 대기하고 있어야 한다. 질문 있나?"

교관의 말에 몽규가 손을 들었다.

"다른 대원들은 어찌 되었습니까?"

"여기 온 열 명 이외에 다른 대원들은 오지 않는다. 그 이상은 비밀이다. 호기심은 금물이다."

몽규는 실망했다. 훈련소를 이곳저곳으로 옮겨 다니는 것도 실망이지만 이렇게 내놓고 따돌림당할 줄은 몰랐다. 몽규는 용정을 떠나올 때의 각오를 다시 떠올렸다. 그때는 이런 따돌림이 있을 줄 꿈에도 몰랐다. 다만 독립군 전사가 되겠다는 오직 그 마음뿐이었다.

어떤 절망감이 몽규를 휘감았다. 대원들의 면면을 보니, 모두 북간도에서 온 사람들이었다. 북간도 출신으로 분류되었다는 분노에 온몸이 떨렸다. 이미 어렴풋이 눈치를 채고 있었다. 독립운동에도 분파를 만드는 지도자들이 있다는 것을. 하지만 몽규는 분파와 아무 관련이 없었다.

몽규는 기어이 군관 학교에 입학하여 일제와 전장에서 맞붙는 독립군 전사가 되겠다는 마음으로 이를 악물었다. 감상은 금물이었다. 어설픈 감상에 젖어 자신을 갉아먹고 싶진 않았다. 이럴 때일수록 초심을 떠올리며 자신을 채찍질하는 게 최선이었다.

중국어는 쉬웠다. 어릴 때부터 듣고 자랐고, 중국어와 일본어와 조선어가 뒤섞인 용정 출신이기에 더욱 쉽게 느껴졌다. 게다가 몽규는 천재였다. 뭐든 한 번 읽으면 그대로 머리에 쏙쏙 박히는 체질이었다. 어휘를 늘리는 데는 소설이 안성맞춤이었다. 몽규는 양철성의 조언을 떠올리고 루쉰의 『아큐정전』을 구해 읽었다.

『아큐정전』은 단편 소설로 주인공 아큐의 어릿광대 놀음이 주요 줄거리였다. 몽규는 아큐를 읽으며 혼자 낄낄거리고 키득거렸다. 라사행 선배가 뭐가 그리 재밌냐고 묻기도 했다.

"아큐 이 녀석의 정신 승리법을 배워야겠어요. 살다가 힘든 일을 만나면 정말 큰 도움이 될 것 같아요."

"아, 그래. 자네가 읽고 나면 나도 읽어야겠네."

『아큐정전』을 다 읽고 난 뒤에 몽규는 교관한테 마오둔의 『자야』도 구해 달라고 부탁했다. 며칠 후 교관이 『자야』를 가져왔다. 아주 두툼한 장편 소설이었다. 오후 11시부터 새벽 1시까지를 자시라 하는데 '자야'는 자정 전후의 한밤중이란 뜻이었다.

『아큐정전』은 주인공의 좌충우돌을 그린 단편 소설이라 비교적 쉽게 읽었는데, 『자야』는 등장인물만 칠십여 명이었다. 민족 자본가인 주인공 오손보와 매판 금융 자본가인 매국노 조백도 사이의 대립 구조를 축으로 벌어지는 치열한 싸움을 그린 소설이었다. 게다가 각각의 등장인물을 모두 살아 움직이게 만들었다. 그들의 얽히고설킨 관계와 각각의 고향과 출신에 따른 언어의 묘미도 대단했다.

몽규는 『자야』에 푹 빠져들었고, 당대 중국의 문학 운동과 문화 운동에도 관심을 기울였다. 특히 1928년부터 1929년까지 치열하게 전개된 혁명 문학 논쟁이 몽규의 눈에 띄었다. 루쉰과 마오둔이 주축이 되어 논쟁을 이끌었다.

"역시."

몽규는 그들의 소설을 읽고 있다는 자부심에 가슴이 뿌듯했다. 몽규는 등장인물의 관계도를 그리고, 공책에 메모하며 『자야』를 읽어 나갔다. 그냥 단숨에 읽어 내기에는 쉬운 소설이 아니었다. 한편으로는 중국의 문학이 부러웠다. 아직도 조선은 『아큐정전』이나 『자야』만한 대작을 만들어 내지 못했다. 물론 일제의 억압이 심한 것도 사실이나 무릇 작가라면 이겨 내야 한다고 생각했다. 몽규는 루쉰이나 마오둔 같은 작가가 되고 싶었다.

십일월이 되었다. 용정이라면 벌써 함박눈이 펑펑 내릴

때였지만 남경은 따뜻한 남쪽이어서 그런지 그다지 춥지는 않았다. 외출이 완벽하게 통제되었기에 몽규는 작은 창문을 통해 가을이 왔다가 가는 걸 보았다.

그러던 중 바람이 몹시 불던 어느 날, 느닷없이 훈련소가 폐쇄되었다. 김구 선생이 비용을 더는 감당할 수 없는 지경이 되었고, 임시 정부 내부의 노선 투쟁도 한몫한 결과였다. 그렇다고 해도 남기가 8호의 훈련생들을 하루아침에 거리로 내모는 것은 가혹한 처사가 분명했다.

날벼락이 아닐 수 없었다. 어떤 배려도 없는 무자비한 처사에 훈련생들은 뿔뿔이 흩어질 수밖에 없었다. 몽규와 라사행은 남기가 8호 앞의 기다란 골목에 섰다.

"어디로 갈래?" 라사행이 물었다.

"글쎄요?"

'어디로 가야 하나?' 앞길이 막막했다. 군관 학교는 구경도 못 하고 고향으로 돌아가기는 싫었다. 펜을 놓고 총을 들고자 은진중학을 마치기도 전에 용정을 떠났는데, 이대로 돌아간다는 것은 자존심이 허락하지 않았다.

"나는 남경에 조금 더 머물까 생각 중이야."

라사행의 목소리는 힘이 빠져 헛헛했다. 헛헛하기로는 몽규도 마찬가지였다.

라사행과 몽규는 함께 남경역으로 갔다. 망설이고 망설이다가 몽규는 제남행 열차표를 샀다. 고뇌 끝에 몽규는 리웅의 소개를 받아 곧장 북만주의 전선으로 가기로 결심하고 제남행 열차에 몸을 실었다. 라사행이 플랫폼까지 나와 몽규를 배웅했다.

열차가 남경 시내를 벗어나기도 전에 몽규는 잠에 빠져들었다. 어떤 긴장도 없고, 조바심도 없는 무방비 상태의 잠이었다. 용정을 떠난 이후로 이렇게 단잠에 빠져 본 건 처음이었다. 그러다 문득 잠에서 깨면 어떤 쓸쓸함이 밀물처럼 밀려들었다. 허무하기도 했다.

'김구 선생도 피치 못할 사정이 있었겠지.'

김구 선생에 대해서는 이렇게 정리하기로 했다. 열차는 중국의 드넓은 땅을 천천히 달려 나갔다. 풍경을 보다가 지쳐 다시 잠에 들기도 했다.

제남에 내린 몽규는 기억을 더듬어 리웅을 찾아갔다. 리웅의 집에 가니 아내가 나와 몽규를 맞이했다. 리웅이 있느냐고 물으니, 바깥사람은 지금 집에 없고 조금 늦게 들어올 것이라고 대답해다. 리웅의 아내가 집으로 들어와 기다리라고 했으나 몽규는 바깥주인도 없는 집에 들어가기가 내키지 않았다.

몽규는 대문 앞에 앉아 리웅을 오래 기다렸다. 골목에 땅거미가 몰려오기 시작했다. 속이 쓰리도록 배가 고팠다. 몽규는 나뭇가지를 주워 땅바닥에 동주의 이름을 썼다. 이어 익환의 이름도 썼다. 그리운 동무들이었다.

평양에서 공부를 잘하고 있겠지.

동주와 익환이 평양에서 공부하는 장면을 상상하니 왠지 모를 서글픔과 고독이 밀물처럼 밀려들었다. 시대에 순응하지 않고 시대와 불화하는 존재로서, 지금 이렇게 낯선 골목에 쪼그리고 앉아 있는 제 모습이 처량해지려고 하는 찰나, 리웅이 나타났다. 몽규는 벌떡 일어났다.

"자네가 여기 웬일인가?"

리웅이 깜짝 놀라 뒤로 한 걸음 물러섰다. 리웅은 매서운 눈초리로 몽규의 위아래를 훑어보았다.

"학생 훈련소가 문을 닫았습니다. 그래서 이렇게 왔습니다. 선을 찾아 북만주로 곧장 가려고요."

몽규가 저간의 사정을 이야기했다. 리웅은 고개를 끄덕이며 들었다.

"이럴 게 아니라 어서 들어오게. 저녁은 먹었나?"

몽규는 자존심 때문에 리웅의 질문에 답하지 않았다. 벌써 서너 끼나 굶었기에 먹었다고 할 수도 없었고, 저녁 먹을 시간이 꽤 오래 지난 뒤에 염치없이 밥상을 차려 달라고 하기도 싫었다.

"일단 오늘은 우리 집에서 자고 차분하게 선을 찾아보세."

몽규는 리웅의 뒤를 따랐다. 리웅은 집에 들어가자마자 아내한테 말해 밥을 좀 내오라고 했다. 잠시 후 아내가 상을 차렸다. 몽규는 허겁지겁 밥을 먹었다. 그 밤에 몽규는 리웅한테 남경에서 있었던 일을 차분하게 설명했다. 그러나 리웅이 그 모든 사실을 이미 알고 있다는 것에 몽규는 새삼스레 경악했다.

"지금 김구 선생 댁에 라사행이 묵고 있네. 김구 선생의 모친과 아들 신과 같이 지내고 있지만 임시적일 뿐이야. 아마도 김구 선생은 라사행을 특무대에 기용하지 않을 거라고 나는 알고 있네. 자네도 남경에서 빌빌거리지 않고 제남으로 잘 왔네. 여기서 좀 쉬고 있다가 선을 타고 만주로 들어가면 되니까 너무 걱정 말게."

리웅은 과연 김구 선생과 직접적으로 연결되는 선이 분명하다고 생각했다. 그러지 않고서야 몽규가 모르는 사실까지 정확하게 알 수는 없는 노릇이었다.

다음 날 리웅은 몽규를 자기 집에서 가까운 민가에 하숙하도록 조치했다. 몽규는 제남에서 리웅의 지시에 따라 활동하며 만주로 들어갈 날만을 기다렸다.

9. 동시

  12월의 숭실중학은 살얼음판을 걷는 것 같았다. 겨울바람은 점차 혹독해졌다. 동주는 추위를 견디며 익환과 함께 봉수리교회에 나가 다가올 크리스마스를 준비했다. 주일 학교 아이들과 놀면서 조개껍데기와 관련된 시상을 정리하기 시작했다.

  몇 번이나 쓰고 지웠고 또 고치고 고쳤다. 비록 짧은 글이지만 시는 기나긴 시간 동안 무르익어야 시로써 생명을 지니는 법이었다. 게다가 이번에는 시가 아니라 율조가 있는 동요를 짓고 싶었다. 동주는 봉수리교회에서 주일 학교 아이들과 함께 동요를 부르는 꿈에 젖었다. 마침내 오랜 노력 끝에 동요「조개껍질 - 바닷물 소리 듣고 싶어」를 완성했다.

    아롱아롱 조개껍데기
    나처럼 그리워하네
    물소리 바다물 소리

  아이들은 조개껍데기를 귀에 대고 바닷물 소리를 듣곤

했다. 동주는 그 모습을 있는 그대로 옮기면서 조개의 원시적 고향을 생각했다.

1936년 1월에 3학년 3학기가 시작되었다. 학교는 여전히 뒤숭숭했다. 평남도청과 경찰청에서 수시로 일본인 관리와 경찰이 드나들었다. 사복형사들은 세모눈으로 학생들을 감시했다. 숨이 막힐 듯한 날들이 흘러갔다.

동요 「조개껍질 - 바닷물 소리 듣고 싶어」를 끝낸 동주는 시에 전념했다. 어느덧 동주의 시에는 '조선'이 들어와 있었다. 하지만 동주 자신은 평양에서도 나그네요, 용정에서도 나그네라는 생각이 들었다. 나그네가 아니라면, 내 고향은 어디일까?

어린 시절, 명동촌에서 자랄 때에는 조국을 잃어버린 떠돌이 유이민 신세라는 것을 전혀 느끼지 못하고 살았다. 가족의 품에서 친한 동무들과 함께 일본어를 듣지 않고 살았기 때문이었다. 하지만 평양에서는 달랐다.

조선은 평양 곳곳에 흔적으로 남아 동주의 가슴을 끌어당기고 있지만, 거리와 학교와 사람을 지배하는 것은 일본이었다. 조선은 억척스러웠으나 일본은 악착같았다. 억척에는 선(善)이 담겨 있지만, 악착에는 선이 담겨 있지 않다. 그 차이는 참으로 엄청났다.

동주는 어머니가 계신 북간도의 고향집이 그리웠다. 그렇다고 돌아갈 수도 없는 노릇이었다. 평양에서 무사히 학업을 마치고 용정으로 돌아가야 아버지께 낯을 들 수 있을 것이다. 동주는 자신의 고향이 비록 북쪽에 있지만, 조선 사람들의 고향은 어디인가 탐색했다.

굶주림과 압제를 피해 두만강, 압록강, 서해를 건너 이 땅을 떠난 사람들의 고향은 과연 어디인가? 그런 고민을 하고 있는데 어느 순간, 동시가 터져 나왔다. 제목을 「고향집」이라고 썼고, '만주에서 부른'을 부제로 달았다. 평양에서 질문하는 게 아니라 어린이가 만주에서 질문하는 형식이었다.

헌집신짝 끌을고

나여긔 웨왓노

두만강을 건너서

쓸쓸한 이땅에

남쪽 하늘 저 밑엔

따뜻한 내 고향

내 어머니 게신 곧

그리운 고향집.

동주는 습작 노트에 시를 적고, '1936. 1. 6.'이라고 기록했다. 이제 일본의 연호인 쇼와(昭和)는 쓰지 않기로 했다. 이어 「병아리」도 습작 노트에 옮겨 적었다. 자신도 모르게 '쇼와 11년 1월 6일'이라고 날짜를 썼다. 두 편의 동시를 찬찬히 읽어 보다가 동주는 깜짝 놀랐다. '쇼와'를 쓰지 않기로 했는데, 습관적으로 쓴 걸 발견한 것이다. 얼굴이 빨갛게 달아올랐다. 그러나 고치지 않기로 했다. 오늘 '쇼와'를 무의식중에 쓴 것을 계기로 적어도 습작 노트에만큼은 절대 쓰지 않기로 굳게 맹세했다.

'쇼와'를 쓰는 것은 부끄러운 일이다.

오늘의 숭실에 몽규가 있었다면, 어떻게 되었을까? 동주는 몽규를 떠올리며 피식 웃었다. 몽규가 지금 평양의 숭실에 있다면, 아마도 학생들을 모아 놓고 사자후를 토하고 있을 터였다.

'몽규는 군관 학교에서 착실히 훈련받고 독립군이 될 테고, 익환은 여전히 기도를 올릴 것이고, 나는 시를 쓸 테지.'

익환의 기도는 죽을지언정 신사 참배는 하지 않겠다는

의지의 표현일 테고, 동주의 시는 상처받은 사람들을 위로하는 시여야 할 터였다. 이런저런 생각을 하니 몽규가 더 보고 싶었다. 조선에서 벌어지는 이런 꼴을 보기 싫어 몽규는 일찌감치 총을 든 독립군이 되고자 떠난 것 아니겠는가.

  몽규의 손에는 총, 익환의 손에는 성경, 동주의 손에는 펜.

  여기에 생각이 미치자 동주는 조선의 아이들을 위해 더 많은 동시를 쓰고 싶어졌다. 동주는 명동소학교에 다닐 때, 빨랫줄에 널려 있던 혜원의 요를 떠올리며 「오줌싸개 지도」를 썼다.

  습작 노트에 적어 놓고 읽어 보니, 회령 말이 너무 적나라했다. 그래도 회령 말은 부드러워서 좋았다. 아직도 동주는 '오줌'인지 '오좀'인지 헷갈렸다. 회령 말에 익숙해서인지 평양말이 가끔은 듣기 어려울 때도 있다.

  일제는 점점 숭실의 숨통을 조여 왔다. 동주도 하루하루가 숨이 턱턱 막힐 지경이었다. 평양의 일월은 북간도의 일월 못지않게 혹독하게 추웠다. 대동강과 보통강은 꽝꽝 얼었고, 모란봉은 눈에 덮였다.

  월요일에서 토요일 오전까지 이어지는 학교 수업이 끝나면 동주는 익환과 함께 봉수리교회로 달려갔다. 교회에 가면 병아리 같은 아이들이 반겨 주었다. 동주는 아이들을 위해서라도 동시를 더 많이 쓰기로 마음먹었다.

마태복음에 '진실로 너희에게 이르노니 너희가 돌이켜 어린아이들과 같이 되지 아니하면 결단코 천국에 들어가지 못하리라.'라는 말씀을 동주는 가슴에 깊이 간직했다. 정지용이 동시를 쓰는 마음도 이와 같을 것이라고 동주는 믿었다.

일월이 가기 전에 동주는 동시 「창구멍」과 「기와장 내외」를 썼다. 동시를 쓸 때는 소학교에 다니던 유년 시절의 풍경과 정서를 추억했다. 명동 시절을 떠올리면 자연스럽게 아이의 마음이 되었고, 그 마음으로 쉽게 쓰려고 노력했다.

한편 숭실학교에는 눈보라가 몰아치기 시작했다. 윤산온 교장이 주기철 목사를 만나 숭실학교를 대신하여 홀로 신사 참배를 하겠다고 말했다. 주기철 목사는 구약의 에스더 4장 16절의 '죽으면 죽으리라.'를 들어 교장 단독의 신사 참배도 반대했다.

이에 윤산온 교장은 신사 참배에 반대한다는 확고한 신념을 다시 확인하고 신사 참배를 반대한다는 편지를 평남도지사에게 보냈다. 일본은 강경했다. 1936년 1월 18일에 윤산온을 숭실전문학교 교장과 숭실중학교 교장의 직에서 쫓아내고 말았다. 그날은 영하 25도가 넘어 평양 시내가 꽝꽝 얼어붙은 날이었다.

동주는 학교 도서관에 비치된 1월 19일 동아일보에서 이와 관련된 평남도지사의 성명을 읽고 온몸을 부르르 떨었다.

신사 참배에 불응하므로 학교장으로서 재직하는 것은 학교 교육상 용인하기 어려운 까닭에 금일 부득이 학교장의 인가를 취소하기에 이르렀다.

이것은 심히 유감이나 숭실학교장 맥큔 씨는 숭실전문학교 교장도 동시에 파면할 필요를 인정하였다. 총독부에 대하여 이미 그 수속을 밟아 놓았다.

'총독부에 이미 수속을 밟아 놓았다고? 아주 쫓아내겠다고 작정을 했구만.' 동주는 치를 떨었다.

10. 동토

 대동강이 두껍게 얼었다. 영하 20도의 추위가 계속되었고 대동강에는 썰매를 지치는 꼬마들이 아주 많았다. 어린 시절부터 북간도에서 이보다 더한 영하 30도의 추위를 자주 겪었던 동주였다. 그러나 더욱 견딜 수 없는 건 마음의 추위였다.

 윤산온 교장이 해임되었다는 소식이 전해지자 학우들은 분노로 들끓었다. 동주도 마음 깊은 곳에서 분노가 올라오는 것을 느꼈다. 어떤 학우들은 교실 벽을 주먹으로 치기도 했다. 동주는 조용히 교실을 나가 4학년 교실로 익환을 찾아갔다. 복도에서 만난 익환의 표정도 어두웠다.

 두 사람은 보통강으로 나가 오랫동안 걸었다. 걷는 동안 내내 한마디 말도 주고받지 않았다. 그저 마음과 마음으로 이어져 세찬 북풍 속을 터벅터벅 걷기만 했다. 문득 몽규가 보고 싶었다. 동주는 몽규의 눈빛으로 얼어붙은 보통강과 숭실학교를 바라보았다.

 날이 어두워져 돌아와 기숙사 식당에서 밥을 먹었다. 마치 모래알을 씹는 기분이었다. 깨작거리기만 하다가 수저를 놓았다. 학생들은 기숙사로 돌아가지 않고 교회로 갔다. 익환과 함께 교회에 가니 마침 교장 선생님을 위한 기도회가 열리고 있었다.

동주는 익환과 나란히 앉아 두 손을 모았다. 시를 쓰는 마음으로, 교장 선생님과 숭실학교를 위해 기도했다. 자주 하는 기도였지만 그날의 기도는 간절했다. 기도가 간절하면 간절할수록 동주는 명동소학교의 십자가를 떠올렸다.

학생들이 교정 곳곳에 두서너 명씩 모여 이야기를 나누었다. 사복형사가 다가오면 학생들은 입을 다물고 흩어졌다. 그러다 형사의 눈을 피해 다시 모이곤 했다. 혹독한 추위에도 학생들은 교실이며 서클 룸, 운동장을 가리지 않고 모여 앞으로 어떻게 할 것인가에 대해 진지한 의견을 나누었다. 동주는 문예부 모임에 참석하여 선배들의 울분에 찬 이야기에 귀 기울였다.

"교장 선생님을 이대로 빼앗길 수는 없어. 우리 손으로 찾아오자고."

이영헌의 말을 들으면서 동주는 또 명동소학교의 십자가를 생각했다. 십자가에 내려앉은 어린 시절의 햇살이며 평화롭던 어머니들의 회령 말은 이제 없다.

싸우면서 빼앗기는 것은 나중에 되찾을 수 있지만 싸우지도 않고 가만히 앉아서 빼앗기는 건 되찾아올 수 없다고. 그것은 빼앗기는 게 아니라 갖다 바치는 것이나 다름없다고……. 일제는 총칼로 나오겠지만 그게 무서워 항의하지 않는 것은 비겁한 일이었다. 동주는 아무도 몰래 주먹을 꽉 쥐었다.

"교실에 앉아 있지만 말고 나가서 항의합시다."

항의라……. 몽규라면, 항의한다고 하지 않을 터였다. 항의는 투쟁보다 한참 아래 단계의 싸움이었다. 저들은 항의를 총칼로 짓누를 게 뻔했다. 그것을 알면서도 나가야 했다.

"그럼, 새로 선출된 학생장과 상의해서 준비합시다."

이런 의견이 숭실 교정 곳곳에서 터져 나왔고 저절로 한군데로 모이게 되었다. 이사회에서는 새로운 교장을 임명했다. 하지만 학생들은 윤산온 교장을 내놓으라는 뜻을 굽히지 않았다. 익환도 같은 생각이었다. 동주는 분노로 버무려진 쓸쓸한 마음으로 숭실 교정을 바라보았다. 마음이 쓸쓸할수록 정신은 맑아졌다.

그날은 아침부터 함박눈이 펄펄 내리기 시작했다. 신사 참배를 거부하는 학생들의 눈물이 함박눈으로 바뀌어 숭실 교정에 소복소복 쌓였다. 학생들은 펑펑 쏟아지는 눈을 맞으며 운동장으로 몰려갔다.

새로 선출된 학생장이 조회대로 올라갔다. 동주와 익환의 모자와 어깨 위로 하염없이 눈이 내렸다. 학생들의 검은 교복은 금방 새하얗게 변했다. 동주는 익환의 교복 위에 쌓이는 흰 눈에서 서늘한 결기를 보았다.

"교장 선생님을 내놓아라!"

학생장이 선창하자 숭실의 모든 학생이 주먹을 치켜들고 구호를 외쳤다. 동주도 목이 터지도록 함성을 내질렀고 함박눈이 쏟아지는 하늘을 향해 주먹을 치켜들었다. 학생들은 스크럼*을 짜고 운동장을 빙글빙글 돌면서 구호를 외쳤다. 사복형사들이 교무실에서 경찰국으로 전화하여 무장 경찰의 출동을 요청했다.

잠시 후 무장 경찰이 몰려와 학교를 에워쌌고 정문을 비롯해 모든 문을 봉쇄했다. 기마경찰도 학교 정문 앞에 도착했다. 경찰이 학교를 봉쇄했다는 소식이 들리자 학생들은 더욱 흥분했다. 동주는 마음을 굳게 먹었다.

명동소학교 5학년 겨울에 화룡현에서 만세 시위에 참가한 뒤로, 시위에 나선 것은 실로 오랜만이었다. 마음이 뜨거워졌다. 그때는 몽규를 따라다니는 정도였지만 지금은

---

* 여럿이 팔을 바싹 끼고 가로로 줄을 지어 늘어선 것.

스스로 참가한 시위였다.

"교장 선생님 내놓아라!"

"신사 참배 반대한다!"

"총독부는 물러가라!"

구호가 점점 강해지자 교문 밖에 대기하고 있던 경찰이 학교로 밀고 들어왔다. 경찰이 들어와도 학생들은 물러서지 않았다. 전교생이 어깨와 어깨를 걸고 경찰에 맞섰다. 동주도 같은 반 학생과 어깨를 걸고 온몸으로 버텼다. 기마경찰까지 들어와 대열을 덮치자 학생들은 육박전으로 저항했다.

"다치지 않게! 잡히면 안 돼!"

학생 지도를 맡고 있는 배치렵 선생이 학생들 사이사이를 돌아다니면서 소리쳤다.

함박눈이 펑펑 내리는 운동장에서 학생들은 어떤 머뭇거림도 없이 일본 경찰을 향해 몸을 던졌다. 학생들은 경찰의 모자며 옷을 벗겨 발로 짓밟았고 허리에 차고 다니던 일본도를 뽑아 분질러 버렸다.

학생들은 경찰의 곤봉을 피하지 않고 그대로 맞았고 머리가 깨져 피가 철철 흐르기도 했다. 한 학생이 경찰한테서 뽑은 곤봉으로 기마경찰이 타고 있던 말의 다리를 보고 후려쳤다. 말들이 놀라 비명을 지르며 날뛰자 타고 있던 경찰이 말에서 떨어졌다. 학생들은 망설임 없이 경찰을 짓밟았다.

눈은 하염없이 펑펑 쏟아졌다. 운동장을 뒤덮은 눈밭 위에 일본 경찰을 메다꽂는 통쾌함에 학생들은 환호성을 질렀다. 동주도 학우들과 열심히 싸웠다. 속이 시원했다. 그러다가 익환과 눈이 마주쳤다. 동주는 익환을 향해 빙그레 웃어 주었다. 익환도 웃음을 보내왔다. 학생들의 저항이 너무나 완강하고 거세자 일본 경찰은 일단 철수했다.

기마경찰의 말발굽이며 무장 경찰의 곤봉에 머리가 깨지고 다리가 부러진 학생들이 운동장 여기저기에 누워 버렸다. 운동장에 쌓인 눈에 학생들이 흘린 피가 점점이 뿌려졌다. 동주도 곤봉을 맞아 머리에 혹이 났다. 익환과 동주는 다친 학생들을 부축해 양호실로 옮겼다.

학생들이 해산하고 난 뒤, 운동장에는 여전히 소복소복 눈이 쌓였다. 방금 운동장에서 뒤엉켜 싸우던 피투성이 학생들과 무장 경찰의 모습은 간데없고 운동장 가득 흰 눈만 가득했다. 동주는 물끄러미 운동장을 바라보았다. 고요 속에서 빈 함성만 메아리쳤다.

하얀 눈 속에서 학생들의 벗겨진 모자며 운동화가 보였

다. 주인을 잃은 운동화와 모자를 보니, 슬픔이 가득 차올랐다. 동주는 눈을 헤쳐 모자와 운동화를 주워 교무실로 옮겼다.

저항의 파문은 컸고 집요했다. 사복형사들은 시위를 이끌었던 학생장을 비롯한 학생회 간부들을 체포하기 위해 온 기숙사를 뒤졌다. 미처 학교를 빠져나가지 못한 간부 학생들이 체포되어 끌려갔다. 다음 날 학교 당국은 무기 휴교를 결정했다. 일단 학생들이 등교하면 무슨 일이 일어날지 모르니, 등교 자체를 막은 조치였다.

동주는 종일 기숙사에 갇혀 있는 게 답답하여 어떤 날에는 봉수리교회에 나갔고 어떤 날에는 평양 시내를 천천히 쏘다녔다. 시베리아 고기압의 영향으로 극심한 추위와 가끔 쏟아지는 폭설이 교외 지역의 논밭을 하얗게 덮었다. 작년 겨울에 뿌려 놓은 보리가 얼어 죽었다는 푸념이 여기저기서 들렸다. 평양 시내에는 얼어 죽은 사람들이 속출했다. 모든 게 슬펐다.

11. 이별

3월 1일이 되었다.

숭실에서 맞이하는 첫 3월 1일이었다. 3월 1일은 일제가 정한 신사 참배 애국일이었지만 숭실학교에서는 이를 무시하고 수업을 시작했다. 첫 시간에 교실에 들어간 동주는 깜짝 놀랐다.

급우들이 교과서도 펴지 않고 책상에 머리를 수그리고 앉아 침묵하고 있었다. 동주의 가슴에 전율이 지나갔다. 동주도 다른 급우들처럼 책상에 머리를 수그리고 하루 종일 꼼짝도 하지 않은 채 침묵시위에 동참했다. 일본인 교사들도 수업에 들어왔다가 학생들을 잠시 쳐다본 뒤에 교실을 나가 버렸다. 조선인 교사들은 같이 침묵했다.

새로운 교장 선생님이 임명되었지만 학교는 여전히 뒤숭숭했다. 학생들은 언제 터질지 모르는 화약 같은 분노의 감정을 안고 침묵했다. 그런 와중에 학교 당국은 간신히 졸업식을 하고 입학시험도 치렀다. 학교는 서서히 정상화되는 모습이었지만 학생들은 달랐다. 여기저기서 동맹 퇴학의 말들이 나오기 시작했다. 답답한 날들이 흘러갔다.

하루는 멀리 모란봉이 보이는 대동강까지 걸어갔다. 앙

상한 소나무 가지를 경칩 지난 훈훈한 바람이 흔들고 지나갔다. 얼음 섞인 대동강 물에 햇살이 반짝거렸다. 어린아이들이 일본어로 재잘거리는 소리가 자꾸만 귀에 거슬렸다. 일찌감치 일본어를 배우고 일상적으로 사용한다면 조선어는 어떻게 될지…… 가슴이 미어지도록 아팠다.

어떤 날은 평양 시내 뒷골목이며 거리를 막막한 심정으로 거닐었다. 뒷골목은 눈이 녹아 질척거렸다. 참새보다 조금 크며 붉은 갈색에 검은색 가로무늬의 종달새들이 공중으로 높이 날면서 우짖었다. 명랑한 봄 하늘로 두 날개를 가볍게 펴서 날아오르는 종달새가 부러웠다. 구멍 뚫린 동주의 구두로 물이 스며들었다. 시절은 봄이건만 동주의 가슴에는 겨울이 한창이었다. 동주는 대화정까지 걸어가 정지용의 시집을 샀다.

또 하루는 기숙사에서 가까운, 학교에서 운영하는 양계장으로 가 닭들을 하염없이 바라보곤 하였다. 닭들이 갇혀 있는 계사에도 창공이 새파랗게 깃들어 있다. 창공을 날아오르면 감옥 같은 계사를 탈출할 수 있으련만…….

닭은 날개가 있어도 멀리 날지 못한다. 갇혀 지내는 걸 운명처럼 받아들였기 때문이리라. 자유의 고향을 잊은 닭들은 알을 낳고 긴 울음을 울기도 했고, 두엄을 파내고 벌레를 쪼아 먹으며 *꼬꼬 꼬꼬* 소리만 냈다. 날마다 알을 낳아야만 하는 암탉들의 눈동자가 붉었다. 양계장 속의 닭과 신사 참배에 갇힌 숭실 학생들의 처지가 참으로 비슷했다.

"나는 자퇴하고 평양을 떠나기로 했어."

문예부의 이영헌이 말했다. 동주는 아무런 할 말이 없었다. 그들의 고뇌는 곧 자신의 고뇌였다.

"일 년만 버티면 졸업인데, 신사 참배를 하면서 학교에 다닐 수는 없어. 북간도로 돌아갈 거야."

이영헌의 신앙이 그토록 깊은 줄을 동주는 몰랐다. 어쩌면 신앙이 아니라 무릎 꿇고 싶지 않은 마음이 더 크리라.

다음 날, 동주는 평양역으로 이영헌을 배웅하러 나갔다. 날이 풀려서 그런지 내리던 눈이 곧 물로 변해 거리가 온통 질척거렸다. 하늘은 잿빛으로 내려앉았다. 대동강 철교를 건너는 기차가 기적을 울렸다. 이영헌이 기차표를 사서 돌아섰다. 그의 손에 학교에서부터 들고 온 가방을 건넸다.

"기회가 되면 북간도에서 만나자." 이영헌이 손을 내밀었다.

동주는 그 손을 굳게 잡았다. 눈물이 핑 돌았다. 이영헌은 악수를 풀고 플랫폼으로 성큼성큼 걸어갔다. 기차에 오르기 전, 이영헌이 손을 흔들었다. 동주도 손을 흔들었다. 검은 연기를 내뿜으며 기차가 북쪽을 향해 쇠바퀴를 움직였다.

눈물이 마르기도 전에 기차는 꼬리를 감추었다. 동주는 질척거리는 거리를 터벅터벅 걸어 기숙사로 돌아왔다. 낡은 책상에 앉아 먼 하늘을 바라보는데, 시가 왔다.

> 눈이 오다, 물이 되는 날.
> 재ㅅ빛 하늘에 또 뿌연 내, 그리고,
> 크다른 기관차는 빼—액—울며,
> 쪽그만, 가슴은, 울렁거린다.
>
> 리별이 너무 재빠르다, 안탑갑게도,
> 사랑하는 사람을,
> 일터에서 만나자 하고—.
> 더운 손의 맛과, 구슬 눈물이 마르기 전
> 기차는 꼬리를 산굽으로 돌렸다.

1936년 3월 20일이었다. 동주는 제목을 「이별」로 정했다. 가슴에 잘 담아 두었다가 노트에 옮겨 적을 작정이었다. 이영헌을 배웅하고 학교로 돌아왔다. 배가 고파 식당으로 향했다.

"동주 너는 어떻게 할래?"

기숙사 식당에서 만난 익환이 물었다. 동주는 식권을 물끄러미 바라보았다. 숭실의 이 식권을 받기 위해 용정에서 아버지와 대립하던 순간들이 떠올랐다. 그 때문에 평양을 떠나 용정으로 돌아간다는 결정이 쉽지 않았다. 신사 참배 때문에 날마다 투쟁의 격문이 나붙는 숭실을 두고 떠난다는 것도 무언가 패배자의 느낌이 들어 싫었다.

"조금만 기다려 보면…… 어떨까?"

동주는 아버지와 상의도 없이 불쑥 용정으로 돌아갈 수 없다고 생각했다. 편지로 학교의 상황을 알리고 돌아오라는 허락을 받고픈 마음도 들었다. 한편으론 상의 없이 북간도 고향으로, 어머니한테로 돌아가고 싶은 마음도 컸다.

"그래, 기도하며 기다려 보자. 하나님께서 무슨 응답을 주시겠지." 익환이 대답했다.

함께 식탁에 앉아 밥을 먹는데 나라를 빼앗긴 학생의 삶이 참으로 서글펐다. 기숙사로 돌아와 주머니에서 사용하지 않은 식권을 꺼냈다. 식권은 슬펐다. 동주는 습작 노트를 펼쳐 식권에서 떠오른 시상을 담담하게 적었다.

식권은 하로 세끼를 준다.

식모는 젊은 아히들에게.
한때 힌 그릇 셋을 준다.

대동강 물로 끄린 국,
평안도 쌀로 지은 밥,
조선의 매운 고추장,

식권은 우리 배를 부르게.

 마지막에 '1936. 3. 20.'이라고 날짜를 적었다. 낮에 평양역에서 가슴에 담아 두었던 「이별」도 옮겨 적었다. 시를 쓰고 식권을 보니 다시금 이별의 감정이 살아났다. 어쩌면 오래지 않아 이 식권과도 이별하게 될 것 같았다. 가슴이 체한 듯 답답했다.
 동주는 우연히 교정에서 박치우 교수를 만나 연구실에 가서 함께 차를 마시며 이런저런 대화를 나누다가 『조광』 1월 호를 빌려 기숙사로 왔다. 책상에 앉아 유리창으로 들어오는 빛을 벗 삼아 잡지를 펼쳤다. 400쪽이 넘는 제법 묵직한 잡지였다.

설렁설렁 넘기다 조선어학자 이극로가 쓴 대종교 삼대 교주인 윤세복 선생에 대한 글을 읽었다. 대종교 총본사가 북만주 동경성에 있다는 것도 처음 알았다. 다음으로 눈길이 간 것은 「조선어의 은인 주시경 선생」이었다. 연희전문의 최현배 선생이 쓴 글이었다.

다시 몇 쪽을 스르륵 넘기다 박치우 교수의 글 「아카데미 철학을 나오며: 철학의 현실에 대한 책임 분담의 구명」이 보였다. 일단은 지나갔다.

잡지의 편집은 뒤죽박죽이었다. 문예란이 특별히 따로 있는 게 아니어서 꼼꼼하게 뒤져 봐야만 했다. 책장을 한참 넘기니 백석의 「고야(古夜)」가 툭 튀어나왔다. 반가워서 찬찬히 읽어 보는데 평북 사투리가 너무 어려워 읽기가 힘들었다. 오래전 옛날 밤을 추억하는 어린아이의 이야기인데, 함북 사투리가 몸에 익은 동주로서는 좀체 머리에 와닿지 않았다. 그래도 백석의 시는 가슴 깊이 따뜻하게 스며들었다.

동주는 중간으로 돌아가 박 교수의 글을 읽었다. 맥락은 『숭실활천』에 발표했던 「한가한 되푸리」와 비슷했다. 동주는 박 교수의 글을 읽으며 세르팡의 커피 맛을 떠올렸다. 씁쓰레한 그 맛.

잡지에는 동주가 알지 못했던 또 다른 세계가 펼쳐져 있었다. 신사 참배의 벽에 가로막혀 숨이 막힐 것 같은 세계에서 다른 세계를 보니, 온갖 생각이 밀려들었다. 나도 백석처럼 시를 쓸 수 있을까? 소년의 잠 못 이루는 밤들을 저토록 이야기로 엮어 낼 수 있을까, 하는 생각과 눈앞에 닥친 '지나친 시련'의 순간을 어떻게 견디고 앞으로 나갈 수 있을까, 하는 생각으로 기숙사의 밤은 괴로웠다. 온갖 잡념으로 잠을 이룰 수 없었다. 새벽에 양계장에서 들려오는 닭 우는 소리를 듣고서야 간신히 눈을 붙일 수 있었다. 그런 날 아침이면 속에 쇳덩어리가 든 듯 머리가 무거웠다.

가끔 학교로 경찰이나 학무국 관리가 탄 자동차가 들어왔다. 신사 참배를 하라고 교장 선생님을 협박하고 또는 숨겨 둔 수배 학생이 없는지 뒤지러 온 자동차였다. 정문을 통과하여 먼지를 일으키며 함부로 달려오는 자동차를 동주는 물끄러미 바라보았다. 「모란봉에서」를 쓰고 있다가 마지막 연이 떠오르지 않아 고민하던 차에 자동차가 눈에 번쩍 띄었다.

　　난데없는 자동차가 밉다.

동주는 「모란봉에서」의 마지막 연을 이렇게 맺었다. 감정이 절제되어 있어 좋았다. 한편으로는 절제된 감정이 마음에 들지 않았다. 마음은 동토(凍土)에 갇혀 있고, 동상으로 손가락 발가락이 떨어져 나가고 있는데 그 현실을 그대로 드러내지 않은 시라니……. 동주는 자신에게 조금 솔직해지고 싶었다. 노래도 없고 날개도 없이 방황하는 자신의 정서를 시에 조금이라도 담는다면, 좋을 것 같았다.

1936년 3월 25일 저녁, 기숙사 책상에 앉았다. 습작 노트를 펼치고 만년필에 잉크를 넣었다. 텅 빈 노트와 원고지의 빈칸을 보며 길게 숨을 내쉬었다. 눈을 감고 잠시 고요 속으로 들어갔다. 혼돈과 고요는 시가 고여 있는 샘물이었다. 눈을 떴다. 동주는 만년필 뚜껑을 열고 그동안 마음에 담아 뒀던 시의 편린을 정리하기 시작했다. 먼저 「황혼」을 습작 노트에 적었다.

　내사……
　북쪽 하늘에 나래를 펴고 싶다.

동주는 마지막 연을 한참 동안 바라보았다. 북간도 고향집과 어머니가 떠올랐다. 평양을 떠나 고향으로 돌아가고 싶은 마음이 확연해졌다. 한 사람의 기독 신앙인으로 또 조선의 아들로서 신사에 참배할 수는 없었다.

소리 없는 북
답답하면 주먹으로
뚜다려 보오.

「가슴 1」을 쓰고 이어 「가슴 2」도 적었다. 동주는 습작 노트를 덮었다. 삼월에 시를 많이 쓴 셈이었다. 평양이 아니었다면, 숭실의 고통과 정면으로 마주하지 않았더라면, 이렇게 시를 많이 쓰진 않았을 터였다. 숨통을 조여 오는 일제의 억압, 학생들의 저항, 신앙인의 고뇌, 조선의 아들로서의 방황, 날개와 노래에 대한 동경이 동주의 내면에서 범벅이 되어 봇물 터지듯 시가 터진 것이었다. 느닷없이 몽규가 사무치게 그리워지기도 했다.

동주는 억압의 풍경이 완고하면 할수록 시의 세계로 들어가 그 풍경을 정면에서 바라보려고 노력했다. 감정을 절제하고 사물을 직시하면서 본질에 가까이 가다 보면 거기에 시가 있었다. 시가 거기에 있다고 해서 시가 되는 것은 아니었다. 시는 거리의 고아처럼 상처 입은 몸으로 웅크리고 있다. 상처를 달래고 웅크린 고아의 손을 잡아 일으켜 줄 때 비로소 시가 동주에게 왔다.

1936년 4월 1일 신입생 입학식이 거행되었다. 식이 진행되는 동안 경찰이 학교를 겹겹이 에워쌌다. 교장 이하 교사들도 바짝 긴장했고, 무전기를 든 사복형사들이 재학생들의 동태를 계속 살폈다. 불안 속에서 입학식은 무사히 끝났다.

동주는 4학년 1학기를, 익환은 5학년 1학기를 막 시작했다. 그러나 동토의 얼음장 속에서도 강물이 흐르듯 학생들 사이에 은밀한 공감대가 형성되어 갔다. 신사 참배 거부로 쫓겨난 교장에 대한 애정과 공감, 총독부의 부당한 압박, 예배를 보는 교회까지 들어오는 사복형사들의 횡포를 더는 용납하지 못하겠다는 의지가 도도하게 흘렀다.

4월의 첫째 주간은 침묵과 고요 속에서 지나갔다. 둘째 주간에 아침 예배가 끝나자 중학생 전체가 교실로 들어가지 않고 운동장에 모였다. 동주와 익환도 운동장으로 나갔다. 학생들은 스크럼을 짜고 다시 데모에 들어갔다.

"윤산온 교장을 복귀시켜라!"

"신사 참배 반대한다!"

학생들은 숭실의 교가와 찬송가 「십자가 군병들아」를 목청껏 부르며 어깨동무를 단단히 하고 운동장을 돌았다. 그러다가 누군가가 조회대에 올라 저항의 수단으로 동맹 퇴학을 부르짖었다. 학생들은 환호하며 모자를 벗어 하늘에다 던졌다. 눈물이 핑 돌았다.

"동주야, 용정으로 돌아가자."

운동장에서 익환이 말했다. 익환은 지난겨울부터 이 문제를 깊이 고민해 왔다. 고민 끝에 익환은 용정으로 돌아가기로 결심했다.

"그래, 자퇴하고 돌아가자."

동주가 쉽게 대답했다. 하지만 쉬운 대답을 내놓기까지 수많은 밤을 번뇌로 지새운 동주였다. 일제의 신사에 참배하고 고개를 숙이면서까지 평양에서 공부하고 싶지는 않았다.

지난 삼월에 시를 쓰며 미리 이별을 연습했었고, 며칠 전 대동강을 거닐면서 결심했었다. 다만 익환의 생각을 몰라 말을 꺼내지 않은 것뿐이었다. 동주는 익환의 손을 꼭 잡았다.

일본 경찰이 학교로 들어오기 전에 운동장 집회는 끝났다. 학생들은 스스로 해산하여 교실로 들어갔다. 동주는 교실에서 자퇴원을 써서 교무실로 갔다. 교무실에서 숭실에 재학했다는 증명서를 발급받아 기숙사로 돌아와 짐을 꾸렸다. 정리를 마친 뒤 익환과 함께 우체국으로 가서 용정으로 돌아간다는 전보를 쳤다. 짧았던 평양 생활이 막을 내리는 순간이었다. 아버지를 볼 면목이 없었다.

제3장
다시 북간도로

"그래도 평양에서 시를 만나고 시를 썼잖아." 새봄이 말한다.

나는 지금도 평양 시절을 생각하면 가슴이 아프다. 본격적으로 시를 만난 곳도 평양이었고, 나라 빼앗긴 설움을 온몸으로 느낀 곳도 평양이었다.

"그런데 말이야. 시에 독립 정신 같은 게 확 드러나지 않던데. 왜 그런 거야? 신사 참배 때문에 그토록 투쟁했으면서. 「이별」이나 「식권」 같은 시를 보면 좀 싱겁기도 하고."

새봄의 질문에 나는 생각에 잠긴다. 어려운 질문이다. 근본적인 질문은 언제나 어렵다. 나는 「식권」과 「이별」을 썼던 날을 떠올려 본다.

그날의 가슴 저밈. 내 망막 속에서 멀어져 가던 기차의 뒷모습. 평양역에서 터덜터덜 걸어오면서 가슴이 꽉 막힌 듯한 어떤 답답함. 그러나 유유히 흐르는 대동강과 끝없이 이어지던 작은 밭들과 흰옷 입은 사람들⋯⋯.

"싱겁지. 독자들이 읽을 때는 아주 싱거울 거야. 하지만 「식권」에는 평양과 평안도와 조선이 담겨 있지. 나는 그때 열여덟 살이었어. 너랑 동갑이었지. 식권을 바라보면서 느낀 온갖 감정들을 모두 삭이고 그렇게 쓸 수밖에 없었어."

"그때가 열여덟 살이었어? 나랑 동갑 맞네, 맞아." 새봄이 명랑하게 말한다.

나는 새봄의 명랑이 좋다.

내가 성장할 때는 명랑한 적이 별로 없었다. 축구를 할 때나 달리기할 때를 제외하고는. 명동소학교 시절부터 답답한 무언가가 언제나 가슴을 짓누르고 있었다.

"자퇴가 정말 싫었어. 피할 수만 있다면 끝까지 피하고 싶었지. 그렇지만 피할 수 없었어. 아버지를 생각하면 용정으로 돌아갈 수 없었지만, 돌아가야만 했지."

이제는 흔적마저도 거의 남지 않은 숭실학교 터를 바라보며 혼잣말처럼 말한다.

"그랬구나. 힘들었구나." 새봄도 혼잣말처럼 중얼거

린다.

 "나는 가끔 자퇴를 꿈꿨어. 내신은 엉망인데 대학은 가야만 하니. 그래도 꾸역꾸역 학교에 간 것은 친구들이 있기 때문이야. 함께 웃고 떠들고 놀고, 함께 매점을 다니고 서로를 흉보며 툴툴거리는 재미도 있으니까. 공부야 잘하면 좋지. 뭐 안 되는 것은 안 되는 것이고." 새봄이 말을 잇는다.

 "나는 새봄이 너처럼 선택할 수 없었지. 벼랑 끝에 서 있는데 누가 등을 밀 듯이 그렇게 자퇴를 했던 거지. 기숙사에서 짐을 꾸릴 때, 하기 싫어서 미칠 것만 같았어. 책 한 권을 가방에 넣고 창밖을 물끄러미 보고, 또 한 권을 넣다가 말고 펼쳐서 읽어 보기도 했으니. 용정에서 올 때는 책이 거의 없었는데, 작은 방 여기저기서 책을 꺼내 놓고 보니 그것만 두어 보따리더라. 자잘한 것들은 모두 버릴 수 있어도 책은 버릴 수 없어 꾸역꾸역 엮어서 화물로 부치고 돌아오는데…… 일본인들도 밉고, 십자가도 밉고…… 나도 미웠어."

 "맞아, 가끔은 스스로가 미울 때가 있어. 나도 그랬으니까. 어떤 친구는 자기 몸을 해쳐. 근데 그건 좀 아닌 거 같아." 새봄이 말한다.

나는 평양역에서 기차를 탔던 순간을 떠올린다. 평양에서 개성을 거쳐 경성으로, 기차를 갈아타고 금강산을 거쳐 원산으로 그리고 용정으로 돌아가는 머나먼 여정의 첫걸음이었는데, 마음이 '미카'라는 이름의 기관차보다 무거웠다. 미카가 뿜어내는 검은 연기처럼 내 마음도 검은 연기를 피워 올렸더랬다.

미카가 육중한 몸을 움찔하더니 움직이기 시작했다. 기적 소리와 함께 미카는 평양역에서 벗어났다.

"나와 익환은 나란히 앉아 차창 밖으로 아지랑이처럼 소멸하는 평양의 풍경에 눈길을 던졌어. 신기루와 같았던 평양에서의 일곱 달이었지. 그 일곱 달 동안 나는 조선의 처절한 현실을 뼈에 새겼어. 그것은 익환도 마찬가지였고." 내가 말한다.

"정말 힘들었겠다." 새봄이 말한다.

"열차가 대동강 철교를 지나자 나는 평양을 향해 '안녕'이라고 말했어. '안녕'은 참 슬픈 말인 것 같아. 열차에서 잠들었다가 깼는데 몽규가…… 너무 그리웠어."

내 말에 새봄은 그저 고개만 끄덕이곤 말이 없다.

"상해, 남경, 낙양을 떠돌다가 어느 전선으로 가 있을지……. 소식 한 자 없는 몽규가 미웠어. 나는 평양에서 보낸 일곱 달 동안 내내 외로웠어. 익환과 함께 있어도 외로웠지. 몽규가 없어서 외로운 게 아니었어. 고독한 배회의 시간이 있어서 몇 편의 시라도 건졌으니 그나마 다행이랄까."

"사람은 누구나 외롭다고 하던데. 인스타에 사진을 올리고, SNS에서 수다를 떨고, 게임을 해도 외로움은 가시지 않더라고. 그래서 자꾸만 셀카를 찍고 또 올리고, 비슷비슷한 메시지를 끝없이 보내고, 나쁜 댓글을 달고, 게임에 빠지는 것 같애. 그걸 알면서도 멈출 수가 없어. SNS가 내 삶을 풍요롭게 하는 게 아니라 점점 피폐하게 만드는 줄 알아, 아는 데 그래. 외로우니까." 새봄이 말한다.

나는 새봄의 말을 이해하지 못한다. 새봄도 나의 지나친 시련과 고독을 알 수 없을 것이다. 하지만 서로를 모르기 때문에 알아보려고 노력해야 한다. 이 여행도 그러하다.

1. 밀정

몽규는 겨우내 제남에서 리웅의 온갖 심부름을 도맡아 했다. 몽규는 리웅이 말해 준 그대로를 '특무 활동'으로 받아들이고 열정을 다했다. 주로 쪽지를 전달하고 사람을 데려오고 리웅 대신 사람을 만나는 일이었다. 시시하고 재미없는 일들이었다.

"선생님, 이제 만주로 가고 싶습니다. 도시에서 지하 활동에 복무하는 것보다는 전장에서 직접 총을 들고 일제와 맞서 싸우고 싶습니다."

몽규는 리웅의 집에서 점심을 먹으면서 마침내 마음에 담아 두었던 말을 꺼냈다. 리웅의 부인인 작은댁네가 차를 내왔다. 리웅은 얼른 대답하지 않았다. 차를 마시면서 생각에 잠긴 듯했다. 몽규는 너무 갑갑하여 찬 바람을 쐬고 싶었다.

그동안 리웅은 만주의 혹독한 추위를 걱정하며 봄이 오면 떠나라고 여러 차례 말했다. 이제 봄이 왔으니 몽규는 만주의 깊은 산속으로 들어가 독립군이 되고 싶었다. 그것이 용정에 문학을 놓아두고 온 이유였기 때문이었다. 펜을 놓고 총을 잡으려는 결심에 이르기까지 몽규는 숱한 밤을 고뇌로 뒤척이며 지냈다. 이제는 만주로 돌아가 총을 잡을 시간이었다.

동아일보 신춘문예 당선자는 문학인으로 앞길이 보장된 것이나 마찬가지였다. 조선의 유명한 작가와 교류하며 온갖 잡지에 글을 발표하고 문명을 드높일 그 길을 몽규는 스스로 포기했다. 그 길을 몽규는 동주한테 양보하기로 한 셈이었다. 조선이 해방되고 독립되지 않으면 대학에 가는 것도 아무 의미가 없다고 몽규는 생각했다. 여기에 대해 동주는 몽규의 생각이 너무 '완고하다'고 말하기도 했다.

"그럼 가야지. 그동안 내가 생각해 둔 바가 있으니…… 하얼빈으로 가서 쪽지에 적어 준 사람을 만나게. 그이가 동북항일연군에 선을 대 줄 걸세. 동만에 있는 조선인 유격대를 통합하여 동북인민혁명군 제2군 제1독립사로 갔으면 좋겠지만, 그건 하얼빈에서 선을 따라가야 하는 일이니 여기서 결정할 일은 아니네. 그럼 숙소에 있으면 열차표를 사서 곧 가겠네. 그동안 짐을 꾸리고 있게나."

리웅이 찻잔을 내려놓으며 선선하게 말했다. 갑갑했던 가슴이 확 풀리는 느낌이었다.

"감사합니다." 몽규는 정중하게 인사했다.

지난 다섯 달 동안 먹여 주고 재워 주었으니 정말 감사한 마음이 들었다. 집을 나올 때 작은댁네가 몸조심하라며 간곡히 인사를 건넸다. 몽규는 그길로 나와 셋방으로 갔다.

다섯 달 동안 살면서 짐이 제법 늘었다. 중국 문예 잡지며 소설책도 가져가지 않기로 했다. 먼 길을 떠나는데 짐은 단출할수록 좋았다. 짐에 치이는 수가 있었으니까. 사실 입고 있는 옷이면 충분했다. 몽규는 작은 가방에 양말과 속옷만 챙겨 넣고 리웅을 기다렸다.

마침내 산으로 들어가 총을 잡는다.

독립군 본부라고 해 봐야 나무로 얼기설기 엮은 초라한 집들이 대부분일 터였다. 의식주가 모두 열악할 것이다. 그건 이미 각오했던 바였다. 감회가 새로웠다. 용정을 떠난 지 일 년 만에 비로소 진정한 독립군이 된다니……. 언제 적군의 총에 죽을지도 모르는 길이었지만 몽규는 이 순간만을 기다려 왔었다.

지난 시간이 주마등처럼 뇌리를 스쳐 지나갔다. 동주와 익환과 함께 명동을 주름잡던 꼬마 삼총사 시절을 떠올리자 몽규의 입가에 엷은 미소가 지나갔다. 이제 겨우 열여덟 살이지만 생각해 보면 명동 시절이 가장 행복했었다. 명동소학교를 졸업한 뒤에 삼총사는 각자 자기의 꿈을 향해 각자의 길을 걷는 중이었다.

'동주야.'

몽규는 나직하게 동주의 이름을 불러 보았다. 대답이 올 리 없지만 이름을 부르는 것만으로도 몽규는 동주의 존재를 옆에 있는 듯 실감했다.

'익환아.'

이번에는 익환의 이름을 불러 보았다. 익환한테는 미안한 점이 많았다. 명동소학교를 기독 학교에서 인민 학교로 바꾸자고 연설하고 다닐 때, 익환의 얼굴에 드리운 우울과 절망을 보고서도 외면했었다. 그 일은 두고두고 몽규의 가슴 깊은 곳에 그늘로 남아 있었다.

몽규는 하얼빈을 상상했다. 만주어로 하얼빈은 '명주 그물을 말리는 곳'이란 뜻이었다. 하얼빈에서 몽골 쪽으로 더 올라가면 치치하얼이 나오는데 그것은 '다시 명주 그물을 말리는 곳'이란 뜻의 만주어였다. 상해 영화의 황제로 유명한 김염이 바로 치치하얼 출신의 조선인 배우였다.

러시아어로 아무르강이라고 부르는 흑룡강이 도시를 가로지르는 하얼빈은 북간도 용정보다 훨씬 더 추운 도시라고 했다. 몽규는 작년에 동북항일연군의 존재를 알게 되었다. 연군은 연합군이란 뜻으로 일제의 관동군과 싸우는 북만주와 동만주의 모든 유격대가 하나의 대오로 뭉친 비정규 군대였다. 비정규면 어떻고 정규면 어떤가? 일제의 관동군을 만주와 조선에서 몰아내는 게 최우선의 임무였다. 동북항일연군의 일원이 된다는 사실에 몽규의 가슴은 마구 쿵쾅거렸다.

쾅!

그때였다. 방문이 굉음과 함께 떨어져 나갈 듯이 열렸다. 몽규는 움찔했다. 열린 방문으로 권총을 든 낯선 사내들이 뛰어들었다. 총구 하나가 몽규의 이마에 차갑게 닿았다.

"꼼짝 마! 움직이면 쏜다!"

눈 깜짝할 사이에 사내들이 몽규를 덮쳤다. 그들은 몽규의 온몸을 두들겨 패기 시작했다. 반항은 엄두도 낼 수 없었다. 주먹에 맞아 입술이 터져 피가 흘렀고, 명치를 맞아 숨을 쉬기 어려웠다. 제남 일본 총영사관 소속의 일본 경찰은 몽규를 반죽음이 되도록 짓밟은 뒤, 손에 수갑을 채웠다. 몽규는 일본 총영사관 지하에 있는 고문실 겸 조사실로 끌려갔다. 1936년 4월 어느 날이었다.

며칠 후, 리웅의 밀고로 은진중학 교정에서 명희조 선생이 체포되었다.

리웅의 별명은 왕동일이고 본명은 임병웅이다. 몽규가 두 살 무렵에 명동촌 근처에서 일어난 15만원 탈취 사건의 주동자 중 하나인 임국정의 동생으로 알려졌다. 리웅은 열아홉에 은진중학을 졸업하고 북경으로 가서 스물넷에 민국대학을 졸업했다.

대학을 졸업한 뒤에 리웅은 먼저 중국 공산당에 가입했다. 하지만 공산당원으로 활동하는 건 매 순간 죽음과 직면해야 하는 외줄타기의 삶이었다. 공산당원에게 체포와 죽음은 감기처럼 흔했다. 리웅은 신변의 위협을 견디지 못하고 공산당에서 탈당하지도 않은 채 중국 국민당에 가입했다.

1930년에 북경에서 산동성 제남으로 활동 무대를 옮긴 리웅은 국민당 산동성 당부 산하의 철도 공회 노동조합원 신분으로 공개 활동을 시작했다. 그는 국민당으로부터 매달 풍족한 생활비를 제공받았다. 한편으로 김구 선생의 지하 연락책으로 임명되어 지하 활동도 시작했다.

리웅은 주로 북간도의 훌륭한 청년들을 김구 선생과 연결하는 선을 유지했는데 은진중학의 명희조 선생도 그 선중의 하나였다. 몽규는 그 선을 타고 남경에 갔다가 지금은 제남에서 리웅의 밑에서 활동하는 중이었다.

  조선인이면서 국민당에서 활동하는 리웅을 예의 주시하던 제남 일본 총영사관의 경찰은 1934년 초에 그를 체포했다. 리웅은 일제에 체포되자 그동안의 활동을 숨기지 않고 털어놓았다. 리웅의 이중성을 이미 알고 있던 일제는 그를 천진에 있는 일본의 기업 아동 공사로 보냈다.

  아동 공사는 공식적으로는 일본의 상업 회사였으나 사실은 일제의 특무 기관이었다. 리웅은 아동 공사에서 특무 기관장 오오세꼬 대좌의 직접적인 지휘를 받는 특무 대원이 되었다. 그는 중국 혁명가의 신분과 김구 선생의 지하 연락책의 임무를 수행하면서 주로 중국 당국과 임시 정부를 이간질하는 활동에 주력했다.

  그런 활동 중의 하나가 장개석 암살 시도였다. 리웅은 북경에서 중국 공산당 당 조직을 찾으려다 실패하고 제남으로 온 김학무를 만나게 되었다. 리웅은 김학무한테 중국의 혁명과 조선의 해방을 위한 투쟁에 나선 사람으로서의 도리를 충분히 보여 주었다. 김학무는 리웅을 전적으로 믿었다. 김학무가 낙양군관학교 한인 특별반 출신이라는 점에 리웅은 주목했다.

리웅은 틈만 나면 장개석이 항일을 뒤로 미뤄 놓고 동족인 공산당원부터 투옥하고 학살하는 데 열을 올리고 있다며 분을 토했다. 공산당의 홍군이 국민당 군대의 포위에서 가까스로 벗어나 연안으로 이동하는 대장정에 대해 말하면서 장개석은 매국노와 같은 인물이라고 말했다.

"장개석을 암살해야만 하오. 그래야 중국 혁명이 하루라도 빨리 완성되오. 장개석을 암살하게 되면 공산당에서는 열렬히 환영할 것이오. 게다가 조선 사람이 암살했으니 더욱더 특별 대우를 받을 것이고."

김학무는 리웅의 말에 공감했다. 그는 장개석을 암살하러 남경으로 떠났다. 그리고 얼마 뒤에 아무것도 모른 체 몽규가 제남으로 왔고, 체포되었다.

2. 백석

 용정으로 돌아온 동주는 맨 먼저 어머니의 냄새를 맡았다. 고소한 밥 냄새가 풍겨 오는 어머니의 가슴에 얼굴을 묻고 마침내 고향에 돌아온 것을 실감했다. 아버지는 냉소적인 웃음으로 동주를 맞이했다. 아버지가 자신이 옳았다는 표정을 지었다. 괴롭고 힘들었지만 동주는 평양행을 실패로 생각하지 않았다. 동생들은 환호했고 할아버지는 따뜻한 위로의 말을 건넸다.

 고향으로 돌아온 기쁨도 잠시, 당장 편입을 해야만 했다. 용정에는 천도교가 설립했으나 사회주의 계통으로 가장 세다는 동흥, 민족주의 계통이지만 사회주의 사상도 만만치 않은 대성, 기독교 계통의 은진, 친일 계통의 광명, 네 개의 중학교밖에 없었다. 광명을 제외하고는 모두 4년제였다.

 "5년제 중학교는 광명밖에 없는데 어떻게 할래?"

 익환에게 물었다. 사실 4년제 중학교를 졸업하면 상급 학교 진학이 어려웠다. 4년제를 졸업하면 전문학교 입시를 별과로 치러야만 했다. 별과는 본과보다 서너 배는 어렵다는 말을 들었다. 상급 학교로 진학하려면 5년제 광명에 가는 수밖에 없었다.

"원치 않아도 광명으로 가야지."

익환은 독실한 신앙인이었지만 교사가 꿈이었다. 광명으로 가면 가시밭길이 기다리고 있는 줄 뻔히 알았지만, 가시밭길이라도 가야만 했다. 그것은 동주도 마찬가지였다. 광명은 일제 황국 신민을 기르는 학교였고, 만주군관학교로 가는 길목의 중학교였다. 그것을 알면서도 동주와 익환은 암흑의 광명으로 들어가야만 했다. 끓는 솥에서 뛰어내려 숯불에 앉은 격이었다. 결국 익환은 5학년으로 동주는 4학년으로 광명중학교에 편입했다.

광명중학교의 신화는 정일권이었다. 정일권은 봉천에 있는 만주군관학교에 입학한 광명의 수재로 소문이 자자했다. 학생들은 쉬는 시간이면 늘 정일권을 입에 올렸다. 동주는 귀를 틀어막고 싶었다. 명동촌 시절의 명동소학교, 용정의 은진과 평양의 숭실을 다닐 적에는 한 번도 들어본 적이 없는 말들이 아무렇지도 않게 교실과 학교를 떠다녔다.

"우리가 중국을 이길 거야. 결국 만주국이 전 중국을 통치하겠지. 중국은 국민당과 공산당으로 분열되어 있으니 결코 우리를 이길 수 없어."

만주국이나 일본국의 장교를 꿈꾸는 동창생들은 일본을 '우리'라고 했다. 그들은 오래전부터 조선 사람이 아니었고, 조선은 그들의 뇌리에 털끝만치도 들어 있지 않았다. 광명이란 이름과 달리 이 학교는 동주에게 암흑 그 자체였다. 동주는 미칠 것만 같았다. 그것은 익환도 마찬가지였다. 신사 참배는 너무나도 당연했다. 동주와 익환은 신사로 열을 지어 가야만 했다.

신사에 가면, 정문의 두 돌기둥에 만주국의 오색 협화기와 일제의 태양기가 바람에 춤을 추고 있는 게 보였다. 동주와 익환에게는 신사 정문에 걸린 두 개의 국기가 악몽처럼 끔찍했다. 하지만 마음속에서 조선을 지워 버린 다른 학생들은 두 국기를 우러르며 즐거워했다. 그들은 신사에 참배 가는 걸 마치 소풍처럼 여겼다. 신사의 정문에 들어서면 익환은 이를 악물었고 동주는 눈을 감았다.

조선 사람이면서 일본인처럼 행세하는 광명중학교의 동급생들. 그들에게 모순이란 아예 존재하지 않았다. '모순'이란 단어는 그들의 사전에 없었고, 오직 '일체'니 '일치'니 '충성' 혹은 '천황 폐하 만세'만 존재했다. 저들은 아마도 세상이 다르게 바뀌면 또 다른 색깔로 자기를 포장하고 모순을 최소화할 터였다. 그들은 태양을 숭배하며 오색의 꿈과 무지개를 좇았다. 동주는 그런 급우들과 동화되느니 차라리 고립을 선택했다.

시간이 흘러, 신사 참배를 하는 날이면 학교에 가지 않고 용정의 다른 곳을 떠돌았다. 그런 날이면 동주는 몽규를 그리워하며 하릴없이 해란강을 걸었다. 그러나 신사 참배가 있는 날마다 결석할 수는 없었다. 어떤 날에는 신사로 가야만 했다.

신사를 향해 가는 대열 속에서도 동주는 언제나 몽규를 생각했다. 완고하던 그, 조선의 독립 외에는 그 어떤 것과도 타협하지 않으려고 했던 고종사촌 형. 간절히 그가 보고 싶었다. 무섭게 책을 읽고, 무섭게 글을 쓰면서도 저항과 독립을 위해서 스스로를 '완고한 신념'을 가둬 버린 몽규가 간절히 그리웠다.

　　사이좋은 정문의 두 돌긔둥 끝에서
　　오색기와, 태양기가 춤을 추는 날,

　　(……)

　　이런 날에는

잃어버린 완고하던 형을,

부르고 싶다.

동주는 신사 참배를 하러 가던 풍경과 함께 몽규를 그리워하는 「이런 날」이라는 시를 썼다. 그런 날이면 동주는 몽규와 함께했던 어린 시절의 명동을 추억하면서 동심으로 돌아가곤 했다. 뒷골목을 걸어 산책하는데 어느 집 마당에서 아이 둘이서 지도 째기 놀이를 하는 게 보였다. 동주는 뒷짐을 지고 아이들을 가만히 바라보았다. 작고 납작한 돌이나 사금파리를 엄지로 세 번 튕겨 자신의 땅으로 돌아오는 놀이다.

욕심을 내서 너무 멀리 돌을 튕기면 자신의 땅으로 돌아올 수 없는 경우가 많다. 멀리 튕겨 내는 아이가 욕심이 많고 대담한 성격이라면 가깝게 튕기고 안전하게 돌아오도록 하는 아이는 소심한 성격이다. 동주는 지도 째기 놀음을 보면서 만주와 조선을 비롯한 이 땅의 위태로운 평화를 생각해 보았다.

집으로 돌아오면 방 안에 자신을 가두었다. 스스로 문학적 고립을 선택한 것이었다. 잔뜩 가라앉은 방에는 불안이 자욱하게 깃들어 있다. 벽시계는 끊임없이 초침을 울려 영혼을 찔렀다. 동주는 상상으로 방을 벗어나 깊은 숲으로 갔다.

그윽하고 어두침침한 산림이 고단한 동주의 영혼을 깊게 품어 주었다. 동주는 숲속의 오솔길을 걷고 걸었다. 조금 높은 곳에서 바라보면 숲을 흔들고 지나가는 바람의 파동이 보였다. 바람은 물결처럼 나무를 흔들며 지나갔다.

바람이 지나간 자리에 어둠이 내렸다. 저녁 바람이 이파리를 흔들면 '쏴아' 하며 파도치는 소리가 밀려왔다. 동주는 공포에 떨었다. 불안과 공포를 견뎌 내기란 여간 쉽지 않았다. 십자가를 상상하고 예수님을 떠올리며 기도하는 마음으로 고개를 숙이지만 그럴 때마다 마음에는 지옥이 펼쳐졌다.

멀리 어디선가 개구리 우는 소리가 들렸다. 명동 마을의 논에 물이 차면 밤새 자지러지게 울던 것과 같은 소리다. 밤새 울던 개구리 소리가 잦아들면 논이며 작은 도랑에 개구리알이 보였다. 햇살과 바람이 며칠 지나가면 그 알에서 올챙이들이 나와 조물조물 헤엄을 시작했다.

유년의 추억으로 불안과 공포를 밀어내고 동주는 어두운 숲속을 걸었다. 나무와 나무 사이로 깊고 푸른 밤하늘이 열렸다. 밤하늘에는 별이 찬란했다. 북간도의 별은 조롱박처럼 하늘에 매달려 있다. 동주는 별빛을 보며 조심스럽게 길을 찾아 나섰다. 새로운 세기의 희망으로 가는 길이다. 그러나 가슴은 여전히 답답했다. 동주는 「가슴 3」을 습작 노트에 썼다.

불꺼진 화독을
안고 도는 겨울밤은 깊엇다.

재만 남은 가슴이
문풍지 소리에 떤다.

칠월, 뜨거워지는 여름이건만 세상은 여전히 겨울이었다. 겨울을 견딜 수 있었던 화독이 차갑게 식었다. 동주의 가슴은 식은 화독처럼 겨울보다 추운 여름을 견디고 있다. 그 마음을 시로 쓴 것이었다. 동주 자신의 마음이 그대로 담긴 시였다.

끈질긴 인내로 견디는 광명의 생활에서 자신의 영혼은 늘 위태위태했다. 상급 학교 진학을 위해서 인내하는 것이라고 자위하지만 신사에 참배하는 것은…… 신앙인으로서도 조선의 아들로서도 괴로운 일이었다. 괴로움을 인내

하는 건 결단코 쉽지 않다. 백석의 『사슴』이 있어서 겨우 견디고 있다. 정말이지 '겨우'였다.

교실로 들어서면 황폐한 쑥밭에 들어서는 기분이었다. 무려 열여섯 과목이나 일본어로 공부해야만 했다. 일본어와 조선어와 한문, 만주어와 영어 1(독본)과 2(회화, 작문, 문법)를 배웠다. 일본어에는 독본, 문법, 작문이 따로 나뉘어 있었다. 일본어 성적은 초라했지만 영어와 지리, 기하와 물리는 성적이 좋은 편이었다. 시험을 보면 중간 정도의 등수가 나왔다.

동주는 틈만 나면 정지용의 시를 읽었고, 학교 도서관에서 백석의 시집 『사슴』을 노트에 옮겨 적었다. 평북 사투리로 한적한 산골의 삶을 지나칠 정도로 구수하게 풀어낸 시들이 동주의 마음을 움직였다. 『영랑 시집』이나 『정지용 시집』과는 완전히 다른 세계였다. 명동 마을에서 살았던 날들이 마치 영화처럼 펼쳐지는 듯한 백석의 세계에 동주는 매료되었다.

「여우난 곬족」을 옮겨 적을 때에는 입가에 배시시 웃음이 맺혔다. 몇 쪽 안 넘기니 『조광』 1월 호에서 읽었던 「고야」가 있다. 한 번 읽은 적이 있다고 특별히 반가웠다. 만년필에 다시 잉크를 넣고 한 글자씩 정성스레 옮겨 적었다.

　'설탕 든 콩가루소'는 무척 달았나 보다고, 동주는 생각하며 또 배시시 웃었다. "흙담벽에 볕이 따사하니 / 아이들은 물코를 흘리며 무감자를 먹었다"와 "짝새가 밭뿌리에서 날은 논두렁에서 / 아이들은 개구리의 뒷다리를 구워 먹었다"를 필사할 때는 명동 마을을 누비고 다니던 때가 떠올라 새삼 마음이 편해졌다. 지금은 돌아가신 익환의 삼촌은 우리를 데리고 자주 개구리를 잡으러 다녔었다. 개구리가 몸에 좋다고 했다.

　동주에는 하루에도 몇 편씩 팔이 뻐근해지도록 시를 옮겨 적었다. 백석은 스물다섯에 첫 시집을 펴냈다. 시집의 표지도 아주 모던했다. 다른 시집들은 주로 그림으로 표지를 장식했는데, 백석은 어떤 장식도 하지 않았다. 동주는 『사슴』의 깔끔한 표지가 너무 좋았다.

　「청시」라는 제목의 시는 너무 깨끗했다. 동주는 자신도 모르게 감탄사가 흘러나왔다. 「여승」에도 오래 눈길이 갔다. 백석은 느닷없이 마음을 쓸쓸하게 만드는 재주가 뛰어난 시인이라고 생각하며 동주는 고개를 끄덕였다.

　동주는 학교 도서관에서 경성에서 발행되는 신문이며 잡지를 꾸준히 읽었다. 그러던 어느 날이었다.

'이상한데…….'

동아일보 1면에 실린 손기정 선수의 사진을 보다가 동주는 멈칫했다. 무언가 빠진 느낌인데 그것을 정확히 알 수가 없었다. 동주는 조선일보를 펼쳤다. 조선일보에도 월계관을 쓰고 있는 손기정 선수의 사진이 실렸다. 동주는 숨은그림찾기를 하는 것처럼 두 사진을 비교해 보았다.

'아~!'

조선일보 사진에서는 손기정 선수의 가슴에 일장기가 있는데 동아일보 사진에서는 일장기가 사라지고 없었다. 곧 동아일보에 혹독한 찬 바람이 몰아닥칠 것만 같은 예감이 들었다. 베를린 올림픽 마라톤 경기에서 손기정 선수의 금메달 획득과 남승룡 선수의 동메달 획득은 조선 사람들에게는 커다란 자부심이었다. 그러나 그들의 국적은 일본이었다. 동아일보는 그게 싫었던 모양이었다.

세상은 온통 '손기정'만 영웅으로 떠받들었다. 동주는 금메달을 딴 손기정 선수보다 동메달을 딴 남승룡 선수를 가끔 생각했다. 지금, 그는 무서운 고독과 고립 속에 놓여 있을 터였다. 사람들은 일등만 기억하고 추앙했다. 동주는 남승룡 선수의 마음에 자기의 마음을 보탰다.

3. 귀환

　용정역에 열차가 섰다.

　9월 중순 저녁 무렵이었다. 열차에서 내린 수많은 사람 틈에 한 청년이 섞여 있다. 바짝 야윈 몸으로 역 광장으로 나온 청년은 길게 숨을 내쉬었다. 그는 가만히 서서 땅거미가 지는 용정 시내를 한참 응시하다가 천천히 걸음을 옮겼다. 일 년 반 만에 용정으로 돌아온 것이었다.

　그는 지난 4월에 산동성 제남에서 리웅의 밀고로 체포되어 9월 14일에 웅기 경찰서에서 풀려난 청년이었다. 웅기로 거주 제한이 되었지만, 청년은 사나흘 만에 웅기를 탈출하여 용정으로 왔다. 청년은 천천히 그림자를 끌고 영국 덕이로 향했다.

　영국 덕이로 가는 길을 걸으며 청년은 긴 숨을 내쉬었다. 눈 감고도 걸을 정도로 익숙한 길이었다. 몸도 마음도 지치고 힘들었지만, 용정의 이 냄새와 거리를 보니 비로소 식구들 옆으로 돌아왔다는 실감이 났다.

　송몽규였다.

문학 대신 총을 들고자 했던 몽규는 지친 몸을 이끌고 동주네 집으로 쑥 들어섰다. 혜원이 몽규를 보고 입을 다물지 못했다.

"어, 엄마."

혜원은 다급하게 어머니를 불렀다. 혜원이 부르는 소리에 어머니가 고개를 돌렸다. 몽규가 눈에 들어왔다.

"몽규야! 네가 살아서 돌아오다니."

어머니가 소리 지르면서 맨발로 마당을 가로질러 달려가 몽규를 덥석 안았다. 몽규는 눈물이 왈칵 쏟아졌다. 어머니와 몽규는 마당에서 서로 손을 붙잡고 선 채로 한참을 울었다. 몽규의 눈에서 서러움의 피눈물이 하염없이 흘러내렸다.

"외숙모, 잘 지내셨어요?"

울음 섞인 목소리로 몽규는 안부를 물었다.

"나는 잘 지낸 편이지만……. 살아생전 네 얼굴을 못 볼 줄 알았다. 잘 왔다, 잘 왔어."

어머니는 몽규의 몸을 살피고 만지며 굵은 눈물을 쏟아냈다.

"아이쿠, 내 정신 좀 봐라. 저녁 안 먹었지? 얼른 준비할 테니, 동주 방으로 들어가 잠시만 쉬고 있거라."

어머니는 몽규를 동주의 방으로 밀어 넣고 정주간으로 갔다.

"혜원아, 얼른 가서 쇠고기 한 근 끊어 오너라."

딸 혜원한테 고기를 사 오라 이르고, 저녁 준비에 들어갔다. 학교에 다니던 청년들이 중국으로 들어가면 시체로도 돌아오지 못할 줄 알았는데, 몽규가 살아서 돌아오니 가슴이 두방망이질을 쳤다. 중국으로 떠난 청년들은 집에 소식 한 자 전해 오지 않았고, 소문도 일절 들려오지 않던 시절이었다.

몽규는 동주의 방으로 들어갔다. 책꽂이에 책이 꽤 많이 꽂혀 있는 게 보였다. 책의 제목을 눈으로 훑다가 빙그레 웃었다. 시집이 압도적으로 많았다. 『정지용 시집』이며 백석의 『사슴』 필사본, 잡지를 뒤적거리려 임화의 시를 읽다가 그만 스르르 잠이 들었다. 꿈도 없는 맑은 잠이 찾아왔다. 한 시간쯤 잤을까? 조용히 문이 열리고 동주가 들어섰다.

동주는 몽규의 얼굴을 가만히 들여다보았다. 베개를 베지 않고도 편안하게 잠든 몽규를 보니 호들갑을 떨며 흔들어 깨우고 싶지 않았다. 몽규의 얼굴은 수척했다. 퀭한 얼굴에 가늘게 코를 골며 자고 있는 몽규의 얼굴 위로 동주의 눈물 한 방울이 뚝 떨어졌다. 순간, 몽규가 눈을 떴다.

"몽규야!"

"동주야!"

몽규가 일어나 동주를 안았다. 두 동무는 깊게 서로를 포옹했다. 몽규가 어깨를 들썩이며 울었다. 아무리 어려운 일이 있어도 기어이 헤치고 앞으로 나가던, 완고하던 형……이 운다. 동주의 눈에서도 뜨거운 것들이 흘러내렸다. 저녁을 먹고 두 동무는 방으로 들어왔다.

동주는 평양에서 있었던 여러 일을 이야기했다. 몽규는 군관 학교에서 제대로 군사 훈련을 받지 못하고 여러 곳을 옮겨 다녀야 했던 설움에 대해 말했다. 김구 선생 밑에서 총을 잡지 못하고 전선으로 못 간 이유를 듣자 동주는 믿을 수가 없었다.

상해 임시 정부와 그들의 독립운동에도 파벌이 있다는 것을 듣고 귀를 의심할 지경이었다. 민족을 배신하고 밀정이 된 사람의 밀고로 체포되고 석방될 때까지의 일에 대해 듣자 피가 거꾸로 솟는 기분이었다.

"어서 공부를 마치고 문화 운동으로 조선의 독립에 힘을 쓰려고 해. 시든 소설이든 평론이든 뭐든 열심히 해 보려고." 몽규가 말했다.

"그래, 그동안 고생 많았어."

동주는 몽규가 바로 앞에 있다는 게 정말 기뻤다.

"비록 총 대신 펜을 잡겠지만……. 나는 조선의 독립을 포기하지 않았어. 언제 또 펜 대신 총을 잡을지도 몰라. 놈들이 우리를 그냥 내버려두진 않을 거니까."

"그러겠지……. 그런데 너의 인생에는 오직 그것만 있는 거야?" 동주가 물었다.

입에서 질문이 나오는 순간, 참 어리석다고 동주는 생각했다. 몽규는 동주의 눈길을 외면하고 책꽂이에 꽂힌 시집과 동주가 필사한 백석의 『사슴』을 물끄러미 쳐다보았다.

"……."

몽규는 오래도록 침묵했다. 동주도 몽규의 침묵에 동참했다. 동주는 몽규의 침묵이 마음에 들었다. 뻔한 대답을 하지 않고 침묵함으로써 몽규 또한 얼마나 많은 번뇌와 싸우고 있는지 알 수 있었다. 게다가 몽규의 몸은 산산이 망가진 상태였다. 몽규는 가슴이 자꾸 안쪽으로 구부러든다면서 가슴을 자주 뒤로 젖혔고 어깨를 반듯하게 유지하려고 애썼다.

"내 육체보다…… 영혼이 더…… 깨진 유리 조각 같아."

멀리서 새벽닭이 울 때, 몽규가 천천히 말했다. 그 말이 동주의 가슴에 깨진 유리 조각처럼 박혔다.

"너 없을 때, 시집을 좀 읽었어. 임화는 아직 부족한 느낌이야. 시가 너무 길어. 할 말이 많은 게지. 울분과 정열은 많은데 정리가 안 되고 목소리만 높인 격이고. 정지용은 부드러운 서정 속에 날카로운 비수가 들어 있어서 좋았어. 백석은 깊고 외진 산골에 사는 사람들의 곰삭은 생활을 주로 그려 내고 있는데, 조선적 자아의 어떤 원형을 추구하고 있다는 생각이 들었어."

몽규의 말을 듣고 동주는 속으로 놀랐다. 그 짧은 시간에 세 시인의 특징을 간파하다니, 그런데도 펜을 놓고 총을 들고자 했다니……. 동주가 그들의 시를 읽고 어렴풋하게 느꼈던 그 무언가를 몽규가 시원하게 정리하는 것을 보고, 동주는 그의 천재성을 인정하지 않을 수 없었다.

아침이 밝았다. 몽규는 화룡 대랍자의 집으로 떠났다. 동주는 학교에서 익환을 만나 몽규가 돌아왔다는 것을 알려 주었다. 익환은 몽규가 돌아왔다는 말에 뛸 듯이 기뻐했다. 언제나 우울한 얼굴로 다니던 익환의 얼굴이 밝아지는 것을 보니, 동주도 좋았다.

동주는 천주교 연길교구 용정성당에서 발간하는 잡지 『가톨릭 소년』에 투고하기로 했다. 잡지의 성격에 맞게 고르고 고른 뒤에 동주는 평양에서 써 두었던 동요 「병아리」를 투고했다.

4. 투고

몽규는 대랍자의 집에서 오랫동안 요양해야만 했다. 가을 내내 망가진 몸을 추스르고, 마음의 상처를 치유하느라 외지로의 출입을 삼가고 지냈다. 동주는 대랍자로 몽규를 찾아갔다. 몽규와 두어 시간 함께 놀다가 헤어져 용정을 향해 걸었다. 가는 길에 명동촌을 잠시 들를 예정이었다.

오랑캐령을 넘어가니 명동촌이 아스라이 보였다. 가슴이 뛰었다. 동주는 명동촌을 향해 걸음을 빨리 놀렸다. 마침내 명동교회 바로 위의 신작로에 서서 동주는 명동촌을 바라보았다.

산들이 두 줄로 줄달음질을 치고 여울이 요란한 소리를 내며 흘렀다. 산등성이마다 송아지 뿔처럼 생긴 어린 바위가 울뚝불뚝 솟아 있고, 활엽수의 넓은 이파리는 얼룩소의 보드라운 털처럼 잘 자라고 있다.

삼 년 만에 찾아온 고향이었다. 동주는 산골 나그네처럼 타박타박 걸었다. 까치 한 마리가 산 위로 후루룩 날아가자 온 마을이 고요해졌다. 동주는 명동교회를 지나 옛집을 찾아 들어갔다. 사람의 온기가 빠진 고향집은 백석의 시처럼 "불경처럼 늙어" 있었다. 왠지 모르게 서러웠다.

동주는 뒷마당으로 가서 우물을 들여다보았다. 우물 깊은 곳에 낯선 얼굴이 보였다. 동주는 우물을 향해 '아~' 하고 소리를 냈다. 소리는 반향을 남기고 우물 속으로 사라졌다. 동주는 두레박을 내려 낯선 얼굴과 사라진 소리를 건져 올렸다. 하지만 두레박에는 맑은 물뿐 다른 것은 담겨 있지 않았다.

가족이며 친지, 동무들이 남아 있지 않은 고향……은 그냥 풍경일 뿐 진정한 고향이 아니었다. '동주야~ 저녁 먹어라~' 하고 부르던 어머니의 목소리가 사라진 고향에는 서글픔과 쓸쓸함만 가득했다.

동주는 명동소학교를 돌아보고 다시 신작로로 올라갔다. 갓 쓴 양반이 당나귀를 타고 지나가고, 말을 탄 섬나라 사람들이 떼를 지어 신작로를 달려갔다. 말발굽마다 먼지가 자욱하게 일어났다. 멀리 굽이를 돌아 섬나라 사람들이 사라지자 소쩍새가 울었고, 명동촌은 다시 고요해졌다.

일정한 간격으로 서 있는 신작로의 전봇대 위에 까치가 집을 짓고 있다. 동주는 화룡의 현립소학교에 다닐 때, 돌멩이를 집어 전봇대 맞추기를 하던 때가 떠올라 빙그레 웃었다. 서로 별명을 부르며 놀던 그 시절, 누군가의 별명이 '만돌이'였던 것도 생각났다.

가슴 깊은 곳에 만돌이가 들어온 가을에 동주의 시(詩) 나무에는 동시가 열매처럼 주렁주렁 매달려 익어 갔다. 동시「굴뚝」을 쓴 며칠 뒤,「무얼 먹구 사나」를 썼다.

　　바다ㅅ가 사람
　　물고기 잡어 먹구 살구

　　산꼴엣 사람
　　감자 구어 먹구 살구

　　별나라 사람
　　무얼 먹구 사나.

　동주는 더 보태고 뺄 것도 없이 깔끔하게 빠진 동시를 다시 읽어 보며 빙그레 웃었다. 바다에서 산으로 다시 별로 훌쩍 비약한 것이 마음에 쏙 들었다. 별나라의 사람들은 모두 어린이들로 하나같이 순수하고 맑은 영혼을 가졌을 거라고 상상했었다. 동주는 가슴속에 어린아이의 자아를 품었다.
　집에 있을 때나 거리를 걸을 때, 해란강이나 비암산에

오를 때도 되도록 아이의 눈길로 고양이, 개, 병아리, 참새를 비롯한 작고 귀여운 동물들과 나무, 잎새, 햇살, 구름, 꽃, 숲, 별, 눈과 같은 자연을 마음에 담아 두었다.

동주한테 동시는 큰 위로였다. 동시를 쓰고 다시 읽어 보고 고치기를 반복하면 시가 점점 좋아졌다. 시가 가뿐해지면 마음도 가뿐해졌다. 낮에 학교에서 느꼈던 치욕과 굴욕을 조금이나마 덜어 낸 기분이었다. 민족을 잊고 출세에 눈이 먼 동급생들의 더러운 악취를 아이의 마음으로 밀어 낸 거였다. 동주는 학교에서의 우울에서 벗어나 걱정 없는 아이처럼 명랑해지고 싶었다.

『가톨릭 소년』 11월 호가 우편으로 왔다. 동주는 떨리는 마음으로 제일 먼저 독자 투고란을 펼쳤다. '尹童舟'란 이름으로 동요 「병아리」가 활자로 딱 박혀 있다. 교지에 발표한 것과는 기분이 완전히 달랐다. 『가톨릭 소년』은 조선 전체에 배포되는 잡지였다. 동주는 떨리는 마음으로 「병아리」를 읽었다.

얼굴이 발갛게 달아오를 정도로 부끄러웠다. 그래도 동주는 혜원과 일주한테 읽어 보라고 잡지를 내밀었다. 혜원은 「병아리」를 읽더니 깔깔 웃었다. 그러더니 잡지를 펼쳐 들고 어머니한테 달려갔다.

"엄마, 오빠 글이 나왔어요. 보세요."

어머니도 읽어 보더니 환한 표정으로 동주를 바라보았다. 동주는 얼른 방으로 들어갔다. 동주는 이미 동시 「비ㅅ자루」도 투고한 상태였다. 다음 달에도 동시가 발표되는 것을 식구들은 모르고 있다. 「비ㅅ자루」는 지난 구월에 쓴 동시였다. 남몰래 동시를 투고하고, 온 식구들이 잡지에서 그 시를 읽고 깜짝 놀랄 때면 동주는 기뻤다. 작은 기쁨은 언제나 위로가 되었다.

북간도는 십일월만 되면 눈이 내리기 시작했다. 십이월이 되면 눈송이는 굵어져 주먹처럼 커졌다. 용정에도 십이월이 왔고 하염없이 함박눈이 내려 쌓였다. 아침에 눈을 떠 보면, 지난밤에 소복하게 내린 눈은 흰 광목의 이불처럼 느껴졌다. 지붕이며 길이며 밭이 추위할까 봐 덮어 준 이불이라고 동주는 생각했다. 그래서 「니불」이라는 제목으로 동시도 썼다.

마당에 눈이 내리면 집에서 키우는 개가 춤을 추듯이 펄쩍펄쩍 뛰곤 했다. 동주는 새하얀 눈을 보며 여러 생각에 잠겼다. 어떻게 하면 아이의 시선으로 눈을 표현할 수 있을까 고민했다. 눈이 새하얗게 와서 새물새물한 날에 동주는 「개」를 썼다.

눈 우에서

개가

꽃을 그리며

뛰오.

눈에 찍힌 개 발자국이 동주의 눈에는 꽃처럼 보였다. 개가 뛰면 뛸수록 마당에는 꽃들이 마구 그려졌다. 그 모습이 하도 명랑해서 함께 뛰고 싶을 지경이었다. 아이였으면 함께 뛰었을지도 몰랐다.

동주에게 눈은 그리움이기도 했다. 누군가를 그리워하거나 특별한 대상이 있는 게 아니었지만, 그리움의 대상으로 가장 적당한 것은 '누나'였다.

동주에게는 누나가 없었다. 하지만 세상에는 얼마든지 누나들이 많다. 정지용의 시에는 누나보다 오빠가, 어머니보다는 아버지가 많이 등장했다. 그것은 정지용의 시적 자아가 어린 누이며 딸이기 때문이라고 동주는 생각했다. 동주는 소년의 마음으로 「편지」를 썼다.

누나!

이 겨울에도

눈이 가득이 왔습니다.

흰 봉투에
눈을 한 줌 넣고
글씨도 쓰지 말고
우표도 부치지 말고
말쑥하게 그대로
편지를 부칠가요

누나 가신 나라엔
눈이 아니 온다기에.

비록 누나는 없지만 마음속의 누나를 그리며 시를 쓰니, 마치 누나가 있었던 느낌이 들었다.

동주는 『가톨릭 소년』 1월 호에 투고할 시를 고민했다. 습작 노트를 뒤지며 살펴보다가 「오좀쏘개 디도」를 골랐다. 잡지에 시가 발표되면 '오좀쏘개'의 주인공은 혜원이라고 놀려 먹을 작정이었다. 아마도 혜원이는 펄쩍펄쩍 뛰겠지만. 그런데 아무래도 이대로 투고하기에는 뭔가 많이 부족했다. 동주는 펜촉에다 파란 잉크를 찍어 개작에 나섰다.

개작을 했지만 여전히 마음에 차지 않았다. 찬찬히 한 문장, 한 단어씩 뜯어보았다. 일단 '도라가신'이 마음에 걸렸다. 어머니는 살아 계신데 아무리 시라고 한들 돌아가셨다고 하는 건 죄스러운 일이었다. '나라ㄴ가'도 뭔가 걸리는 느낌이 들었다.

동주는 '도라가신'에 여러번 줄을 긋고 '어머님 게신'을 써 넣었다. 이어지는 행의 '어머님 게신 나라ㄴ가'도 두 줄로 그어 버렸다. 거기에 뭔가를 넣고 싶은데 당장 떠오르는 이미지가 없었다. 시상이 꽉 막혔다.

동주는 밤새 원고를 쳐다보며 끙끙 앓았다. 책꽂이에 있는 시집이란 시집을 모두 꺼내 읽어 보고, 잡지를 뒤져 보기도 했지만, 꽉 막힌 시상이 풀리지 않았다. 이 행만 바꾸면 제대로 된 동시가 될 것 같은데…….

마치 빛 하나 없는 숲속을 헤매는 듯 제자리걸음만 할 뿐 머리가 돌지 않았다. 멀리서 개 짖는 소리만 처량하게 들려올 뿐이었다. 이부자리에서 동생 일주가 네 활개를 치며 가늘게 코를 골고 자는 모습도 잠시 바라보았다.

그러다 문득 오줌이 마려웠다. 오줌을 싸러 가자면 마당을 가로질러 대문 옆의 측간까지 가야만 했다. 몹시 추운 날, 그게 싫어 오줌을 참았다. 한참을 참았더니 오줌보가 터질 것만 같았다. 나중에는 아랫배가 아팠다.

'에이 모르겠다.'

동주는 방문을 열고 나가 쪽마루에 서서 마당에다 시원하게 오줌을 싸 버렸다. 몸을 부르르 떨고 바지춤을 올린 다음 밤하늘을 올려다보았다. 밤하늘에는 별들의 나라가 반짝반짝 펼쳐져 있었다.

그때 뭔가 머리를 스치고 지나갔다. 동주는 얼른 들어가 두 줄로 그어 버린 그 자리에 '별나라 디도ㄴ가'를 썼다. '별나라'라는 표현이 마음에 꼭 들었다. 다음 행의 '돈 벌러가신'에서 '신' 위에 가위표를 쳤다. 한 행에서 '신'이란 글자가 두 번이나 반복되는 건 운율에 어긋난 느낌이 들었다. 동주는 투고할 원고지에 시를 옮겨 적었다.

    빨래줄에 거러 논

    요에다 그린 디도는

    지난밤에 내 동생

    오줌 쏴서 그린 디도

    꿈에 가 본 어머님 게신

별나라 디도ㄴ가

　돈 벌러 간 아버지 계신

　만주 땅 디도ㄴ가

이제야 비로소 동시가 구색을 갖춘 셈이었다. 이번에는 이름을 '尹童柱'로 살짝 바꾸었다. 마음이 흡족해진 동주는 원고를 편지봉투에 넣고 봉했다.

5. 노트

 1937년 소띠 해가 밝았다. 새해가 되자마자 받아 볼 것으로 예상하고 있던 『가톨릭 소년』이 오지 않았다. 이럴 때마다 동주는 식민 지배를 받고 있다는 느낌을 새삼스레 강하게 받았다. 그동안 잡지나 시집이나 소설에서 검열로 인해 삭제한 문장을 무수히 봐 왔다. 신문은 그 정도가 더 심했다. 그러려니 하고 기다렸더니 1·2월 합본호가 도착했다. 동주는 투고한 동시를 얼른 찾아보았다.
 "???"
 뭔가 이상했다. 분명히 「오줌쏘개 디도」란 제목으로 보냈는데 실린 제목은 「오줌싸개 지도」로 바뀌어 있었다. 읽어 보니, '디도'가 모두 '지도'로 바뀌었다. '어머님'은 '엄마'로, '아바지'는 '아빠'로 교정되어 있다. 편집자가 동시에 맞게 바꾼 것이 분명했다. 편집자가 교정해 준 게 더 좋았다.
 이제야 비로소 동시가 완벽해진 느낌이 들었다. 첫 연의 운율이 딱 맞아떨어져서 너무 좋았다. 글자 하나를 넣고 빼는 것도 중요하다는 걸 새삼스레 느꼈다.
 하지만 동심을 유지하려고 애를 쓰면 쓸수록 동주를 둘

러싼 세계는 우울하기만 했다. 베를린 올림픽 마라톤에서 금메달을 딴 손기정 선수의 가슴에서 일장기를 지워 버린 사건으로 동아일보는 신문을 내지 못하는 것은 물론이고 아예 폐간당했다.

일제는 만주국을 발판으로 삼아 중국 침략을 착착 진행했다. 침략을 준비하는 동안에 일제는 조선은 물론이고 북간도의 목을 조이고 조였다. 특히 일제에 협력하지 않는 조선 사람에 대한 감시가 극에 달했다.

스페인에서는 내전이 한창이었다. 민주적 선거로 수립된 제2공화국을 전복하고자 파시스트 프랑코 장군이 반란을 일으킨 것이었다. 독일의 괴링은 독일군이 스페인에서 전쟁을 연습한다고 말했다. 독일 공군은 게르니카를 폭격하여 무고한 시민 이천 명 이상을 학살했다. 피카소가 「게르니카」를 그리기 시작했고, 앙드레 말로, 어니스트 헤밍웨이, 조지 오웰 등의 작가들이 파시스트와 싸우기 위해 스페인 내전에 참가했다. 만주와 조선, 스페인, 독일, 이탈리아가 파시스트의 손에 들어갔고 그들은 공공연히 인민을 학살했으며 전쟁에 광분했다.

어떤 어른들은 일본을 아주 좋아해서 일본인보다 더 일본을 좋아하는 것처럼 행동했다. '먹고살기 위해', '더 부자가 되기 위해', '출세를 위해' 그들은 자신만을 사랑하기 위해 일본에 협조했고 일본을 칭송했다. 불행히도 용정에 그런 사람들이 점점 많아지고 있었다.

광명중학 동급생들은 더 말할 나위도 없었다. 그들은 자신만을 사랑하기 위해 파시즘을 사랑했다. 그러기에 시절이 바뀌면 언제든지 기회를 봐서 숭배할 대상을 아무렇지 않게 바꿀 수 있는 사람들이라고 동주는 생각했다. 그런 마음이 들어올 여지를 없애기 위해 동주는 동시에 전념했다.

어느새 습작 노트의 마지막 쪽까지 습작 시가 빼곡하게 채워졌다. 동주는 학교 앞 문방구에서 원고 노트라고 적힌 공책을 샀다. 공책에 '窓'이라고 제목을 달았다. 문학을 향한 창이라는 뜻이라고 해도 좋았다.

그리고 '첫 습작집에서 전기'라고 표시한 뒤에 첫 쪽에 「황혼」을 옮겨 적었다. 「가슴」 1, 2, 3편을 비롯해 열 편의 시를 '창'으로 옮겼다. 그리고 처음으로 「할아버지」를 썼다.

왜떡이 쓴은 데도
작고 달다고 하오.

동주가 광명중학의 생활을 견딜 수 있었던 것은 순전히 시 때문이었다. 매 순간 시를 생각하고, 생활 속에서 시어를 골라내고 적절하게 표현하는 연습에 열중하지 않았다면 광명을 다니지 못했을 터였다.

삼월 중순에 익환이 광명중학교를 졸업했고 동주는 5학년으로 진급했다. 익환은 상급 학교 진학을 포기하고 집에 있으면서 주일에는 교회에 나가 아이들을 위해 봉사했다. 익환은 혼자 있는 시간이면 피아노를 치며 노래를 불렀다. 익환은 동토를 탈출하지 못했고 음악으로 겨우 위안을 삼았다.

동주는 익환과 함께 헨델의 『메시아』를 듣기도 했다. 2부 마지막 즈음에 나오는 합창 「할렐루야」를 익환은 특히 좋아했다. 「할렐루야」는 『메시아』의 절정이었다. 동주도 축음기에서 터져 나오는 「할렐루야」에 깊은 감명을 받았다.

몽규는 은진중학 4학년으로 복학하고자 했다. 그러나 몽규의 행적을 문제 삼아 학교는 복학을 거부했다. 동주는 은진중학이 점점 비겁해지고 있다고 생각했다. 몽규는 결국 대성중학교 4학년으로 편입했다. 몽규는 기숙사에 들어가지 않고 동주와 한방을 썼다. 본명 대신에 아명 한범으로 대성에 편입한 몽규는 성적과 활동에서 곧 두각을 나타냈다.

"나는 연희전문 문과로 가려고 해. 동주 너는?"

오월 어느 날 밤, 몽규가 물었다. 몽규는 일찌감치 연희전문 문과로 진로를 정해 놓았다. 동주는 아버지의 성향으로 봐서 문과로 가겠다는 말을 아직 꺼내지도 못한 상태였다. 친일파는 아니었으나 아버지는 돈을 많이 벌어 편하게 사는 게 중요하다고 생각하는 사람이었다. 사업에 자주 실패하고 교회에 발길을 끊어 버린 뒤로 그 생각은 더욱 완강해졌다.

"나도 너랑 생각이 같아. 연희로 가서 시를 더 배워야지. 시인이 되는 건 중요하지 않아. 시는 그 자체로 내 생명과 같으니……. 칠흑의 밤 숲속에서 길을 잃고 헤매고 있을 때, 별빛 하나가 길을 열어 주듯이, 나한테 시는 그래." 동주가 말했다.

아름답게 살기가 참으로 어려운 세상이고 시대지만, 그래도 아름다워지려고 끊임없이 고뇌하는 것은 시가 있기 때문이었다. 꽃이 필 때도 아름답지만, 꽃이 질 때도 아름답다. 지지 않는 꽃은 아름답지 않다. 새로운 생명의 씨앗을 만들지 못하기 때문이다. 새로운 생명의 씨앗을 만들어

내기 위하여 꽃이 질 때, 아름다움은 절정에 이른다.

"낙양에 가서 우리는 네 군데나 옮겨 다니며 훈련을 받아야 했어. 우리 조선인들에게 군관 학교는 번듯한 학교가 아니라 일본에 쫓겨 끊임없이 옮겨 다녀야 하는 하숙집 같았지. 쫓기듯이 훈련소를 옮길 때마다 이게 뭐 하는 짓인가 싶고, 이런 꼬락서니로 일본 놈들을 어떻게 이기나 싶어서 무릎에서 맥이 팍팍 빠지더라. 앞이 안 보이는 날들이 많았지."

몽규의 표정에서 쓸쓸한 감정이 묻어 나왔다.

"그래도 견딜 수 있었던 것은 문학 때문이었어. 문학이 없었으면 하루도 견디기 어려웠을 거야. 낙양에서 쫓겨나 용지산의 징광사라는 절에서 훈련을 받을 때였어. 일본과 전쟁을 해야 하는데, 독립군의 군관이 될 학생들이 절에 숨어서 훈련을 받는다는 게 말이 되냐? 동지들한테 무조건 원고를 써 내라고 청탁을 했어. 깊고 어두운 절망에서 빠져나오기 위해 뭐든 해야만 했어. 라사행 선배가 많이 도와주었지. 등사판을 사다가 철필로 긁어서 등사했더니 300쪽이나 되는 두툼한 책이 되더라. 김구 선생이 '신민(新民)'이라고 제목을 지어 주었어. 비록 독립군의 군관은 끝내 되지 못했지만, 나는 조선의 독립, 조선의 해방을 포기하지 않아. 문학을 포기하지 않는 이유와 같은 이유야. 대학에서 공부를 더 하고 문화 운동을 할 거야. 조선 해방의 길에는 총만 있는 게 아니니까. 나는 문학과 문화로 조선 해방의 길로 가고 싶어." 몽규가 말했다.

동주가 보기에도 몽규는 대단한 동무였다. 어쨌든 몽규가 다시 펜을 잡겠다고 한 것은 정말 반가웠다.

"몽규 너는 어디를 가더라도 뭔가 일을 저지르네. 그게 문학이라니 더 좋다. 그런데 너는 본과 시험이 아닌 별과를 봐야 하니까 공부를 더 열심히 해야 할 거야." 동주가 말했다.

연희전문학교는 4년제 중학교를 졸업한 학생들이나 검정 시험을 통과한 학생들을 위해 별과라는 특별 입학시험을 치르게 했다. 별과는 본과보다 시험도 어려웠지만 경쟁률도 어마어마하다고 소문이 자자했다.

"시험 과목이 국어, 영어, 조선어, 국사와 서양사니까 다행이야. 일본어가 국어고 일본사가 국사라니……. 영 자신이 없지만. 나머지 과목은 만점을 받아야지."

몽규는 별과 시험에만 집중할 작정이었다. 별과에 합격하려면 모든 것을 쏟아부어야 했다.

"우리가 '국어'를 소홀히 해서 걱정이긴 해."

동주가 웃으며 말했다. 슬픈 현실에 웃음이 나온 것이었다. 동주의 일본어 성적은 중간 정도였다. 열심히 하면 되는데 안 했기 때문이었다. 조선어는 잡지와 책을 많이 읽었기 때문에 자신만만했다.『학등』이라는 잡지에 소개된 연희전문학교의 조선어 입학시험 문제를 풀어 봤더니 어렵지 않았다. 최현배 선생이 출제한 문제였지만 잡지만 계속 읽었어도 풀 수 있는 문제였다.

"하긴 해야지. 세계 문학을 읽고 공부하려면 싫어도 일본어를 공부해야지. 일본이 조선보다 확실히 앞선 것이 있는데, 그건 번역이야. 문학뿐만 아니라 문화 일반, 철학, 기술까지 모두 번역을 해 놓았으니."

말을 하면서도 몽규는 조선의 현실에 마음이 아팠다. 조선의 번역이란 것은 영어나 불어, 러시아어를 원본으로 삼아 번역하는 게 아니라 일본어로 번역된 걸 재번역하는 수준에 불과했기 때문이었다. 유럽의 문화를 직접 보는 게 아니라 일본의 창으로 다시 한번 걸러서 봐야만 하는 것에 몽규는 자존심이 상했다.

"그래야지."

동주는 싱겁게 대답했다. 가슴이 답답했다. 일본어를 공부하기보다 더 싫은 일이 앞에 놓여 있었다. 아버지께 연희전문 문과로 진학하겠다고 말하는 게 그것이었다.

꽃보다 더 예쁜 신록이 한창 올라오는 길을 따라 등교하다가 장이 서는 모습을 보게 되었다. 늘 보는 풍경이었지만 그날따라 눈에 확연히 들어왔다. 그 후 동주는 자주 시장 구경을 다녔다. 진정한 서정시는 관념의 거짓 형상을 꾸며 내는 것이 아니라 생활의 구체 속에서 시적 자아를 표현해야 한다고 동주는 늘 생각했다. 그런 점에서 동시는 생활 속의 맑고 명랑한 형상의 발견이기도 했다.

동주는 시장에서 또 다른 생활을 발견했다. 밝고 명랑한 생활이 아니라 그야말로 목숨을 유지하고 견뎌 내는 생활이었다.

이른 아침부터 용정 주변의 온갖 마을에서 흰옷을 입고 머리에 흰 수건을 동여맨 아낙네들이 작은 바구니 하나씩을 들고 지고 업고 안고 장으로 모여들었다. 바구니에는 쑥이며 달래, 냉이며 머위 등 온갖 봄나물이 한가득이었다. 하루 종일 밭두렁이며 산기슭을 헤매며 캐 온 것들이었다. 아낙네들의 얼굴은 봄볕에 타서 새카맣다.

아낙네들은 그것을 시장 골목에 펼쳐 놓고 지나가는 사람들한테 사 달라고 외쳤다. 그 소리에 발걸음을 멈추고 흥정하는 사람들, 그냥 지나치는 사람들로 시장은 점점 흥성거렸다. 손님을 부르는 목소리는 자꾸만 커지고 온갖 소리가 섞여 시장은 와자지껄했다.

  동주는 사고 싶은 것도 없으면서 시장을 두어 바퀴 돌았다. 노점에 펼쳐진 바구니마다 슬픈 생활이 담겨 있다. 나란히 쑥 바구니를 놓고 손님을 부르던 아낙네들이 서로 악다구니를 쓰며 싸우는 게 보였다. 옆에 달래 바구니를 놓고 있던 아낙네가 둘 사이에 끼어들어 싸움을 말린다. 싸움은 싱겁게 끝나고, 아낙네들은 다시 또 손님을 애타게 불렀다.

  코를 줄줄 흘리고 서 있는 어린아이를 불러 엄지와 검지로 콧물을 짜내고 치마에다 쓱 닦는 아낙네도 있다. 코흘리개는 가게에 산처럼 쌓인 건빵 앞에서 침을 흘리며 서 있다. 저마다 한 끼니의 삶을 위하여 억척을 떠는 시장통의 사람들이 꽃보다 아름다웠다.

6. 고뇌

"연희 문과로 가서…… 문학 공부를 더 해 보겠습니다."

몇 날 며칠을 마음에 품고 있던 말을 겨우 꺼냈다. 동주의 말에 아버지의 얼굴이 묘하게 일그러졌다. 내면 깊숙한 곳에서 어떤 실망감이 꿈틀거렸다. 동주는 가만히 무릎을 꿇고 아버지의 대답을 기다렸다.

"나도 문학을 해 봤지만, 문학이란 건 아무 쓸데가 없더라. 문학이, 시가 밥 먹여 주냐? 너처럼 숙맥인 애가 문학을 하면 뭘 먹고 살겠냐? 당장에 먹고살 궁리를 해야지. 방구석에 처박혀 빈둥거리다가 한가하게 산책이나 하고 돌아와서 종이 쪼가리에 뭘 좀 끄적거리는 모양인데. 문과에 가서 문학을 배운다고 해도 기껏해야 신문 기자나 하겠지. 신문사 지국에 앉아 신문 배달이나 하는 주제에 기자입네 하고 폼이나 잡는 게 신문 기자란 말이다. 나는 그런 꼴 못 본다. 의과로 가라. 아무 의과나 다 좋다. 꼭 의과로 가라. 의과를 나와 의사가 되어야 먹고사는 게 해결된다, 이 말이다. 알았느냐?"

아버지는 동주를 신랄하게 비꼬았다. 동주는 명동소학교부터 시작하여 지금까지 문학을 전부로 알고 살아왔다.

그런데 지금에 와서 의과로 가서 의사가 되라니……. 문과를 반대할 줄 알았지만 아버지가 이렇게까지 세속적일 줄은 몰랐다.

"문과로 가겠습니다." 동주는 이 말을 하고 일어섰다.

"네 이놈!"

아버지의 고함을 듣고도 동주는 방에서 나와 버렸다. 마당에서 어머니가 어쩔 줄을 몰라 발을 동동 구르고 있다. 동주는 그대로 집을 나와 버렸다. 집을 나왔으나 마땅히 갈 곳이 없어 그냥 걸었다. 걷다 보니 교회였다.

교회에 가면 익환이 있을 줄 알았더니, 십자가만 있을 뿐이었다. 동주는 십자가를 한참 바라보고 돌아 나왔다. 사실 익환은 조양천에 있는 소학교에서 교사로 일하는 중이었다. 익환이라면 훌륭한 선생님이 될 자질이 충분했다. 동주는 교회를 나와 걷기 시작했다.

거리마다 일본군이 대열을 지어 행군하고 있는 게 보였다. 군용차며 장갑차를 앞세우고 걷는 일본군의 군화 소리가 용정 거리를 뒤덮지 않은 날이 없을 지경이었다. 거기에다 긴 칼을 차고 게다짝을 질질 끌면서 오만하게 팔자걸음을 걷는 사무라이의 숫자도 점차 많아지고 있었다. 그들은 자주 일본도를 뽑아 들고 설쳤다.

전쟁은 지난 7월에 이미 시작되었다. 중국 관내 곳곳에서 일본군이 연전연승하고 있다는 소식을 들을 때마다 동주는 침묵했다. 반면에 광명중학의 학생들은 모자를 하늘에 던지며 환호했다. 만주군관학교나 일본육군사관학교에 가서 일본군 장교가 되겠다는 학생들. 일본의 광명이 되겠다는 학생들 틈에서 동주의 우울은 깊어만 갔다. 게다가 아버지의 주의도 견디기 어려웠다.

아버지의 '그 주의'는 '오로지 부유하게 사는 것'으로 무장된 사상이었다. 용정에서 스스로 자위단을 만들고 만주국이나 일본의 비위를 거스르지 않고 살아가고자 애쓰는 수많은 조선 사람이 붙들고 있는 사상이기도 했다. 어차피 일본을 이길 수 없으니, 순응하자는 사상······. 동주는 조선의 슬픔에 고개 돌리고 가난한 영혼에 등 돌린 사상에 동의할 수 없었다.

동주는 날마다 젊음의 언덕을 힘겹게 넘어가고자 했다. 그냥 걸어 올라가면 언덕을 넘을 수 있는 게 아니었다. 동주 앞의 언덕은 시시포스의 언덕이었다. 그 언덕 위에는 슬픔으로 인해 앙상해진 십자가 하나가 고요히 서 있을 뿐이었다. 예수가 예수다운 것은 슬픔을 알았기 때문이라고 동주는 생각했다.

아버지와의 냉전이 시작되었다. 아버지는 평양에서 견디지 못하고 용정으로 돌아온 것을 비아냥거렸다.

"내가 그렇게 안 된다고 했는데 기어이 가더니만, 집안의 돈만 축내고 졸업도 못 하고 돌아와? 신사 참배? 평양에서는 그걸 못해서 돌아오더니만 용정에서는 잘도 신사에 가더라. 앞뒤가 다르잖아, 앞뒤가?"

아버지는 지겹도록 똑같은 말을 되풀이했다. 동주는 잠자코 듣기만 했다. 아버지의 말이 틀린 것도 아니었다. 숭실중학에서는 신사 참배를 거부했지만 광명중학에서는 조용히 뒤를 따랐다. 신사에 가서 고개를 숙일 때마다 겪어야 하는 부끄러움과 괴로움에 대해 아버지는 몰랐다.

"그 시라는 게 밥이 되니 돈이 되니? 아무짝에도 쓸데없는 지식 놀음에 빠져선 말이야. 몽규는 동아일보에라도 이름을 척 올렸지만, 너는 뭐니? 겨우 동네 잡지에 애들 장난 같은 글을 동시랍시고 투고하는 게 전부인 주제에. 뭐 문학? 일찌감치 때려치워라. 이런 시대엔 의사가 최고느니라."

아버지는 동주의 문학을 경멸했고, 동주는 아버지의 말에 모멸을 느꼈다. 동주는 침묵으로 아버지 앞에 앉아 있었다. 당장 박차고 집을 뛰쳐나가고 싶었지만, 어머니 때문에 꾹 눌러 참았다. 아버지가 동주를 앉혀 놓고 심한 말을 할 때마다 어머니는 그저 안절부절 어쩔 줄을 몰랐다. 동주가 꿈틀할 때마다 어머니는 동주의 옆구리를 툭 건드렸다.

일요일 교회에 가서 예배 후에 익환을 만났다. 익환의 얼굴도 수척했다. 교사의 일이 꽤 힘든 모양이었다.

"아버지는 좀 어때?"

익환이 물었다. 동주는 익환의 말에 대답을 회피하고 고개를 들어 첨탑 끝의 십자가를 바라보았다.

"나더러 길림사범학교에 가란다."

익환이 말했다. 동주는 익환을 바라보았다. 교사는 익환의 오랜 꿈이었다. 그러니 사범 학교에 가는 것은 너무나도 당연한 길이었다.

"그런데 나는 싫어. 안 갈 거야."

익환의 말에 동주는 깜짝 놀랐다. 교사가 꿈인 사람이 사범 학교에 가지 않겠다니. 온갖 수모와 멸시를 견뎌 내고 5년제 중학을 졸업했으면 사범 학교에 가는 것은 정해진 길이 아니던가.

"왜?"

동주가 물었다. 이번에는 익환이 첨탑 끝의 십자가를 바라보았다. 동그란 안경 너머로 익환의 흔들리는 눈동자가 보였다. 옆에서 보아도 익환의 인물은 훤해서 빛이 나는 듯했다. 그런 훤한 얼굴에 고뇌의 그림자가 언뜻 스쳤다. 동주는 그것을 놓치지 않았다.

"신학교를 생각하고 있어." 한참 후에 익환이 말했다.

"어찌?" 동주가 짧게 물었다.

어린 시절부터 간직해 온 교사의 꿈을 버린다는 걸 동주로서는 이해할 수 없었다. 동주에게 꿈은 시련과 고난을 견디게 해 주는 버팀목이었다. 그 꿈을 위해 날마다 읽고 쓰고를 반복해 왔다. 그런 꿈을 중간에서 포기할 수 없다고 동주는 생각했다.

"어린 시절에 내가 존경하던 명동소학교의 선생님들은 지금은 거의 목사가 되셨어. 그분들의 생애를 생각해 보고 또 내 영혼을 구원하고 내가 가장 즐거워하고 좋아하는 일을 하고 싶어졌어. 그래서 교사의 길을 포기하고 목회자의 길을 가려고 하는 거야. 그래서 꿈을 바꿨지."

익환의 대답을 동주는 묵묵히 들었다. '영혼을 구원하고 가장 즐거워하고 좋아하는 일'을 꿈꾸는 익환이 부러웠다. 익환은 교사에서 목사로 꿈을 바꾸었지만, 동주는 꿈을 바꿀 생각이 없었다. 시인이라는 가난한 꿈을 꾸고 있지만, 그 꿈이 동주의 영혼을 풍성하게 해 줄 것이라고 굳게 믿었다. 영혼이 풍성하지 않은, 물질만 풍부한 삶을 동주는 한 번도 생각해 본 적이 없었다.

"문익환답게…… 잘했네."

동주는 익환이 부러웠다. 아버지가 권유한 사범 학교를 거절하고 신학교를 선택한 익환의 결정에 동주는 어떤 부러움 같은 것을 느꼈다.

"평양신학교를 생각하고 이권찬 목사님을 찾아가 상의드렸더니, 동경에 있는 일본신학교로 가는 게 좋겠다고 해서…… 아버지께 그렇게 말씀드렸고, 아버지도 허락하셨어. 서너 달 뒤에 동경으로 건너가려고 해."

익환의 아버지는 용정에서 제일 큰 중앙교회의 목사였지만 봉급을 많이 받지는 않았다. 넉넉하지 않은 목사의 봉급으로 익환의 일본 유학비를 감당하겠다는 익환네 집안의 당찬 기세, 그것이 정말 부럽고 부러웠다. 그런 아버지를 둔 익환에게 질투가 날 지경이었다.

7. 배회

 어쩔 수 없이 아버지와 함께 밥상에 앉았다. 아버지와 눈을 맞추지 않고 고개를 푹 숙이고 밥을 먹는 동주를 보는 어머니의 마음은 불안에 몸 둘 바를 몰랐다.

"밥 먹는 게 어찌 그 모양이냐?"

 참다못한 아버지가 수저를 탁 놓았다. 동주는 움찔 놀랐다. 잠시 후 동주도 천천히 수저를 밥상에 내려놓았다. 피한다고 피할 수 있는 일이 아니란 것을 동주는 직감했다. 지금 여기서 물러설 수는 없었다. 옆에서 밥을 먹던 동생들도 움직임을 멈추었다. 짧고 긴장된 침묵이 밥상 위로 흘러갔다.

"연희전문 문과로 가겠습니다."

 동주는 또박또박 말했다. 동주의 말을 듣는 아버지의 표정이 여지없이 험악하게 일그러졌다.

"문과에 가서 뭐 하게?" 아버지는 늘 하는 질문을 또 되풀이했다. 그것은 질문이 아니라 매로 머리를 때리는 것과 같은 말이었다.

"문학을 하고자 합니다."

 동주는 아버지의 눈을 정면에서 바라보며 대답했다. 늘

하던 대로 변치 않는 동주의 대답이었다. 어머니가 옆에서 동주의 허벅지를 살짝 꼬집었다. 그만하라는 눈치를 보냈지만 동주는 그럴 마음이 없었다. 여기서 물러서면 결코 앞으로 나갈 수 없다는 것을 동주는 알았다.

"문학이 밥을 먹여 주냐, 돈을 벌게 해 주냐? 나도 해 봐서 알지만 세상 쓸모없는 게 문과 공부더라. 세상이 어지럽고 험할 때는 기술이 최고니라. 의과에 가서 의사가 되거라. 네 성적이면 중국 관내에 있는 어떤 의과 대학이라도 갈 수 있으니."

아버지의 의과 타령이 또 나왔다. 동주는 귀를 씻고 싶었다. 아버지의 생각은 오직 잘 벌고 잘사는 삶에만 고정되어 있었다. 부유하면 잘 사는 것이라는 그 생각을 동주는 물론이고 다른 자식들한테도 강요했다.

하지만 동주의 생각은 달랐다. 잘 벌지 못해도 잘 사는 사람을 동주는 많이 보았다. 김약연 선생님이 그러했고 당장은 몽규와 익환이 그러했다. 하고 싶은 일, 스스로 가장 즐거워하고 좋아하는 일, 오래 꿈꾸던 일을 하는 것이야말로 '잘 사는' 삶이라고 동주는 생각했다. 물론 때로는 고통과 희생이 따를 수도 있다. 고통과 희생이 두려워 꿈을 포기한다면 그것이야말로 '못 사는 삶'이 아닌가.

의사의 삶이 나쁘다는 게 아니다. 그러나 의사의 삶은 아버지가 강요하는 삶이지 동주가 원하는 삶은 아니었다. 세상에는 의사만 필요한 게 아니다. 의사는 육체의 상처를 치료하는 사람이지만 시인은 영혼의 상처를 치유하는 사람이다. 의사는 육체의 아픔을 덜어 내지만, 시인은 영혼의 슬픔을 함께 덜어 낸다.

동주는 자신도 모르게 정지용의 시집에서 읽었던 「태극선」이라는 시가 떠올랐다. "나는, 쌀, 돈 셈, 지붕 샐 것이 문득 마음 키인다." 예전에 동주는 이 구절을 읽다가 밑줄을 치고 '이게 문학자 아니냐, 생활의 협박장이다.'라고 써 놓았다. 생활의 협박장을 받으면서도 시의 길을 가는 것은 시인의 숙명이었다. 생활의 협박장이 바로 시 아닌가.

"의사가 아버지의 꿈일지는 모르지만 적어도 제 꿈은 아닙니다. 저는 의과에 가지 않고 문과에, 그것도 연희전문 문과로 가겠습니다."

동주는 한 마디 한 마디에 힘을 주어 또박또박 말했다. 그게 지금 꿈을 지킬 수 있는 유일한 길이었다. 숨이 막혀 죽을 지경인 지금을 이겨 내고 앞으로 나가자면 꼭 필요한 말이었다. 아버지에 대한 반항, 세속적인 '금전 지상주의'에 대한 반항. 아버지에게 의사는 곧 금전 지상주의의 표상이었다. 그 표상을 동주는 깨고 싶었다.

"뭐, 뭐라고 했느냐?" 아버지의 목소리가 떨렸다.

"절대로 의과에는 가지 않을 것입니다." 동주는 못을 박듯이 말했다.

"이, 이 나쁜 자식. 네가 진정 아비를 이기려 하느냐? 썩 꺼지거라!"

아버지가 벽력같이 고함을 지르며 부들부들 떨다가 밥상 위의 물 사발을 집어 들었다. 동주는 석고상처럼 가만히 앉아 밥상만 바라보았다.

"제가 왜 꺼집니까?"

"이, 이런 고얀!"

아버지는 사과를 던져 버리듯이 물 사발을 던졌다. 물 사발은 마당에 떨어져 박살이 났다. 함께 밥을 먹던 동생들은 놀라서 방을 뛰쳐나갔다. 어머니는 얼른 마당으로 나가 깨진 물 사발을 치웠다. 밥상머리에는 아버지와 동주만 남았다.

"에이, 못된 놈!"

아버지가 화를 내며 문을 박차고 나가 버렸다. 그 바람에 밥상이 엎어졌다. 동주는 입술을 깨물었다. 언젠가 한 번은 꼭 일어나고야 말 일이었다. 상 위에 있던 밥이며 반찬, 국이 방바닥 여기저기에 흩어져 있는, 참담한 풍경…….

"네 아버지, 너무 미워하지 마라."

어머니가 방을 치우며 말했다. 동주는 일어섰다. 동주는 집을 나오면서 어떤 일이 있어도 문과로 가야겠다며 입술을 꾹 깨물었다. 어디 특별히 갈 곳도 없어서 용정 시내를 향해 터벅터벅 걸었다.

저녁의 용정 거리는 어수선했다. 검은 승용차들이 부지런히 오갔고 인력거들도 바쁘게 움직였다. 일본군들이 몇 개의 떼거리로 나뉘어져 왁자하게 떠들며 방자하게 배회하는 게 보였다. 손님을 기다리고 있는 누추한 차림의 인력거꾼들이 종이에 싼 식은 만두를 먹고 있는 요릿집 앞을 동주는 지나갔다.

환한 불빛의 거리, 부나방들이 설치는 거리가 동주는 싫었다. 동주는 식산은행 앞에서 작은 도로로 접어들었다. 한참을 걷다 보니 도로의 끝이 보였고, 곧이어 용정에서 제일 큰 중앙시장이 나타났다. 몽규가 제일 좋아하는 곳이었다. 몽규는 마음이 심란하면 시장엘 간다고 했다. 시장통 장거리에 가면 수많은 사람의 살아가는 모습을 볼 수 있고, 그 모습을 찬찬히 보고 있으면 마음에 힘이 차오른다고 했던 게 떠올랐다. 동주는 시장으로 들어섰다.

시장 앞에는 당나귀나 노새가 끄는 마차꾼들, 지게꾼들의 지친 모습이 보였다. 낮 동안 팔월의 폭염에 달구어지고 타 버린 얼굴들은 서로 달랐으나 눈빛은 모두 비슷했다. 그들의 눈빛은 하나같이 삶에 지쳤으나 무언가를 갈망하면서도 허탈한 기색이었다.

시장 안에는 채소 가게, 그릇 가게, 옷 가게, 싸리비를 비롯해 못이며 망치를 파는 잡화점, 순대며 머릿고기를 파는 국밥집, 고춧가루를 비롯한 향신료를 파는 가게, 삶은 옥수수와 호떡을 파는 가게, 닭을 잡아 파는 가게, 정육점 등이 즐비하게 늘어서 있다.

시장 끝자락에 장터 국밥집이 보였다. 식당 앞마당에 광목으로 큰 차일을 치고 그 아래 가마솥에서는 국이 끓고 있었다. 토란대를 넉넉하게 넣고 대파를 큼직하게 썰어 넣은 개장국은 얼큰하기도 했지만 먹고 나면 왠지 힘이 날 것만 같았다. 아까 보았던 마차꾼과 지게꾼, 약초꾼, 방물장수, 나무꾼, 신기료장수 등이 기다란 의자에 나란히 앉아 국밥을 먹고 있다. 그 모습을 가만히 보고 있자니, 성스러워 보였다.

그렇게 한참을 배회하다가 동주는 집으로 향했다. 동주

는 방에 들어가 앉은뱅이책상 앞에 앉았다. 거리를 배회할 때 떠오른 이미지들이 뇌리에서 어른거렸다. 그 이미지 중에서 하나는 붉은 사과였다. 예전에 동주가 생각했던 붉은 사과는 가족들이 함께 나눠 먹던 사랑의 이미지였다.

'붉은 사과 한 개를 아버지, 어머니, 누나, 나, 넷이서 껍질째로 송치까지 다 나눠 먹었던 사과는……', 이제 없다.

함께 나눠 먹던 사과가 버림받은 느낌은 꽤 길게 갔다. 동주는 몇 날 며칠이고 사과에 대해 생각했다. 아버지가 던진 물 사발은 함께 먹던 사과였고, 그 사과는 마치 동주 자신인 것처럼 느껴졌다.

함께 핀 꽃에 처음 익은 능금은
먼저 떨어젓습니다.

오늘도 가을바람은 그냥 붐니다.

길가에 떨어진 불근 능금은
지나든 손님이 집어 갓습니다.

고민 끝에 제목을 「그 여자」라고 붙였다. '그 여자'라고 하니 왠지 쓸쓸한 느낌이 두 배로 강하게 느껴졌다. 하지만 시를 썼다고 해서 마음이 풀어진 것은 아니었다. 마음이 갈피를 못 잡고 휘둘리니 제대로 된 시는 나오지 않고 감상만 적는 수준이었다.

동주는 학교에서 돌아왔다가 아버지가 퇴근할 무렵이 되면 집을 나갔다. 답답하고 울적해서 집에 있을 수가 없었다. 어떤 날은 비암산에 올라 구불구불 기어가는 해란강과 평야를 막막하게 바라보다가 밤길을 더듬어 돌아오기도 했다.

밤이 깊었다. 가슴속에 들어 있는 화가 꿈틀거려 잠이 쉬 오질 않았다. 아무리 자려고 해도 아버지에 대한 분노에 사로잡힌 마음이 좀체 가라앉질 않았다. 자정이 넘은 시간이지만 동주는 다시 집을 나섰다. 이대로 누워 있다가는 꼭 죽을 것만 같았다.

동주는 달빛 아래 나무 그림자를 밟으며 강변을 걸었다. 마치 북망산을 향해 걷는 것 같은 동주의 발걸음은 무겁기만 했다. 고독이 유일한 반려자였다. 강변을 지나 용정 외곽에 있는 공동묘지까지 걸어갔다. 공동묘지는 달빛의 흰 물결에 젖어 있고 정적만 흘렀다. 무섭지는 않았다.

8. 비애

 몽규가 옆에서 보기에도 상황이 참으로 안쓰러웠다. 동주의 아버지는 문과만은 절대 안 된다고 선언했다. 동주도 문과 아니면 안 된다고 버텼다. 버티는 정도가 아니라 밤을 꼬박 새워 걷고 아침에야 들어오는 날도 있었다. 집에 들어와서도 동주는 울적한 표정으로 팍 가라앉아 있는 때가 많았다. 어느 날 밤이었다. 매캐한 담배 연기에 몽규는 잠에서 깼다. 동주가 담배를 손에 들고 캑캑거리고 있는 게 보였다.

 "뭐야, 담배를 다 피우고?"

 "하도 울적해서…… 피워 봤어."

 몽규는 동주의 상태를 알기에 더 말하지 않았다. 벌써 두 달이 넘는 긴 시간 동안 동주는 아버지와 대립하는 중이었다. 목소리를 높이지도 않고 끊임없이 집 밖을 떠돌았다. 야행도 잦았다.

 오후 다섯 시 정각. 마음이 아픈 데가 있어, 마음에 고약을 붙이고 시들은 다리를 끌고 길을 나섰다. 용정역에서 울려오는 기적 소리가 어렴풋이 들렸다. 기적 소리는 존재했지만 동주의 귀에는 들리지 않았다. 집에서 나와 용정 시내를 걸었다. 터벅터벅 내딛는 걸음마다 울음이 터지려 했다. 동주는 꾹 참았다. 속으로 울 뿐이었다.

타박타박 어머니가 뒤를 밟아 따라왔다. 사랑스러운 여인이다. 벌써 사흘째 밥을 먹지 않고 집을 나왔더니 어머니가 행여 나쁜 마음이라도 먹는가 싶어 뒤를 밟고 있다. 어머니를 떼어 놓으려 동주는 상가교를 기어서 넘었다. 어머니는 멍하니 동주를 바라보기만 했다. 동주는 어머니가 집으로 돌아가기를 바라면서 철길을 걸었다.

평행선을 그으며 길게 이어지는 철도를 걷다가 포플러 가로수가 줄지어 서 있는 좁다란 신작로로 들어섰다. 포플러 터널이다. 동주는 포플러 터널을 걸으며 정지용의 시 「불사조」를 반추했다.

"오오 비애! 너의 불사조 나의 눈물이여!"로 시는 끝났다. 동주는 정지용의 비애에 대해 오래 생각하면서 걷고 또 걸었다. '쌀이며 돈 셈, 지붕 샐 것'이 정지용의 비애는 아니리라. 그는 무엇 때문에 그토록 깊은 슬픔에 빠져 있는가. 정지용의 시는 온통 슬픔의 습기로 채워져 있다. 평양의 박 교수는 슬픔의 습기는 읽어 내지 못했다. 동주는 박 교수를 생각하고는 빙그레 웃었다. 참으로 오랜만에 떠오른 미소였다.

생의 비애, 삶의 슬픔을 모르면 시를 쓸 수 없다. 슬픔에 고개 돌린 시는 가짜다. 아버지는 동주가 생활의 협박장을 받지 않는 삶을 살아가라고 문과 입학을 반대하고 있다. 그것을 모르는 동주가 아니다. 하지만 생활의 협박장을 받으면서도 시를 숙명으로 여기겠다고 동주는 맹세했다. 생활의 협박을 견디면서 생활 속에서 시대를 읽고, 순수를 읽고, 작고 사소한 몸짓과 슬픔에 감동하면서 시를 써야만 한다. 그것이 시인의 운명이다.

동주는 야트막한 동산에 올랐다. 동산에서 보니, 용정 시내의 굴뚝마다 저녁밥 짓는 연기가 모락모락 피어오르고 있는 게 보였다. 어머니도 지금쯤 솔가지를 꺾어 아궁이에 불을 넣고 있을 터였다. 매운 연기에 눈물을 흘리다 머리에 쓴 흰 무명 수건으로 눈가를 찍어 내고 있을 어머니. 사랑스러운 여인이다.

야트막한 언덕으로 바람이 불면 억새가 몸을 흔들었다. 억새는 아무리 바람이 강해도 흔들리기만 할 뿐 꺾이지 않았다. 동주는 억새밭을 헤매듯이 거닐었다. 비암산 위로 저녁노을이 붉게 펼쳐졌다. 구름의 밑동을 붉게 태우며 서쪽 끝으로 태양이 떨어질 찰나에 갓 나온 귀뚜라미가 휘파람을 불 듯이 노래를 시작했다. 귀뚜라미는 날개를 떨며 노래했다.

  귀뚜라미의 노래는 한 소절 한 마디씩 끊어졌다. 마디마디 끊어지는 노래를 듣고 있자니 그믐달처럼 호젓하게 슬펐다. 다리가 가느다란 작은 보헤미안…… 노래를 배울 아버지도 어머니도 없나 보다. 동주는 어머니를 생각했다. 노래를 부를 줄 몰라 오늘 밤도 그윽한 한숨으로 지새울 어머니. 어머니에게는 미안하지만, 지금은 물러설 수가 없었다.

"밥은 먹어야 하잖니?"

  밥상을 쳐다보지도 않고 학교로 가 버리는 동주의 등에 대고 어머니가 말했다. 어머니의 목소리에는 근심과 걱정이 끈끈하게 담겨 있다. 어머니만 생각하면 돌아서서 수저를 들어야 하지만…… 아버지와 마주 앉기가 싫었다.

"동주야!"

  할아버지도 간절한 목소리로 이름을 불렀다. 동주는 못 들은 척 대문을 빠져나왔다. 사흘째 수저를 들지 않았다. 뱃가죽이 찢어질 듯 배가 고팠다. 동주는 배가 고픈 건 참아도 영혼이 고픈 건 참고 싶지 않았다. 몸의 허기를 견뎌내야만 영혼의 허기를 채울 수 있다고 동주는 단단히 마음먹었다.

쉬는 시간에는 운동장으로 나와 수도꼭지에 입을 대고 물을 벌컥벌컥 들이켰다. 운동장 언덕에 가만히 앉아 햇볕을 쬐다가 상학종이 울리면 천천히 걸어 교실로 들어갔다. 만주군관학교 시험을 준비하는 동급생들은 일본사를 암기하느라 수선을 떨었다. 동급생들은 일본 사람처럼 일본말로만 대화했다. 숭실의 교실에서는 일본말을 하는 동무가 아무도 없었다. 일어를 듣고 있으면 어쩐지 배가 더 고파왔다.

동주는 집에서도 고립무원의 상태로 지냈다. 몽규는 안타깝다는 표정만 지을 뿐이었다. 몽규의 집에서는 몽규의 연희전문 문과 지원을 크게 반겼다고 했다. 반면에 동주 아버지는 여전히 문과만큼은 아니 된다고 고개를 완강하게 저었다. 집에는 비애만 흘렀다. 시가 숙명이라면 유언도 없이 이대로 죽어도 좋다고 동주는 생각했다.

어머니가 흰죽을 끓여 놓고 운다.

어머니는 흰죽 반 사발과 간장 한 종지만 올린 개다리소반을 들고 와 동주의 방에 놓았다. 그리고 그 앞에서 말없이 울기만 했다. 어머니의 비애 가득한 울음에 동주는 굴복했다. 동주는 수저를 들어 간장을 조금 묻혀 흰죽에 놓고 떠먹었다. 혀끝에 감기는 간장 맛이 감미로웠다. 흰죽에 목이 메었다. 흰죽 반 사발을 순식간에 먹어 치웠다.

"고맙다."

어머니가 동주의 손을 꼭 잡았다가 놓고, 소반을 들고 나갔다. 어머니의 뒷모습을 보는데 등에 서린 우울의 짙은 그림자가 동주의 눈을 찔렀다. 아팠다.

아버지와의 대립은 소강상태로 접어들었다. 어떤 결론도 나지 않았다. 동주는 학교에 가면 쉬는 시간마다 창가에 섰다. 창은 세상을 볼 수 있으나 문은 아니었다. 동주는 창을 통해 물끄러미 운동장이며 울창한 플라타너스를 보았다. 오가는 학생들과 동경제국대학 출신의 일류 교사들. 그들은 입만 열면 천황 폐하 만세와 동양 삼국의 평화와 노구교 사건을 중국 책임으로 돌리면서 전쟁을 합리화하며 목소리를 높였다.

창밖은 폭염이 한창인데 교실에는 한파가 몰아쳤다. 이글이글 타오르는 우등불*을 교실에 옮겨 놓고 싶은 마음이 간절했다. 물론 동주의 마음만 시베리아다. 하지만 시베리아에도 자작나무며 소나무가 자라고 있다. 얼음과 혹한을 견디며 나무는 자라고 꽃을 피우며, 강물은 흘러 바다로

---

* 모닥불.

나간다.

"9월에 원산을 거쳐 금강산으로 수학여행을 가게 되었다."

마음이 무거운 중에도 금강산으로 수학여행을 간다니, 좋았다. 겉으로 드러내며 환호하진 않았지만 잠시라도 집을 떠나 아버지와 마주치지 않게 된 것만으로도 마음이 홀가분해졌다. 동주는 도서관으로 가서 지난 6월에 조선일보에서 읽었던 정지용의 「비로봉 2」를 찾아보았다. 시는 깔끔한데 뭔가 부족한 느낌이 들었다. 너무 압축적이어서 그런지 풍경이 그려지지도 않았고 어떤 호연지기도 느낄 수 없었다.

9. 수학여행

"수학여행 다녀올게."

동주가 몽규한테 말했다.

"광명중학교는 역시 대단해. 수학여행을 금강산으로 가다니."

몽규가 빙그레 웃으며 말했다.

"놀리냐?"

"놀리다니? 대성중이 광명중을 어떻게 놀려?"

"그게 놀리는 거지."

"아무튼 금강산에 간다니 부럽다. 나는 죽기 전에 한 번이라도 가 보려나 모르겠다."

"금강산이 뭐 지구 반대편에 있냐? 마음먹고 가면 되는 거지."

"그렇긴 하지. 나는 별과 준비에 전념해야 하니 너라도 잘 다녀와라."

"고맙다, 고마워."

광명중학 학생을 가득 태운 열차가 용정역에서 출발했다. 열차 안은 수학여행에 대한 흥분으로 왁자지껄했다. 기타를 메고 온 급우도 눈에 띄었다. 동주는 창가에 앉아 흘러가는 풍경에 눈길을 던졌다. 아버지는 여전히 문과 입학을 허락하지 않았다. 시집 몇 권을 가방에 넣고 오긴 했으나 꺼내지 않았다. 동주는 싸늘한 유리창과 쨍쨍한 햇살을 보며 아버지와 어머니를 생각했다.

아버지는 의과를 고집하며 한마디도 하지 않았고, 어머니는 애간장이 녹는 표정으로 발을 동동 굴렀다. '나에게 주어진 길은 아버지의 길이 아니다!' 아버지의 길을 걸어가며 사는 건 진정한 인생이 아니었다. 안정된 직업을 선택하라는 아버지의 강압 앞에서 동주는 꿈을 포기할 수 없었다. 생활의 협박장은 받지 않을지 몰라도 영혼의 허기를 견딜 자신이 없다고, 동주는 생각했다.

남의 꿈을 위해, 아버지의 꿈을 위해 살 수는 없다.

나의 꿈을 위해 살아야 한다.

두만강을 건너 열차는 느릿느릿 달려갔다. 만주의 낮은 구릉과 옥수수밭을 지나 열차는 산악 지대로 들어섰다. 열차가 터널을 지날 때마다 매캐한 연기가 코를 찔렀다. 그렇게 달리고 달려 원산역에 도착했고, 원산역에서 외금강역으로 가는 열차로 갈아탔다.

외금강역은 용정이나 평양에서는 본 적 없는 서구식 건물이었는데 매우 독특했다. 지붕은 물론이고 화재를 감시하는 소방 탑처럼 높은 탑이 붙어 있는 것도 신기했다. 조선과는 어울리지 않는 건물이었다. 외금강역에서 조금 벗어나자 상업 거리가 나타났다. 일본식 여관이며 조선식 여관의 간판이 각각 세 개씩 보였다. 단풍 구경을 나온 사람들로 거리는 붐볐다.

광명중학 수학여행단은 일본 여관에 묵었다. 예닐곱 명이 하나의 다다미방에 배치되었다. 동주는 이불에 기대어 앉아 눈을 감았다. 얼마 전 정일권이라는 선배가 만주군관학교 교복을 입고 와 후배들한테 군관 학교 입학을 장려하는 강연을 할 때, 환호하고 감동하던 급우들과 한방을 쓰려니 울적했고 불편했다. 그렇다고 시집을 꺼내 읽는 것도 웃기는 노릇이라 잠시 쉬는 중이었다.

저녁을 먹고 여관 마당에서 장기자랑을 할 때, 동주는 슬쩍 여관을 빠져나왔다. 밤의 외금강 온정리는 불야성이었다. 가게마다 마음껏 전기를 사용하여 간판을 밝혔다. 고급 술집에서는 일본 노래를 합창하는 소리로 떠들썩했고, 일급 요정에는 게이샤와 기생들이 들락거렸다. 여기는 경성도 평양도 용정도 아닌 깊은 산중의 작은 거리에 불과하지만, 악의 꽃이 만발했다. 기생이나 게이샤를 불러 마음껏 희롱하며 밤새도록 술에 취해 놀 수 있는 관광지의 붉은 불빛을 동주는 슬픈 눈길로 바라보았다.

동주는 홍등의 관광지가 지겨워 여관으로 돌아갔다. 여관 마당에서는 장기자랑이 한창이었다. 어떤 학생이 천황 폐하게 바치는 헌시를 읊고 있었다. 동주는 조용히 방으로 들어갔다.

방에서 동주는 정지용의 시집을 뒤적거렸다. 페이지를 넘기다 「비극」에 눈길이 갔다. 얼마나 많이 읽었던 시인지…….

동주의 눈길이 "오랜 후일에야 평화와 슬픔과 사랑의 선물을 두고 간 줄을 알았다."에 고정되었다. 팔뚝에 소름이 오돌토돌 돋았다. '나도 평화와 슬픔과 사랑의 선물을 두고 갈 수 있을까?' 이것이 시인의 비극이라면, 기꺼이 그 길을 가고 싶었다. 그 길의 길목에 문과가 있다. 역시 문과를 포기할 수 없다고 동주는 결심했다. 아버지가 끝내 허락하지 않으면…… 그래도 의과에는 갈 수 없다.

밤이 깊었다. 급우들이 방으로 들어와 일본어로 떠들기 시작했다. 그들은 사케와 마른 명태를 몰래 숨겨 와 술판을 벌였다. 술은 사케가 최고라느니, 막걸리는 냄새가 나느니 하면서 술에서조차 일본을 추앙했다. 다행히 급우들은 동주를 투명 인간으로 취급했다. 동주는 그들의 따돌림을 고맙게 생각했다.

동주는 시집을 덮고 방을 나왔다. 동주는 금강산의 밤하늘을 올려보았다.

무수하게 많은 별이 밤하늘에 반짝였다. 조롱박 크기의 별들이 만들어 낸 찬란한 별밭이 은하 저 끝의 우주까지 펼쳐져 있다. 동주는 북극성과 북두칠성과 오리온자리를 먼저 찾았다. 눈에 익은 별자리라 금세 찾았다.

별 하나마다 몽규며 익환의 이름을 떠올리며 헤아려 보았다. 이름을 모르는 별이라도 그 별을 가만히 보고 있으면 이제는 잊힌 이름들이 떠올랐다. 사람은 별에서 온 존재다. 동주는 별을 볼 때마다 그런 생각을 했다.

별 헤는 밤…….

동주는 북두칠성 국자의 두 번째 별에서 어머니를 떠올렸다.

어머니는 지금 북간도에 계신다.

어머니는 아버지와 동주 사이에서 괴로운 날들을 보내는 중이었다. 아들 때문에 자주 아버지와 다투었다. 벽력같이 고함을 내지르며 윽박지르는 아버지한테 회령 말로 나직하고 부드럽게 맞서는 어머니. 새벽마다 정화수를 놓고 먼 곳의 십자가를 바라보며 두 손을 비비며 아들을 위해 기도하는 어머니. 가녀리지만 김약연의 동생답던 어머니가 문득 간절하게 그리웠다.

새벽에 비로봉을 향해 출발했다. 동주는 비로봉에서 만상을 굽어보았다. 길고 긴 산행 끝에 정상에 서니 무릎이 오들오들 떨렸다. 잠시 후 산봉우리마다 걸려 있던 구름이 비가 되었다. 가는 빗줄기 사이로 새들이 날아갔다. 멀어져 가는 새들이 나비처럼 느껴졌다.

동주는 비로봉을 가만히 느꼈다. 이제 막 가을이 시작되었지만 비로봉의 바람은 옷깃을 여미게 할 정도로 추웠다. 금강산에서 제일 높은 봉우리답게 날씨는 변화무쌍했다.

금강산에서 돌아오는 길에 원산 송도원 해수욕장에 들렀다. 송도원에는 이름에 걸맞게 소나무 숲이 울창했다. 금강산에서 보았던 금강송처럼 늘씬하고 높게 자란 소나무였다. 송도원의 호텔에 들어가 짐을 풀었다. 원산해수욕주식회사가 지은 호텔인데 주변에는 골프장까지 조성되어 있었다.

짐을 풀고 모두 해변으로 나갔다. 동주도 천천히 걸어 울창한 소나무 숲을 지나 바다로 나갔다. 하얀 모래가 드넓게 깔린 해안에 서서 먼저 바다를 바라보았다.

파란 바다가 끝도 없이 펼쳐져 있고, 하얀 거품을 뿜어내며 파도가 밀려왔다가 밀려갔다. 하늘에 갈매기들도 날개를 활짝 펴고 부드럽게 활강하며 비행했다. 철이 지나그런지 광명중학교 학생들 말고 해수욕을 즐기는 사람들이 보이지 않았다. 학생들은 옷을 입은 채로 함성을 지르며 바다로 뛰어들었다.

동주도 바다로 들어갔다. 파도가 밀려와 발가락 사이를 간지럽혔다. 바람이 시원하게 불었다. 바람을 타고 파도는 점점 커졌다. 갈매기들은 끼룩끼룩 노래했다.

파도는 푸른 도마뱀 떼가 몰려오는 것처럼 재재거리며 끊임없이 밀려왔다. 한 물결을 싣고 한 파도가 밀려와 해안에서 모래 속으로 사라지기 전에 다른 파도가 푸른 도마뱀의 꼬리를 물고 다시 흰 거품을 싣고 밀려들었다.

집합을 알리는 호루라기 소리가 들렸다. 동주는 바다를 뒤로 두고 돌아섰다. 조금만 더 바다를 바라보고 싶은 마음에 동주는 자주 고개를 돌렸다. 돌아보고, 돌아보면서 바다를 떠난 동주는 기차 안에서 방금 본 바다를 오래 기억하기 위해 여러 문장을 만들어 보았다. 오늘의 기억을 잊지 않기 위해서였다.

용정역이 가까워지자 수학여행이 끝났다는 것을 실감했다. 마음이 열차보다 무거웠다. 동주는 열차가 느리고 느리게 달리기를 소망했다. 집에 돌아가면 다시 단식을 해야겠다고 생각했다.

10. 번뇌

"상하이에 이어 난징도 함락되었다네. 일본 육군 정말 대단하지 않아?"

용정중앙의원 원장인 최가 안주로 개의 생간을 먹으며 말했다. 최의 입술에서 핏물이 배어 나왔다.

"장개석이 바보지. 일본군보다 빨갱이만 때려잡겠다고 설치더만 꼴 좋네."

영사관 옆에서 자동차 정비 공장을 운영하는 김이 말했다. 김은 동치미에 담긴 무를 우걱우걱 씹었다.

윤영석은 기름밥을 먹고사는 김보다 의사인 최가 더 부러웠다. 최는 일본에 아부하지 않고도 종기에 붙이는 고약을 만들어 떼돈을 벌었다. 반면에 기름밥을 먹는 김은 최에 비해 벌이가 시원찮았다.

최는 정식으로 의과 대학을 나온 사람도 아니었다. 평양에서 병원에 근무할 때 어깨너머로 배운 솜씨로 의사 노릇을 하고 있다는 소문이 돌았다. 그래서 그런지 종기 치료 전문이라고 간판에 써 붙였다. 종기 때문에 고생하는 사람이 많아 의원은 언제나 문전성시였다. 최는 종기를 째거나 구멍을 뚫어 고름을 짜내고 고약을 붙이는 치료로 용정에서 유명했다.

  동주도 의과에 가서 공부하고 정식 의사가 되면 좋으련만. 윤영석은 기어이 연희 문과로 가겠다는 동주 때문에 괴로운 날을 보냈다. 그것은 모두 몽규 탓이라는 생각도 들었다.

  윤영석은 몽규도 연희 문과를 지원한다는 게 영 마음에 걸렸다. 비록 남들보다 공부가 늦기는 했지만 몽규 실력이면 그 어렵다는 별과를 통과해 문과에 합격할 것만 같았다. 윤영석은 동주가 몽규와 함께 지내는 게 싫었다. 착하고 예의 바르고 천재에다 신춘문예까지 당선되었지만, 몽규는 위험한 사촌이었다. 하지만 그걸 이유로 내세울 수는 없었다.

  "자, 육군의 난징 함락을 축하하며, 건배!"

  김과 최가 술잔을 높이 들었다. 윤영석은 건배하고픈 마음이 없어 미적거렸다.

  "윤 사장, 뭐 하시오? 기쁘지 않소?" 김이 목청을 높였다.

  윤영석은 마지못해 잔을 들어 건배했다. 일본의 힘이 너무 강해진 건 사실이었다. 그렇다고 해도 윤영석은 노골적인 친일의 길로 들어서고 싶진 않았다. 그것은 자존심 문제였다. 비록 사업을 하느라 일본인이며 친일 사업가들과 함께 어울리고 있지만 윤영석의 내면 깊은 곳에는 명동촌의 정신이 흐르고 있었다.

"이 풍진 세상을 만났으니~, 너의 희망은 무엇이냐~~."

윤영석은 비틀거리는 걸음에 맞춰 희망가를 부르며 천천히 집을 향해 걸었다. 부귀와 영화를 누리자는 것도 아닌데 이 풍진 세상을 건디는 게 너무 힘들었다. 더구나 아들 동주는 연희 문과로 보내 달라며 버티고 있다. 동주에게 그 가시밭길을 가라고 할 수는 없었다. 너무 뻔하지 않은가?

머리에 인문학의 지식이 들어가면, 독립이라는 뜬구름과 문학이라는 아스라한 안개 속에서 방황할 게 빤히 보이는데. 평양 유학도 허락했다가 보기 좋게 실패하고 용정으로 돌아와 결국엔 광명중학을 다니고 있는데…….

괴로웠다.

동주와 함께 먹던 밥상을 엎기도 하고, 그릇을 던지기도 해 보았다. 하지만 동주는 문학이라는 거미줄에 매달려 꿈쩍도 하지 않았다. 결국에는 거미줄에 걸린 한 마리의 나비가 될 것만 같아 윤영석은 불안했다.

일본이 조선을 집어삼키고 만주국을 만들고, 중국 본토를 침략하지 않았다면…… 당연히 허락했을 문학의 길이었다. 문학의 길이 얼마나 아름답고 맑은 길인지 윤영석도 모르는 바는 아니었다. 아름답고 맑은 그 세계에는 덫도 많고 늪도 많았다.

연초에 윤영석은 『가톨릭 소년』에 발표된 동주의 시를 읽어 보고 깜짝 놀랐다. 몽규의 신춘문예 당선작보다 훨씬 깔끔하고 맑은 글이었다. 동주가 문학에 얼마나 진심인 줄 충분히 알았지만, 윤영석은 그래서 겁이 덜컥 났다. 의사로 편안히 살면서 문학에는 인생의 일부만 건다면 얼마나 좋을까.

'어?'

아들 동주가 어느 골목에서 나와 걷고 있는 게 보였다. 멀리서 봐도 몹시 야위어 보였다. 윤영석은 걸음을 멈추고 아들을 유심히 바라보았다. 아들은 고개를 푹 숙이고 용정 거리를 걷다가 다시 작은 골목으로 들어갔다. 아들의 어깨는 축 처져 있고, 뒷모습에는 쓸쓸한 그 무엇이 내려앉아 윤영석의 마음을 아리게 했다.

'동주야, 네게 문학은 무엇이냐? 문학이 너를 죽일 수도 있는데…… 너만 모르는구나.'

아들이 불쌍해서 가슴이 미어지도록 아팠다. '동주야, 아비는 너를 그 길로 가게 할 수가 없구나. 내 마음도 좀 알아다오.' 이렇게 호소하고 싶었다.

 윤영석은 먹먹해진 가슴으로 간신히 집에 도착했다. 집 안은 썰렁했다. 아내는 이부자리에 누워 일어나지도 않았다. 얼마 전부터 아내도 곡기를 끊었다. 식구들의 밥을 하고 반찬을 만들어 밥상을 차렸지만 정작 본인은 수저를 들지 않았다. 아내가 남편의 마음을 몰라주고 아들 편을 드는 게 윤영석은 서글펐다. 그럴수록 윤영석도 완고하게 나갔다.

"아비 왔느냐?"

 아버지의 목소리가 들렸다. 윤영석은 깜짝 놀랐다. 기별도 없이 명동촌에서 온 것을 윤영석은 몰랐다.

"언제 오셨어요?"

 윤영석은 윤 장로에게 깊게 고개를 숙이며 물었다.

"저녁 식전에 왔다. 들어오너라."

 윤영석은 아버지가 명동촌에서 오면 묵는 사랑방으로 들어갔다. 한창 가을걷이를 할 때인데 불쑥 용정으로 나오시다니…… 무슨 좋지 않을 일이라도 생겼을까 걱정이 앞섰다. 윤영석은 아버지 앞에 조심스레 앉았다.

"술 마셨구나?"

"예, 조금요."

"요새 매일 술이라며?"

"죄송합니다."

"술을 먹어도 술에 지면 안 된다. 반드시 밥을 제때 챙겨 먹어야 한다. 밥심이 있어야 술을 이기느니."

"명심하겠습니다. 그런데 어쩐 일로 갑자기?"

윤 장로는 아들 영석의 질문에는 얼른 대답하지 않고 올해 농사가 어떤지에 대해 오래 말했다. 옥수수는 풍년인데 벼는 흉작이라며 겨울에 쌀값이 뛸 거라며 걱정했다. 일본의 대공세와 명동교회의 쇠락에 대해 말할 때는 중간중간에 한숨이 섞였다.

"교회에 안 나간 지 얼마나 되느냐?"

느닷없는 질문에 윤영석은 당황했다. 왜 이런 질문을 하실까?

"한 칠팔 년 되지 않나 싶습니다."

명동소학교를 교회 학교에서 인민 학교로 바꾸는 과정에서 발을 끊었으니, 얼추 그 정도라고 윤영석은 생각했다.

"명색이 내가 교회 장로지만, 너더러 교회에 나가라고 강요한 적이 있더냐?"

아버지의 질문에 뼈가 담겨 있는 걸 윤영석은 느꼈다.

"없습니다."

"내가 너더러 하지 말라고 한 것이 있더냐?"

아버지의 서릿발 같은 질문에 윤영석은 그동안 벌려 놓았던 사업의 실패가 주마등처럼 스쳐 지나갔다. 사업에 실패하고 새 사업을 하겠다고 했을 때마다 아버지는 말없이 자금을 내주었다. 사업 실패에 대해서 한 번도 질책하지 않았고 오히려 격려하기만 했었다.

"…… 없습니다."

"동주 말이다. 이러다가 내가 장손자를 잃게 생겼다. 동주가 여린 놈이지만…… 또 그만큼 무섭기도 하다. 꺾이지도 않고 물러서지도 않으니. 연희 문과라면 조선에서 최고의 전문학교 아니더냐? 합격만 하면 온 용정이 떠들썩할 그런 학교인데, 시험 준비에 매진하라고 허락하거라. 이만하면 되었다."

"아버님, 동주의 내면에는 굵은 양초 하나가 들어 있어요. 지금은 그 양초에 불을 붙이지 않았지만…… 문과 공부란 게 양초에 불을 붙이는 것과 같아요. 동주 스스로 그 양초에 불을 붙이면 동주를 활활 태워 버릴 겁니다. 저는 솔직히 그게 너무 걱정스러워요. 저는 동주가 양초에 불을 붙이지 않고, 그저 잘 살았으면 좋겠습니다. 그게 부모 마음 아닐까요? 또……."

윤영석은 잠시 말을 끊었다. 짧은 침묵이 두 사람 사이에 흘렀다.

"또…… 연희 문과에는 반골들이 많다고 들었습니다. 몽규도 이미 반골인데, 동주도 반골에 물들까 심히 두렵습니다."

윤영석은 연희 문과를 반대하는 이유를 길게 아버지께 여쭈었다. 아버지는 윤영석의 말을 끝까지 들었다. 때로는 고개를 끄덕이며 동의하기도 했다. 윤영석은 위험한 시대일수록 의사 같은 직업을 가져야 한다고 못을 박아 말했다.

"그만하면 됐다." 아버지가 윤영석의 말을 끊었다.

"예?!" 윤영석은 아버지의 단호한 말에 깜짝 놀랐다.

"내 생각에는 동주가 하고 싶은 대로 허락하는 게 좋을 듯싶다. 그게 그 아이의 운명이라면, 어쩔 수 없지 않느냐? 너도 이제 고집을 꺾고 마음을 내려놓아라."

"……."

"이러다가, 연희에 가기도 전에 애가 먼저 상할 지경이다. 너도 보지 않았느냐? 동주의 고집이 얼마나 센지. 아비가 져야지, 어쩌겠느냐? 나도 언제나 너한테 지고 살았다.

그게 부모의 일이니라. 네 마음을 나도 잘 안다. 하지만 동주한테는 문학밖에는 없다. 애한테서 그것을 빼앗아 버리면, 부모의 도리가 아니다. 이제 그만하고 허락해라."

"……."

윤영석은 아버지의 말에 끝내 동의하지 않았다.

11. 야행

유언이라도 남길까 싶었다.

달빛이 문살에 얽히고 외딴집에서 개가 짖는 밤이었다. 동주는 아버지에 맞서 유언이라도 남기고 싶었다. 동주는 자정 넘은 시간에도 잠을 이루지 못하고 집을 나섰다. 방에 누워 있으면 속에서 불이 활활 타올랐다. 몸이 뜨거워 늦가을의 바람에 식혀야만 했다. 동주는 밤의 용정 거리를 천천히 걸었다.

바다에 진주를 캐러 가고, 해녀와 사랑을 속삭이고 싶다는 맏아들을 아버지는 용납할 수 없었다. 하지만 밤마다 밤길을 헤매고 다니는 아들이 언제 돌아오나 싶어 문에 달린 손바닥 크기의 쪽유리창으로 자주 마당을 쳐다보았다. 동주의 어머니는 그런 남편의 모습에도 마음이 아팠다.

대랍자에서 고모부가 오셨다. 고모부는 동주를 보자 씨익 웃으며 머리를 쓰다듬었다. 고모부의 솥뚜껑처럼 큰 손에는 애정이 듬뿍 담겨 있는 게 느껴졌다. 고모부는 아버지와 술잔을 나누며 이야기를 나누었다. 동주는 고모부가 무슨 말을 하는지 밖에서 귀를 쫑긋 세우고 엿들었다.

"나는 몽규가 살아서 돌아온 것만으로도 아주 만족하고

있다오. 아비로써 그 아이가 무엇을 하든, 뒤에서 조용히 밀어주는 게 도리가 아닌가 생각하고 있소. 몽규가 문과에 간다면 문과에 보내 주고. 또 몽규가 공부를 끝내고 조선을 위해 문화 운동으로 독립운동을 하겠다고 하니, 모르는 척 도와야 하지 않겠소. 그게 부모의 일이라고 나는 생각하오."

"지금 시국에 문과 공부를 한다는 것은 곧 죽겠다는 말과 무어 다르오? 몽규나 동주가 그냥 문과 공부를 한답니까? 그 애들이 하는 문과 공부는 그냥 문과 공부가 아니란 말이오. 일본과 싸우자는 문과 공부란 말이오."

아버지의 언성이 조금 높아졌다.

"그건 너무 과한 생각인 듯싶소. 사람의 삶을 공부하는 게 문과 공부요. 그애들은 소학교 시절부터 문학을 하겠다고 했으니, 문과로 가는 게 당연하지 않겠소. 아비의 꿈을 자식한테 강요하면 아니 되오. 부모란 그저 자식의 꿈을 키워 주고 조용히 뒷바라지하며 애들이 길을 열고 가는 것을 보면 되는 거잖소." 고모부가 말했다.

"나는 싫소. 말이 나왔으니 말이지, 몽규도 문과에 보내 헛된 꿈이나 꾸게 하지 말고 일찌감치 의과로 보내는 게 어떻겠소?" 아버지가 말했다.

"몽규의 장래를 어찌 내가 결정하오? 몽규의 장래는 몽규가 결정하는 것이오. 동주의 장래도 마찬가지고."

고모부가 나직하게 대답했다.

"내 자식을 두고 나한테 이래라저래라 하지 마오. 나는 동주가 문과에 가는 걸 도무지 찬성할 수 없소."

"고집도 참 세오. 익환이는 일본 동경으로 유학을 간답디다. 쥐꼬리만 한 목사 월급으로 그것을 감당하려는 사람도 있는데…… 꼭 이렇게까지…….”

익환이가 일본으로 유학을 떠난다는 말에 아버지는 입을 다물었다. 하지만 고모부는 아버지를 설득하지 못했다. 고모부를 배웅하고 집으로 들어서는데 아버지와 어머니가 말다툼하는 소리가 들렸다. 동주는 대문 앞에서 쓸쓸히 돌아섰다.

휘황한 불빛이 어우러지고 수많은 인력거가 오고 가는 시내 중심가를 피해 동주는 걸었다. 가난한 사람들이 몰려 사는 골목을 지나가니 외딴집이 멀리 보였다. 외딴집에서 개가 달을 보며 짖었다. 동주는 달을 따라 호젓하고 후미진 오솔길을 걸었다. 걷다 보니 해란강이 앞에 나타났다. 강물에 달이 떠 있다. 바람이 살짝 불어오면 물결이 자잘하게 일렁였다. 밤에 보는 윤슬은 아름답고 서러웠다.

얼마나 많은 밤을 이렇게 보내야 하나? 얼마나 자주 깊은 밤에 잠을 이루지 못하고 잠자리에서 튕기듯 뛰쳐나왔던가? 동주는 끝없는 광야를 홀로 거니는 사람의 외로운 심사를 알 것만 같았다. 피라미드처럼 슬펐다. 한때는 드높았으나 이제는 무너진 피라미드. 젊은이의 꿈이 피라미드처럼 무너져선 안 되는 거라고 동주는 강물에 뜬 달을 보며 생각했다.

그 후로도 동주의 야행은 잦았다. 마음 곳곳에 종기가 돋아났고 곪아 터지기도 했다. 맥이 풀린 다리를 끌고 조용히 집을 나와 떠나는 동주의 행장. 행여라도 아들이 잘못될까 싶어 어머니는 그 뒤를 고양이처럼 밟았다. 동주는 어머니를 따돌리려 여러 번 방향을 바꾸어 골목으로 들어갔다가 큰길로 나오곤 했다. 어머니는 동주를 놓치고 타박타박 집으로 돌아가 툇마루에 앉아 하염없이 대문만 바라보았다.

자정이 넘은 시각, 홀로 걷는 동주 앞에 사색의 터널이 열렸다. 포플러 나무가 줄지어 선 신작로를 걸으면서 시를 반추한다. 마땅히 반추해야 한다고 생각했다. 시는 마음에 붙인 고약과 같다. 마음의 종기가 곪을 대로 곪기 전에 고약이라도 붙일 수 있다니 얼마나 좋으냐. 다시 얼마간 떠돌다가 동주는 좁다란 골목길로 들어섰다.

어디선가 귀뚜라미 노래가 들려왔다. 귀뚜라미의 노래는 마디마디 끊어져 그믐달처럼 호젓하게 슬펐다. 귀뚜라미는 노래를 배울 어머니나 아버지가 없나? 그런 생각을 하면서 쓰게 웃었다. 오늘도 귀뚜라미는 작은 보헤미안이었다. 노래를 잃은 보헤미안……. 동주는 한숨을 길게 내쉬었다.

멀리 교회에서 울려 퍼지는 새벽을 알리는 종소리를 들은 뒤에야 동주는 이슬에 젖은 지친 몸을 이끌고 집으로 돌아와 몽규 옆에 누웠다. 몽규는 말없이 동주의 손을 꼭 쥐었다가 놓았다. 동주는 몽규 옆에서 몸을 새우처럼 구부리고 잠을 잤다. 아침이 오면 간신히 눈을 떴고, 아버지와 함께 받는 아침상이 싫어 책가방을 챙겨 학교로 갔다.

"아버진 속물이야."

어느 날 벽에 기대어 시집을 읽다가 몽규한테 이렇게 말했다.

"동주야!"

어머니가 밖에서 동주를 불렀다. 방문을 열고 내다보니, 어머니의 표정이 아주 싸늘했다.

"네 아버지는 속물이 아니다. 앞으로 절대로 절대로 그런 말 하지 말아라."

어머니는 '절대로'를 두 번이나 반복하면서 말했다. 동주의 얼굴이 홍당무처럼 빨개졌다. 어머니가 동주한테 저렇게 화를 내며 말한 건 태어나서 처음 보는 일이었다.

"예."

동주는 어머니를 향해 깊숙하게 고개 숙였다. 어머니는 그대로 돌아섰다. 동주는 멍하니 어머니가 사라진 쪽을 바라볼 뿐이었다.

"네가 좀 심하게 말하긴 했다."

몽규가 동주를 잡아끌어 방으로 데리고 들어갔다. 동주는 침묵했다. 몽규도 더는 말을 걸지 않고 책상에 앉아 조선어 교본을 집어 들었다. 동주는 방에 앉아 있을 수가 없어 밖으로 나왔다. 마당에서 하늘을 한 번 쳐다본 뒤에 대문을 나섰다. 아버지가 퇴근하여 돌아오기 전에 집을 나서고 싶었다.

"동주야, 곧 저녁 먹을 시간인데 어딜 가느냐?"

목소리를 듣고 고개를 들어보니, 할아버지였다.

"오셨어요?"

동주는 할아버지에게 공손하게 절을 했다. 할아버지는 홀로 명동촌에 남아 농사를 지었다. 대규모 농사라 농민들과 함께 지냈고, 손에서 괭이를 놓는 법이 없는 분이었다.

"오냐. 가을걷이가 끝났고 해서 왔다. 들어가자."

할아버지의 말에 동주는 집으로 돌아와야 했다. 할아버지가 몸이 왜 이리 야위었냐며 물었다. 동주는 차마 며칠째 밥을 먹지 않았다고, 단식으로 아버지한테 저항한다고 말을 하지 못했다. 동주는 할아버지의 뒤를 따랐다.

"얼굴에…… 그늘이 깊구나."

할아버지가 말했다. 동주는 무슨 뜻인지 몰라 대답할 수가 없었다. 어머니가 할아버지를 보고 손에 묻은 물을 닦으며 뛰어나와 공손히 절했다.

"어서 오세요, 아버님."

"어미 솜씨가 그리워 불쑥 왔다. 가을걷이도 끝났고."

할아버지는 어머니의 음식 솜씨가 좋다고 늘 칭찬했었다. 동주는 할아버지가 들고 있는 지팡이를 받아 마루 중간의 기둥에 기대어 세웠다. 어머니가 걸레를 들고 방으로 들어가 닦기 시작했다. 동주는 할아버지 뒤에 서서 무슨 말씀을 하시나 하고 기다렸다.

"그래, 공부는 열심히 하느냐?"

할아버지가 물었다.

"예에."

기어드는 목소리로 대답하자 할아버지가 고개를 돌려 동주를 가만히 바라보았다.

"아닌 모양이구나."

할아버지가 혀를 끌끌 찼다. 동주의 목덜미에서 진땀이 났다. 방에서 어머니가 나오자 할아버지가 마루 위로 올라섰다. 어머니가 동생한테 뭐라고 하자 동생이 빠르게 집에서 뛰어나갔다.

"얼굴 좀 펴거라."

할아버지가 동주에게 말했다. 동주는 움찔 놀랐다. 할아버지는 헛기침을 크게 한 뒤에 방으로 들어갔다. 동주는 마루 아래 서 있다가 어머니의 손짓에 자기 방으로 들어갔다. 마음이 초조하고 불안했다. 할아버지의 표정이 밝지 않은 것으로 보아, 심한 꾸중을 들을 것만 같았다.

머리가 복잡해지더니 무거워졌고 두통이 몰려왔다. 동주는 이불에 기대어 앉아 눈을 감았다. 할아버지가 아버지의 편을 들어 크게 혼을 내면 어쩌지? 지난 몇 달 동안 계속된 집안의 지나친 불화는 문과에 가겠다는 동주와 의과로 가라는 아버지의 충돌에서 비롯되었다. 할아버지도 그것을 익히 알고 있었다.

'아무리 크게 혼이 난다고 하더라도 문학은 내게 영혼

과 다름없어. 영혼을 포기하고 육체만으로 살아갈 수는 없지. 영혼 없이 사는 건 사는 게 아니야. 그렇게 살 수는 없어. 죽은 삶, 껍데기뿐인 삶을 살 수는 없지. 나는 내 길을 갈 거야.'

동주는 식은땀을 줄줄 흘리고 두통에 시달리면서도 차분하게 마음을 정리했다. 그래도 비애가 땅거미처럼 밀려와 동주를 감쌌다. 마당이 조금 시끄러웠다. 아버지가 급하게 돌아오신 모양이었다.

아버지가 어머니한테 할아버지가 왜 오셨냐고 묻는 소리가 들렸다. 어머니는 모른다고 대답했다. 동주는 계속된 단식으로 체력이 말이 아니었다. 눈을 감았다. 배가 고픈 단계는 지나 속은 편했지만, 몸에 힘이 빠졌고 두통이 심해졌다.

어머니가 저녁상을 차려 방으로 가져갔다. 시아버지와 남편의 겸상이었다. 어머니는 상 옆에 다소곳이 앉아 두 사람이 주고받을 말을 기다렸다. 사실, 시아버지에게 도움을 청한 사람은 어머니였다. 대랍자로 돌아가는 고모부한테 슬쩍 부탁했었다. 남편과 아들의 지독한 반목과 대립을 그만 끝내고 싶었다.

시아버지는 남편한테 요즘 시국과 장사에 대해 이것저

것 물었다. 중일 전쟁이 본격화되었고, 장사는 그저 그렇다고 남편이 대답했다. 시아버지는 시국에 대해 걱정하는 말을 꺼냈다. 남편은 일본군이 곧 남경을 정복할 거라고 말했다. 시아버지는 동북항일연군에 대해 말을 꺼내며 지금은 일본이 우세할지 몰라도 곧 판이 뒤집어질 수 있다고 말했다. 남편은 행여라도 밖에 나가서는 그런 말을 해선 안 된다고, 안 그러면 몸을 다친다고 완곡하게 여쭈었다.

"익환이는 언제 일본으로 간다더냐?"

시아버지가 남편한테 물었다. 남편은 얼른 대답하지 못했다. 관심이 없으니 알 턱이 없었다.

"해가 바뀌면 곧 간다고 합니다."

동주의 어머니가 옆에서 대신 대답했다.

"문재린 목사네가 참 대단해. 동생 학린이가 평양에서 유학할 때도 온 집안이 뒷바라지에 정성을 쏟더구먼. 학린이 그 사람 참 아까워. 지금쯤 한창 일을 하고 있을 텐데. 그런데 또 아들을 동경까지 보내 공부를 시킨다니. 문 목사 월급이 그럴 형편이 아닌데. 김신묵 집사가 허리띠를 졸라매고 졸라매겠지."

"예에."

시아버지의 말에 남편이 건성으로 대답했다.

"몽규도 참 잘되었어. 사지에 갔다가 살아 돌아오고, 이제는 총을 놓고 문과에 가서 공부를 계속한다고 하니. 연희전문 별과가 아무리 어려워도 몽규는 해낼 거야."

"아마 그럴 겁니다."

이번에도 남편이 건성으로 대답하고는 숟가락으로 국을 떠먹었다. 시아버지는 수저를 놓은 지 오래였다.

"그런데 우리 동주가 익환이나 몽규에 비해 모자라는 게 있더냐?"

"……."

남편은 쉽게 입을 열지 못하고 숟가락을 놓았다. 동주의 어머니는 남편의 얼굴에 어리는 곤혹감을 보았다.

"문과 가는 걸, 허락해라. 이러다 생때같은 애를 잡게 생겼다. 동주가 그토록 원하는데 길을 열어 줘야 하지 않겠느냐? 소학교 시절부터 같이 자라 온 동무들은 모두 제 꿈을 찾아서 가는데, 동주만 못 간다는 게……. 자식의 마음을 충분히 헤아릴 줄 알아야 애비 노릇도 제대로 하는 거니라. 애비 너도 고집을 그만 꺾고, 동주를 놓아주거라. 며칠 전에도 내가 간곡하게 말하지 않았더냐?"

"……."

남편은 입을 꾹 다물고 대답하지 않았다. 어머니는 손바닥의 땀을 치맛자락에 연신 닦았다.

"나는 너를 그렇게 키우지 않았다. 네가 하고 싶어 하는 일에 대해 단 한 번도 반대한 적이 없었다. 그저 믿고 뒤를 봐주었다. 내 마음에 차지 않아도 네게는 한마디 말도 꺼내지 않았느니라. 동주도 그렇게 밀어주거라."

시아버지가 차분하게 결론을 내렸다. 어머니는 가슴이 벅차올랐다. 콧등이 시큰해지더니 왈칵 눈물이 돌았다. 남편은 대답하지 않고 고개를 숙였다. 방 안에 침묵이 흘렀다. 상 위의 국과 밥은 식어만 갔다. 시아버지가 숭늉을 한 모금 마셨다. 동주 어머니는 답답해서 미칠 지경이었다. 남편이 고집을 피우면 시아버지도 어쩔 수 없는 일이었다.

"아버님 말씀대로 하겠습니다."

오랜 침묵을 깨고 남편이 입을 열었다. 시아버지의 표정이 단숨에 밝아졌다.

"고맙구나. 동주를 불러오너라."

시아버지가 어머니를 보고 말했다. 어머니는 얼른 일어나 작은방으로 갔다. 문 앞에서 동주를 불렀다. 대답이 없어 두어 번 더 불러 보았다. 그래도 기척이 느껴지지 않아 하는 수 없이 문을 열었다. 동주는 방바닥에 쓰러져 있었다. 어머니는 깜짝 놀라 동주를 흔들었다. 동주가 힘없이 눈을 떴다.

"문과 허락하셨어. 할아버지가 부르시니 얼른 가자."

동주는 허락이 떨어졌다는 말이 믿어지지 않았다. 어머니가 동주를 부축하여 안방으로 갔다. 동주는 할아버지 앞에 무릎 꿇고 앉았다. 어머니는 얼른 정주간으로 나갔다.

"문과를 허락했으니 아버지께 고맙다고 해야지."

할아버지가 타이르듯이 말했다. 동주의 눈에 눈물이 고이더니 뺨 위로 흘러내렸다.

"고맙습니다, 아버님."

"내게 말고, 할아버지께 감사를 올려라."

"고맙습니다, 할아버지."

"지금부터 준비를 단단히 하거라. 연희전문이 어디 쉬운 곳이더냐? 경성제대 다음이 아니더냐? 그동안 공부를 못했을 터이니, 열과 성을 다하여 반드시 합격하도록 해라."

할아버지가 지엄한 목소리로 당부했다. 동주는 감격으로 몸이 떨렸다. 주먹으로 흐르는 눈물을 닦아 내며 반드시 합격하여 기대에 어긋나지 않게 하겠다고 말을 올렸다. 그 사이에 어머니가 숭늉을 갖고 들어왔다.

12. 기원

주일날 동주는 할아버지 윤하현 장로를 모시고 기쁜 마음으로 교회에 갔다. 익환은 동주의 얼굴만 보고서도 문과 진학에 대한 허락이 떨어졌다고 짐작했다. 예배가 끝나고 동주는 익환을 만나 조만간에 몽규와 함께 모이자고 말했다. 익환이 좋다고 답했다.

며칠 후 초겨울의 어느 날, 용정 시내에서 만난 명동촌의 삼총사는 비암산을 향해 출발했다. 용문교 목조 다리를 건너 발걸음도 가볍게 비암산을 향해 걸었다. 늦가을의 햇살 좋은 때처럼 날이 아주 좋았다.

비암산은 자그맣고 낮은 산이었다. 하지만 정상에 서면 용정 시가지와 넓은 벌을 굽이쳐 흘러가는 해란강이 아주 잘 보였다. 비암산 정상에 선 명동촌의 삼총사는 가슴을 넓게 펴고 초겨울의 신선한 공기를 마음껏 들이켰다.

잠시 후, 익환이 두 손을 가슴에 모으고 기도를 올렸다. 익환의 기도에는 동주와 몽규가 연희전문 문과에 무사히 합격하게 해 달라는 간절한 기원이 담겼다.

"아멘!"

몽규가 우렁차게 익환의 기도에 화답했다. 그런 몽규가

귀여워 동주가 빙그레 웃었다.

"오랜만에 동주가 웃는 모습을 보니, 정말 좋다."

익환이 말했다. 이렇게 마음 편하게 웃는 게 몇 달 만인지 모를 정도였다. 그동안 동주는 주일날 교회에서조차 웃지 않고 지냈다. 마음이 지옥이니 얼굴이 펴지지 않았다. 믿음을 갖고 간절히 기도하면 하나님이 들어주실 것이라는 익환의 말도 흘려듣기만 했다.

"그런데 너는 왜 일본신학교를 택한 거야?"

몽규가 익환에게 물었다.

"처음엔 평양신학교에 가려고 했는데…… 평양신학교가 너무 보수적으로 변했다고 모두 반대하더라. 그래서 고민하고 있는데, 아버지께서 동경에 있는 일본신학교를 권하시더라고. 집안 형편이 뻔하다는 걸 내가 모르지 않는데…… 학비 걱정은 말고 가서 열심히 공부만 하라고 하셔서."

"네가 좀 외롭겠다. 우리 둘은 경성으로 가는데 너는 혼자 동경으로 가야 하니."

동주의 말에 익환은 빙그레 웃었다.

"하나님이 함께 계시니 얘는 외롭지 않을 거야."

몽규가 익환을 가리키며 농담처럼 말했다.

"그래, 몽규 말이 맞아. 나야 늘 하나님과 함께 있을 거니까. 그래도 다행인 건 너희 둘은 함께 경성으로 간다는 거지. 몽규 네가 동주 좀 책임져라. 동주는 여리고 수줍음도 많고, 뻔뻔하지도 않으니."

"야, 나는 수줍음도 없고 뻔뻔하다는 말이냐?"

익환의 말에 몽규가 항의했다.

"뭐 그런 면이 없지 않아 있지."

"야, 너까지?"

옆에서 동주가 거들고 나서자 몽규가 종주먹을 들이댔다. 동주의 말이 틀린 것도 아니라며 익환이 나섰다. 명동촌의 삼총사는 티격태격하며 비암산 정상에서 한참 동안 즐겁게 시간을 보냈다.

이제 봄이 오면, 익환은 일본 동경으로 떠나고 동주와 몽규는 조선의 경성으로 떠날 터였다. 태어나서 소학교를 마칠 때까지 함께 자랐던 삼총사는 중학 시절을 보낸 용정을 떠나 드넓은 세상을 향해 첫발을 내디딜 것이다.

"우리 건강하게 공부를 마치고 여기로 꼭 돌아오자."

동주가 말했다. 동주의 말에 익환과 몽규가 맹세처럼 화답했다. 비암산을 내려오기 직전 동주는 다시 한번 용정 시가지와 명동촌 방향을 굽어보았다. 아버지의 허락을 받지 못해 떠돌던 밤의 용정 거리, 그리고 그 밤하늘을 바라보며 별을 헤던 밤들……. 모두 아스라한 추억으로 남아, 별처럼 빛날 것이라고 동주는 생각했다.

13. 경성

1938년 3월 23일, 경원선 기차가 경성역에 도착했다. 동주와 몽규는 좌석에서 일어나 선반에서 큰 가방을 내렸다. 기차에서 내린 승객들이 썰물처럼 플랫폼을 빠져나갔다. 경성은 처음이었지만 두 동무는 무수한 인파 속에 섞여 천천히 걸었다. 약간의 흥분과 설렘이 몸을 휘감았다.

경성에 오기 위해, 연희전문학교 문과 입학시험을 치르기 위해 아버지와의 긴 대립 끝에 얻은 소중한 기회였기에 동주에게는 이 순간이 너무나도 특별했다. 특별한 만큼 걱정도 앞섰다. 동아일보나 조선일보에 '입시 지옥'이라는 말이 나올 만큼 경쟁률도 치열한 연희전문 입학시험이 아닌가.

반면에 몽규는 아무 걱정 없다는 듯 편안한 표정이었다. 4년제 중학교를 졸업한 몽규는 별과 시험을 치러야 했는데도 자신만만했다. 용정에서 출발하기 전에 몽규는 서울에서 신학교를 다니는 라사행 선배한테 미리 전보를 쳐 두었다. 라사행은 낙양군관학교에서 함께 훈련받은 은진중학의 선배였다. 대합실로 나가는 출구에서 표를 내야 했기에 인파의 물결이 잠시 주춤했다. 마침내 표를 내고 두 동무는 경성역 대합실로 나갔다.

"송몽규!"

누군가 소리쳐 주변을 살펴보니, 전문학교 교복 차림의 라사행이 손을 흔들고 있는 게 보였다.

"윤동주!"

눈이 마주치자 라사행이 환하게 웃으며 손을 흔들었다.

"선배님!"

동주와 몽규는 라사행 앞으로 갔다.

"반갑다, 반가워. 먼 길 오느라 고생했다."

세 사람은 번갈아 악수하며 환하게 웃었다.

"피곤할 텐데, 어서 기숙사로 가자."

세 사람이 역 광장으로 나오니 인력거가 호객 행위를 하며 줄지어 서 있었다. 동주는 깜짝 놀랐다. 짐꾼 몇 사람이 다가오더니 다짜고짜 손에 든 가방을 잡아채는 게 아닌가. 짐꾼은 가방 두 개를 싸게 옮겨 준다며 일단 지게에 실었다. 라사행이 얼른 나서서 가방을 내렸다.

"되었소. 우리가 들고 가겠소."

짐꾼이 라사행을 좋지 않은 눈빛으로 보고 돌아섰다.

"가자. 조금만 걸어가면 돼."

라사행은 동주와 몽규를 데리고 서대문 방향으로 걷기

시작했다. 라사행이 다니는 학교는 냉천정에 있는 감리교신학교였다. 조선 최초의 신학교로 아펜젤러가 설립했다. 경성역에서 감리교신학교까지는 도보로 반 시간 정도의 거리였다.

야트막한 산기슭에 붉은 벽돌로 지어진 감리교신학교는 작고 소박한 캠퍼스였다. 아직 학기가 시작되지 않았기 때문에 학생들의 모습은 거의 눈에 띄지 않았다. 기숙사 방에는 침대가 둘밖에 없었다. 라사행이 미리 긴 의자를 갖다 놓아, 한 사람이 더 잘 수 있도록 해 두었다.

"피곤할 테니 오늘은 푹 쉬고 원서는 내일 접수해. 26일까지 접수하면 되는 거지?"

"예, 형님."

라사행의 말에 몽규가 대답했다. 낙양군관학교에서 함께 생활해서 그런지 둘은 스스럼이 없었다. 몽규는 제남에서 웅기 경찰서로, 웅기에서 석방되어 나온 경위를 들려주었다. 이어 라사행에게 평양 교도소에서의 생활을 물었다. 동주는 같은 시기에 라사행이 평양에 있었다는 사실이 너무 신기했다. 물론 동주는 숭실중학에 있었고 라사행은 감옥에 있었지만. 그런 점에서는 어쩐지 미안한 마음도 들었다.

다음 날, 원서를 접수하고 동주는 그동안 연희전문학교 문과 시험에 나왔던 문제를 풀어 보았다. 특히 약한 과목인 일본어와 일본사를 집중적으로 공부했고, 조선어는 잡지 『한글』에 실린 시험 문제와 최현배 교수의 풀이를 참고했다.

몽규와 같이 연희전문 기출문제를 같이 풀어 보면서 출제 경향을 짐작해 보기도 했다. 조선 팔도는 물론이고 멀리 북간도나 만주에서도 학생들이 많이 지원하는 학교라 마음을 놓을 수가 없었다. 게다가 경쟁률도 열 배가 넘어선 상태로 치열했다.

떨리는 마음으로 3월 28일 월요일 아침 일찍 연희전문을 향해 길을 나섰다. 감리교 신학교 기숙사를 나올 때부터 몸이 살짝 떨렸다. 지난번 숭실중학의 편입 시험 때처럼 작은 실수라도 했다가는 아버지를 뵐 면목이 없었다.

연희전문 교문을 통과할 때는 몸이 더 떨려 왔다. 반면에 몽규는 태연했다. 몽규는 별과 시험장으로 총총히 사라졌고, 동주는 본과 시험장으로 들어갔다. 시험장에는 삼천리 방방곡곡에서 온 내로라하는 청년들이 시험을 기다리고 있었다. 동주는 약간 기가 죽었다.

마침내 시험지가 책상에 도착했다. 동주는 짧게 기도했

다. 시험을 무사히 치르게 해 달라고, 아버지한테 기쁜 마음으로 전보를 치게 해 달라고. 동주는 온 정신을 집중했다. 시험지를 받고 수험 번호와 이름을 적으니 오히려 마음이 편해졌다. 사시나무처럼 떨던 다리도 안정을 찾았다.

    시험은 생각보다 어렵지 않았다. 그동안 공부했던 기억을 최대한 살려 차분하게 답안을 작성했다. 마침내 끝을 알리는 종소리가 울리고, 동주는 연필을 놓았다. 손에 땀이 흥건했다. 아버지의 얼굴이 맨 먼저 떠올랐다.

    시험을 치르고 나오는 동주의 손이 후들후들 떨렸다. 시험이 끝났다는 안도감보다도 불안감이 더 컸다. 강의실 밖에 나오니 라사행이 몽규와 함께 기다리고 있다가 반겨 주었다. 몽규는 본과보다도 어려운 별과 시험을 보고 나왔으면서도 편안한 표정이었다.

    신학교 기숙사에서 며칠 더 머무르면서 동주와 몽규는 라사행의 안내에 따라 경성 구경을 했다. 총독부가 버티고 있는 경성의 병든 거리를 보니 동주의 마음이 착잡해졌다. 고궁을 다녀오는 길에 종로통에서 클래식 음악 감상실에도 가 보았다. 평양에 있는 세르팡 다방보다 컸고 음향 시설도 좋았다. 동주는 두 사람에게 세르팡에서의 추억을 이야기했다. 어떤 날은 서점에 가서 새로 나온 책을 구경하기도 했다. 사고 싶은 책이 꽤 많았으나 꾹 참았다.

4월 3일 일요일 아침, 라사행이 동아일보를 들고 기숙사로 왔다. 동아일보 사회면에 실린 연희전문학교 합격자 발표에서 동주와 몽규는 자신들의 이름을 확인했다. 동주와 몽규는 서로 얼싸안고 감격의 기쁨을 나누었다. 십몇 대 일의 경쟁을 뚫고 용정에서 둘이나 합격했다며 라사행이 더 흥분했다. 다음 날 일찍 우체국으로 가서 용정에 전보를 쳤다.

북간도 고향으로 돌아가지 못하고 곧장 입학식을 치르고, 기숙사를 배정받고, 대학 노트를 옆에 끼고 곧장 강의를 받으러 가야 했다. 새로운 시작이었다.

에필로그

"최현배 선생님에게 조선어를, 손진태 선생님에게 역사를, 그리고 이양하 선생님에게 영문학을 배우게 되었지. 나중에는 몽규와 함께 문과 학생회 문예지인 『문우』 편집에 참여하기도 했고. 내 인생에서 가장 빛나던 시절이 바로 연희 시절이었어."

나는 1938년 봄의 연희전문을 새봄과 천천히 걸으며 그 시절의 감격에 대해 이야기한다. 새봄은 신기한 듯 주위를 살피면서 걷는다. 그 시절 연희전문은 논밭 사이, 약간 오르막의 경사면에 자리 잡고 있었다. 주변이 완벽한 농촌이었다. 학교 앞에는 평양으로 가는 철로가 놓여 있었다.

"와, 좋은 대학을 한 번에 딱 붙은 거였네? 부럽다." 새봄이 말한다.

　나는 살짝 웃는다. 생애를 돌아보면, 연희전문만 한 번에 합격했었다. 평양에서 첫 실패를 맛보았고 나중에 교토에서도 제국대학 입학시험에서 떨어졌었다. 몽규는 어느 시험이나 한 번에 합격했다. 공부도 별로 안 하는 것 같았는데……

　돌이켜 보면 참으로 아스라했다. 교토제국대학 입시에 실패하고 동경에 있는 릿쿄대학 문과를 잠시 다녔다. 그때 동경에서 익환과 만나곤 했다. 학도병에 끌려 나가지 않기 위해 다시 교토로 돌아와서 도시샤대학 문과에 다니기도 했다.

　교토……. 나비를 기다리고 있던 거미줄의 도시. 거미줄에 걸려 파닥거리다가 끝내 날개를 모두 잃은 곳. 교토에서 후쿠오카로 옮겨져 작은 철창 사이로 얼마나 많이 별을 헤었던가.

　"연희전문에 다닐 때가 제일 행복했어. 평양에서 만났던 박치우 교수님도 가끔 뵙고 많은 이야기를 나누곤 했지. 평양도 두어 번 다녀왔고. 연희의 언덕에 내 젊음이 오래오래 머물렀지."

　"그럼, 제일 불행했던 곳은 어디야?" 새봄이 묻는다.

"제일 불행했던 곳은……." 나는 쉽게 말을 잇지 못한다.

종이도 펜도 없던 곳, 심지어 날카로운 못 하나 주어지지 않았던 곳이 가장 불행했다. 시멘트 벽에 한 단어라도 새길 수 있었더라면, 그토록 불행하진 않았을 터였다.
"거기 가 볼래?" 새봄에게 묻는다.
새봄은 시인에게 가장 불행했던 곳을 방문한다는 게 어쩐지 꺼림칙해서 잠시 생각에 잠긴다. 하지만 그 지옥 같은 곳이 궁금해서 고개를 끄덕인다.
"나는 괜찮아." 나는 새봄을 보고 웃는다.
나는 새봄을 데리고 연희전문을 떠나 후쿠오카로 순간이동한다. 후쿠오카형무소에 도착하니 가슴이 먹먹해진다. 기나긴 복도와 쇠사슬 소리, 누군가의 신음과 비명. '동주야.'라고 부르던 몽규의 목소리와 그때마다 몽규의 몸을 후려치던 간수들의 몽둥이…….
"아…… 너무 끔찍한 곳이네." 새봄의 볼을 타고 두 줄기 눈물이 흘러내린다.
형무소에는 시큼하게 썩은 하수구 냄새가 질펀하게 고여 있다. 그리고 깊은 동굴에서 울려 나오는 듯한 저음의 신음이 강물처럼 흐르고 있다. 음산하고 어둡고 몸부림만 가득했다.

"역설적이게도 후쿠오카는 조선에서 가장 가까운 항구야. 이 형무소에서 조선인들과 조선 학생들은 고향을 애타게 그리워하며…… 죽어 갔지."

나는 담담하게 말하고 마지막 날을 떠올린다. 누구한테도 말하지 않았던 그날의 풍경을 새봄한테 털어놓기로 한다.

히라누마 도쥬!

창씨개명한 내 이름을 간수가 와서 불렀어. 내 이름이면서 내 이름이 아닌, 내 청춘의 불명예였고 괴로움의 시작인 이름이었지. 나는 그 이름이 싫어 벽만 바라보며 가만히 앉아 버렸지. 간수들이 철문을 따고 들어와 나를 발로 찼어. 나는 발길질을 이기지 못하고 바닥에 나뒹굴었고. 간수 둘이 명치를 움켜쥐고 뒹구는 나를 끌어냈지.

나는 잘 걷지 못했어. 두 간수가 욕을 퍼부으면서 옆에서 부축했지. 나는 간수의 손을 밀어냈어. 설사 기어가더라도 저들의 도움을 받고 싶진 않았지. 마지막 자존심이라고나 할까. 비록 별을 노래하고 어머니를 그리워하는 연약한 인간이지만 정신만큼은 북간도 사람답게 서릿발로 유지하고 싶었거든. 가슴에 펜을 품고 살아온 사람이 함부로 무너질 수는 없으니까.

철문을 몇 개 통과해 병동의 어느 방으로 들어갔어. 하얀 옷을 입은 의사가 내 입을 벌려 살펴보고, 눈꺼풀도 까뒤집더니 망막을 검진했어. 간호사가 입에 온도계를 물리고 혈압을 쟀어. 간호사가 혈압을 불러 주자 의사가 차트에 적었어. 이어 간호사가 입에서 온도계를 뽑고 살피더니 체온을 불러 줬어. 체온은 평상시보다 아주 낮았어.

겨울이니까, 체온이 낮을 수도.

의사가 기계처럼 한마디를 툭 던졌어. 간호사가 주사기에 노란 액체를 넣고 손가락으로 툭툭 친 다음, 내 소매를 걷어 올렸어. 내 팔뚝에는 주사 자국이 팥알처럼 점점이 찍혀 있었지. 주사 자국마다 딱지가 앉아 있어 밤마다 무척이나 가려웠어.

의사가 고개를 끄덕이자 간호사가 내 팔뚝을 고무줄로 묶고 손가락을 더듬어 혈관을 찾았어. 야윈 팔목이라 혈관이 드러나지 않자 간호사가 손바닥으로 탁탁 때렸어. 잠시 후 살이 붉어지자 파르스름한 혈관이 나타났지. 간호사는 혈관 깊숙이 바늘을 꽂고 주사액을 밀어 넣었어. 주사액이 혈관으로 들어가자 온몸에 소름이 돋으며 어지럼증이 핑 돌았어. 나는 이 모든 과정을 물끄러미 바라볼 뿐이었고.

몸에 특이한 사항은 없나?

의사가 물었어. 나는 의사의 질문을 무시했지. 의사는 무표정하게 무언가를 기록한 다음에 차트를 덮었고.

몽유병자 같구만. 다음.

의사가 차갑게 말하자 간호사가 밖에 있던 간수를 불렀어. 간수의 손짓에 따라 병사에서 나왔지. 어지럼증은 약간의 구토를 불러왔어. 복도에 기다리고 있던 병색이 완연한 다른 청년이 주사를 맞고 나온 나를 바라보았어. 퀭한 그 눈빛을 잊을 수가 없어. 몽규가 아니라 약간 서운한 마음이 들기도 했고.

나는 간수의 계호를 받고 기결수 사동을 향해 걸었어. 몇 개의 철문을 통과하자 마침내 사동의 긴 복도가 나타났어. 내가 있던 곳은 혼방보다 독방이 더 많았어. 독방에는 모두 조선 학생들이 갇혀 있었지. 간수가 커다란 열쇠로 철문을 따고 열었어. 0.7평의 작은 다다미방에서 냉기가 훅 끼쳐 왔지. 마치 관처럼 보이는 방이었지.

들어가.

간수가 내 등을 밀었어. 나는 신발을 벗어 들고 독방으로 들어갔어. 철문이 쾅 하며 닫혔지. 마치 삶이 닫히는 소리처럼 들리더라. 나는 방 가운데 가부좌를 틀고 앉아 벽에 눈길을 던졌어.

내게 이 벽은 녹슨 구리거울이었어. 나는 마음의 손바닥으로 구리거울을 닦았지. 못이라도 하나 있었으면……. 구리거울은 내게 그리움의 창이었고, 참회록을 쓰는 노트였고. 추억이 피어나는 활동사진의 화면이었어. 구리거울을 보며 어머니를 생각하자 어머니의 모습이 거울 저편에서 떠올랐어.

몸은 낮보다 밤에 더 아팠단다. 낮에 주사를 맞으면 몸이 호물호물해졌지. 두통이 아주 심했고, 자꾸 구역질이 났어. 한번 구역질이 시작되면 창자까지 목구멍으로 올라오는 것만 같았어. 누런 액체를 토해 내면 몸이 무너졌단다.

생의 의지와는 별개로 자주 무너지는 몸과 마음을 스스로 목격하고 관찰하는 것은 무척 슬픈 일이었지. 어머니라는 생의 의지가 없었다면……. 나는 쇠창살을 잡고 별을 보면서 어머니를 떠올렸어.

밤이 깊을수록 온몸이 쑤시고 아팠단다. 주사 자국이 가득한 팔목이 미치도록 가려웠어. 옷소매를 걷어 올리고 긁었더니 딱지가 떨어져 나갔고 그 자리마다 피가 맺혔어.

가려움증과 함께 두통도 심해졌고. 머리가 풍선처럼 부풀어 오르는 지독한 느낌에 정신을 차릴 수가 없었단다. 시찰구를 통해 간수가 내 방을 살피더니 고개를 갸웃하다가 이내 사라졌어.

문과에 가고 시인이 되면, 일찍 죽는다고 소리쳤던 아버지. 아버지껜 죄송했어. 그렇다고 이 길을 걸어온 것이 후회되진 않았어. 북간도로 돌아가서 아버지를 만나도 미안하다는 말은 하지 않을 작정이었고. 아버지는 연희 문과를 허락한 순간부터 바다를 건너온 지금까지 뒷바라지를 아끼지 않았으니까.

나는 철창을 통해 밤하늘을 바라보곤 했었지. 밤하늘은 겨울로 가득 차 있고. 나는 북간도의 하늘을 떠올리며 별을 헤아렸어. 장구별자리로 시작하여 그 주변에 있는 쌍둥이자리의 별을 가슴에 새겼지. 큰곰자리 꼬리에 있는 북두칠성으로 눈길을 옮기기도 했고. 나는 북두칠성의 두 번째 별인 선(璇)을 가만히 바라보다가, 선을 어머니별로 정했어. 비로소 '별 하나에 어머니'가 되었지.

새벽 세 시가 되도록 나는 잠들지 못하고 별을 헤아렸단다. 그렇게 한참을 별을 헤아리고 있는데 깨질 듯한 두통과 함께 정수리가 펄펄 끓어올랐어. 나는 잡고 있던 쇠창

살을 놓았어. 무릎에 힘이 빠지며 다다미 위로 넘어졌지. 손가락 하나 까닥하지 못하고 온몸을 덮쳐 오는 통증에 벌레처럼 버둥거리기만 했지. 정수리가 풍선처럼 부풀어 오르듯이 펑펑 터지는 느낌에 나는 온몸의 힘이란 힘은 모두 모아 새우처럼 구부렸단다.

어머니…….

몸이 바들바들 떨려 오기 시작했어. 팔다리가 따로 움직였고, 격렬한 떨림이 몸을 휘감았지. 그러다 어느 순간, 떨림이 멈췄고 몸이 편안해졌어. 호흡이 잠시 끊어졌다가 돌아오기를 몇 번 반복하다가 최후의 숨을 내쉬기 시작했지.

어머니…….

짧은 한마디를 남기고 나의 마지막 숨결이 닫혔어. 그때 오리온자리 삼형제별 중의 두 번째 별이 반짝 빛을 냈단다.

"그렇게 별로 올라갔지." 내가 말한다.

"너무 슬프다." 새봄이 눈물을 훔친다.

"슬퍼하지 마. 나는 별에서 사는 시인이야. 별에서 내가 썼던 시와 함께 영원을 살고 있잖아."

"별의 시인." 새봄이 내 손을 잡는다.

나는 가만히 웃는다. 이제 새봄과 헤어질 시간이 되었다고 느낀다. 지구별 어디에선가 오늘 밤도 내 시를 읽는 사람들이 있기에, 그들 곁에도 살며시 가야 한다.

"이제 여기서 헤어지자." 내가 말한다.

"응, 그러자." 새봄이 고개를 끄덕거린다.

"잘 가, 친구." 내가 먼저 손을 흔든다.

"응." 새봄이 맑게 웃는다.

 나는 별로 올라와 새봄의 앞날을 위해 기도한다. 새봄과 새봄의 친구들이 평생토록 아름답게 살며, 사랑하고 일하고 놀기를 별의 마음으로 빈다.

작가의 말

우리나라 사람이라면 누구나 알고 있는 시인 중에 윤동주가 있습니다. 중고등학교 국어나 문학 교과서에 항상 윤동주의 시가 실려 있지만 윤동주의 생애를 잘 알고 있는 사람은 아주 드뭅니다. 연희전문 이후의 생활에 대해서는 연구도 많고 알려진 바도 많지만 청소년 시기라 할 수 있는 중등학교 시절에 대해서는 제대로 알려진 게 없으니까요. 이 소설은 바로 윤동주 시인의 청소년 시기, 중등학교 시절에 대한 이야기입니다.

너무나 유명한 실존 인물에 대해 소설을 쓴다는 것은 매우 어려운 일입니다. 혹여라도 그 인물이나 유가족들에게 누가 될 수도 있기 때문입니다. 그래서 나는 매우 조심스레 윤동주의 중등학교 시절을 공부했습니다. 그 공부를 통해 그동안 알려지지 않았던 사실들을 확인하는 발견의 기쁨도 누렸습니다. 평양의 세르팡 다방도 그중 한 곳입니다. 나보다 먼저 윤동주 시인을 공부한 사람들한테 많은 빚을 졌습니다. 감사드립니다.

고민 끝에 이 소설을 한 편의 긴 시간 여행 드라마처럼 꾸몄습니다.

별에서 시작해 지구로 내려오고 다시 별로 돌아가는 여정 속에서, 윤동주 시인과 정새봄 학생이 만나고 여행하고 대화하는 설정을 통해 이야기가 조금 더 친숙해지도록 했습니다. 시인은 과거에서, 새봄은 현재에서, 그리고 둘은 함께 우리의 마음속으로 시간 여행을 하게 됩니다.

"윤동주 시인이 오늘날 우리 곁에 온다면, 어떤 모습일까?"

처음 이야기를 구상할 때 나는 진지하게 고민했습니다. 그는 여전히 맑은 눈빛으로 시를 쓰겠지만, 아마 요즘 학생들의 말과 태도 앞에서는 살짝 당황하며 웃음을 짓지 않았을까요. 그 장면을 떠올리는 순간, 시인과 학생의 대화가 자연스럽게 흘러나왔습니다.

정새봄 학생은 단순한 등장인물이 아니라, 오늘을 살아가는 청소년 여러분의 또 다른 얼굴입니다. 문제집 대신 시집에 눈길을 빼앗기고, "개꿀!" 같은 말로 순수한 기쁨을 해맑게 표현하는 학생. 그 속에는 우리 모두가 한때 가졌던 맑음과 자유로움이 숨어 있습니다.

이야기를 쓰면서 나조차도 몇 번은 웃음을 터뜨렸고, 몇 번은 가슴이 시렸습니다. 북간도 명동촌의 삼총사였던 송몽규와 문익환을 통해서 윤동주를 보는 감회 또한 깊었습니다. 시인은 영원히 별빛 속에 머무는 듯하면서도, 사실은 지금 여기에서 우리 곁에 살아 있습니다. 그의 시를 읽는 순간, 그의 영혼은 독자 한 사람 한 사람의 마음으로 내려오기 때문입니다.

만약 이 소설이 누군가에게 작은 위로, 혹은 잠시나마 마음의 휴식이 되어 준다면 더 바랄 것이 없겠습니다. 소설을 쓰는 내내, 저 역시도 문학에 대해 다시 많은 생각을 해 보았습니다.

별빛은 늘 멀리 있지만 동시에 언제나 가까이에 있습니다. 그 빛을 따라가다 보면, 아마 여러분도 자신만의 별을 만나게 될 것입니다.

2025년 11월

별을 바라보며, 정도상 올림

참고 문헌

단행본 및 정기 간행물

김응교, 『처럼: 시로 만나는 윤동주』, 문학동네, 2023.

김형수, 『문익환 평전』, 다산책방, 2018.

김형태, 『윤동주 연구』, 역락, 2023.

대한민국 은진중학동문회, 『은진 80년사: 북간도의 샛별』, 코람데오, 2002.

리광인·박용일, 『송몽규 평전』, 연변대학출판사, 2018.

문재린·김신묵 저, 문영금·문영미 편, 『기린갑이와 고만녜의 꿈: 살아오는 북간도 독립운동과 기독교 운동사』, 삼인, 2019.

송우혜, 『윤동주 평전』, 서정시학, 2020.

윤동주 저, 왕신영 외 편, 『윤동주 자필 시고전집(사진판)』, 민음사, 2018.

『어린이』 제58호, 제59호, 개벽사, 쇼와3년(1928).

『백범회보』 제67호, 백범김구기념관 외, 2022.

논문

김성연, 「윤동주 평전의 질료와 빈 곳: 윤동주와 박치우의 서신, 그 새로운 사실과 전망」, 『한국시학연구』 제61호, 한국시학회, 2020.

김해영, 「북간도 민족교육 선구자 규암 김약연의 활동 및 그 교육사적 의의」, 『교육사상연구』 제34권 제1호, 한국교육사상학회, 2020.

박금숙, 「1930년대 『가톨릭소년』지의 아동문학 양상 연구」, 『한국아

동문학연구』 34호, 한국아동문학학회, 2018.

박성준, 「윤동주의 독서 체험 고찰(1): 소장 '학예 스크랩북'의 의미와 윤동주가 읽은 신세대 시인들」, 『국제한인문학연구』 제32호, 국제한인문학회, 2022.

박성준, 「윤동주의 독서 체험(2): 유치환 시의 영향 관계를 중심으로」, 『비평문학』 제83호, 한국비평문학회, 2022.

안서현, 「파리 국제작가회의와 조선 문인들의 '문학의 옹호'」, 『춘원연구학보』 제22호, 춘원연구학회, 2021.

안종철, 「윤산온의 교육선교 활동과 신사참배문제」, 『한국기독교와 역사』 제23호, 한국기독교역사학회, 2005.

왕신영, 「1940년 전후의 윤동주: '미'에 대한 천착을 중심으로」, 『비교문학』 제50호, 한국비교문학회, 2010.

최기영, 「1930년대 『가톨릭少年』의 발간과 운영」, 『한국교회사연구』 제33호, 한국교회사연구소, 2009.

최기영, 「김학무의 재중독립운동과 좌파청년그룹」, 『한국독립운동사연구』 제36호, 독립기념관 한국독립운동사연구소, 2010.

한철호, 「명동학교의 변천과 그 성격」, 『한국근현대사연구』 제51호, 한국근현대사학회, 2009.

홍성표, 「송몽규의 민족의식 형성과 기독교」, 『동방학지』 제180호, 연세대학교 국학연구원, 2017.

홍성표, 「윤동주의 민족의식 형성과 기독교」, 『동방학지』 제197호, 연세대학교 국학연구원, 2021.

창비교육 성장소설 15
소년 동주

초판 1쇄 발행 2025년 11월 20일

지은이 • 정도상
펴낸이 • 황혜숙
편집 • 이혜선
펴낸곳 • ㈜창비교육
등록 • 2014년 6월 20일 제2014-000183호
주소 • 04004 서울특별시 마포구 월드컵로12길 7
전화 • 1833-7247
팩스 • 영업 070-4838-4938 | 편집 02-6949-0953
홈페이지 • www.changbiedu.com
전자우편 • contents@changbi.com

ⓒ 정도상 2025
ISBN 979-11-6570-374-5 43810

* 이 책 내용의 전부 또는 일부를 재사용하려면
  반드시 저작권자와 ㈜창비교육 양측의 동의를 받아야 합니다.
* 책값은 뒤표지에 표시되어 있습니다.

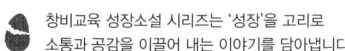
창비교육 성장소설 시리즈는 '성장'을 고리로
소통과 공감을 이끌어 내는 이야기를 담아냅니다.